U0950565

# 人生
# 好自在

季羡林 著

哈尔滨出版社
HARBIN PUBLISHING HOUSE

# 目　录
CONTENTS

# 第一章　天心

# 人生

在一个“人生漫谈”的专栏中，首先谈一谈人生，似乎是理所当然的，未可厚非的。

而且我认为，对于我来说，这个题目也并不难写。我已经到了望九之年，在人生中已经滚了八十多个春秋了。一天天面对人生，时时刻刻面对人生，让我这样一个世故老人来谈人生，还有什么困难呢？岂不是易如反掌吗？

但是，稍微进一步一琢磨，立即出了疑问：什么叫人生呢？我并不清楚。

不但我不清楚，我看芸芸众生中也没有哪个人真清楚的。古今中外的哲学家谈人生者众矣。什么人生意义，又是什么人生的价值，花样繁多，扑朔迷离，令人眼花缭乱。然而他们说了些什么呢？恐怕连他们自己也是越谈越糊涂。以己之昏昏，焉能使人之昭昭！

哲学家的哲学，至矣高矣。但是，恕我大不敬，他们的哲学同吾辈凡人不搭界，让这些哲学，连同它们的家，坐在神圣的殿堂里去独现辉煌吧！像我这样一个凡人，吃饱了饭没事儿的时候，有时也会想到人生问题。我觉得，我们人的生，都绝对是被动的。没有哪一个人能先制订一个诞生计划，然后再下生，一步步让计划实现。只有一个人是例外，他就是佛祖释迦牟尼。他住在天上，忽然想降生人寰，超度众生。先考虑要降生的国家，再考虑要降生的父母。考虑周详之后，才从容下降。但他是佛祖，不是吾辈凡人。

吾辈凡人的诞生，无一例外，都是被动的，一点主动也没有。我们糊里糊涂地降生，糊里糊涂地成长，有时也会糊里糊涂地夭折，当然也会糊里糊涂地寿登耄耋，像我这样。

生的对立面是死。对于死，我们也基本上是被动的。我们只有那么一点主动权，那就是自杀。但是，这点主动权却是不能随便使用的。除非万不得已，是绝不能使用的。

我在上面讲了那么些被动，那么些糊里糊涂，是不是我个人真正欣赏这一套，赞扬这一套呢？否，否，我绝不欣赏和赞扬。我只是说了一点实话而已。

正相反，我倒是觉得，我们在被动中，在糊里糊涂中，还是能够有所作为的。我劝人们不妨在吃饱了燕窝鱼翅之后，或者在吃糠咽菜之后，或者在卡拉 OK、高尔夫之后，问一问自己：你为什么活着？活着难道就是为了恣睢的享受吗？难道就是为了忍饥受寒吗？问了这些简单的问题之后，会使你头脑清醒一点，会减少一些糊涂。谓予不信，请尝试之。

# 再谈人生

人生这样一个变幻莫测的万花筒，用千把字来谈，是谈不清楚的。所以来一个“再谈”。

这一回我想集中谈一下人性的问题。

大家知道，中国哲学史上，有一个不大不小的争论问题：人是性善，还是性恶？这两个提法都源于儒家。孟子主性善，而荀子主性恶。争论了几千年，也没有争论出一个名堂来。

记得鲁迅先生说过：“人的本性是，一要生存，二要温饱，三要发展。”（记错了，由我负责）这同中国古代一句有名的话，精神完全是一致的：“食色，性也。”食是为了解决生存和温饱的问题，色是为了解决发展问题，也就是所谓传宗接代。

我看，这不仅仅是人的本性，而且是一切动植物的本性。试放眼观看大千世界，林林总总，哪一个动植物不具备上述三个本能？动物姑且不谈，只拿距离人类更远的植物来说，“桃李无言”，它们不但不能行动，连发声也发不出来。然而，它们求生存和发展的欲望，却表现得淋漓尽致。桃李等结甜果子的植物，为什么结甜果子呢？无非是想让人和其他能行动的动物吃了甜果子把核带到远的或近的其他地方，落在地上，生入土中，能发芽、开花、结果，达到发展，即传宗接代的目的。

你再观察，一棵小草或其他植物，生在石头缝中，或者甚至压在石头块下，缺水少光，但是它们却以令人震惊得目瞪口呆的毅力，冲破了身上的重压，弯弯曲曲地、忍辱负重地长了出来，由细弱变为强硬，由一根细苗甚至变成一棵大树，再作为一个独立体，继续顽强地实现那三种本性。“下自成蹊”，就是“无言”的结果吧。

你还可以观察，世界上任何动植物，如果放纵地任其发挥自己的本性，则在不太长的时间内，哪一种动植物也能长满塞满我们生存的这一个小小的星球——地球。那些已绝种或现在濒临绝种的动植物，属于另一个范畴，另有其原因，我以后还会谈到。

那么，为什么到现在还没有哪一种动植物——包括万物之灵的人类在内——能塞满了地球呢？

在这里，我要引老子的话：“天地不仁，以万物为刍狗。”是造化小儿——谁也不知道，他究竟有没有？他究竟是什么样子？我不信什么上帝，什么天老爷，什么大梵天，宇宙间没有他们存在的地方。

但是，冥冥中似乎应该有这一类的东西，是他或它巧妙计算，不让动植物的本性一味得逞。

# 三论人生

上一篇《再论》戛然而止，显然没有能把话说完，所以再来一篇《三论》。

造化小儿对禽兽和人类似乎有点区别对待的意思。它给你生存的本能，同时又遏制这种本能，方法或者手法颇多。制造一个对立面似乎就是手法之一，比如制造了老鼠，又制造它的天敌——猫。

对于人类，它似乎有点优待。它先赋予人类思想（动物有没有思想和言语是一个有争论的问题），又赋予人类良知良能。关于人类本性，我在上面已经谈到。我不大相信什么良知，什么“恻隐之心，人皆有之”，但是我又无从反驳。古人说：“人之所以异于禽兽者几希。”“几希”者，极少极少之谓也。即使是极少极少，总还是有的。我个人胡思乱想，我觉得，在对待生物的生存、温饱、发展的本能的态度上，就存在着一点点“几希”。

我们观察，老虎、狮子等猛兽，饿了就要吃别的动物，包括人在内。它们绝没有什么恻隐之心，绝没有什么良知。吃的时候，它们也绝不会像人吃人的时候那样，有时还会捏造一些我必须吃你的道理，做好“思想工作”。它们只是吃开了，吃饱为止。人类则有所不同。人与人当然也不会完全一样。有的人确实能够遏制自己的求生本能，表现出一定的良知和一定的恻隐之心。古往今来的许多仁人志士，都是这方面的好榜样。他们为什么能为国捐躯？为什么能为了救别人而牺牲自己的性命？鲁迅先生所说的“中国的脊梁”，就是这样的人。孟子所谓的“浩然之气”，只有这样的人能有。禽兽中是绝不会有什么“脊梁”，有什么“浩然之气”的，这就叫作“几希”。

但是人也不能一概而论，有的人能够做到，有的人就做不到。像曹操说：“宁教我负天下人，休教天下人负我！”他怎能做到这一步呢？

说到这里，就涉及伦理道德问题。我没有研究过伦理学，不知道怎样给道德下定义。我认为，能为国家，为人民，为他人着想而遏制自己的本性的，就是有道德的人。能够百分之六十为他人着想，百分之四十为自己着想，他就是一个及格的好人。为他人着想的百分比越高越好，道德水平越高。百分之百，所谓“毫不利己，专门利人”的人是绝无仅有。反之，为自己着想而不为他人着想的百分比，越高越坏。到了曹操那样，就算是坏到了顶。毫不利人，专门利己的人，普天之下倒是不老少的。说这话，有点泄气。无奈这是事实，我有什么办法？

# 不完满才是人生

每个人都争取一个完满的人生。然而，自古及今，海内海外，一个百分之百完满的人生是没有的。所以我说，不完满才是人生。

关于这一点，古今的民间谚语，文人诗句，说到的很多很多。最常见的比如苏东坡的词：人有悲欢离合，月有阴晴圆缺，此事古难全。南宋方岳（根据吴小如先生考证）诗句：不如意事常八九，可与人言无二三。这都是我们时常引用的，脍炙人口的。类似的例子还能够举出成百上千来。

这种说法适用于一切人，旧社会的皇帝老爷子也包括在里面。他们君临天下，“率土之滨，莫非王臣”，可以为所欲为，杀人灭族，小事一端。按理说，他们不应该有什么不如意的事。然而，实际上，王位继承，宫廷斗争，比民间残酷万倍。他们威仪俨然地坐在宝座上，如坐针毡。虽然捏造了“龙御上宾”这种神话，他们自己也并不相信。他们想方设法以求得长生不老，他们最怕“一旦魂断，宫车晚出”。连英主如汉武帝、唐太宗之辈也不能“免俗”。汉武帝造承露金盘，妄想饮仙露以长生；唐太宗服印度婆罗门的灵药，期望借此以不死。结果，事与愿违，仍然是“龙御上宾”呜呼哀哉了。

在这些皇帝手下的大臣们，“一人之下，万人之上”，权力极大，骄纵恣肆，贪赃枉法，无所不至。在这一类人中，好东西大概极少，否则包公和海瑞等绝不会流芳千古，久垂宇宙了。可这些人到了皇帝跟前，只是一个奴才。常言道：伴君如伴虎，可见他们的日子并不好过。据说明朝的大臣上朝时在笏板上夹带一点鹤顶红，一旦皇恩浩荡，钦赐极刑，连忙用舌尖舔一点鹤顶红，立即涅槃，落得一个全尸。可见这一批人的日子也并不好过，谈不到什么完满的人生。

至于我辈平头老百姓，日子就更难过了。中华人民共和国成立前后，不能说没有区别，可是一直到今天仍然是“不如意事常八九”。早晨在早市上被小贩“宰”了一刀；在公共汽车上被扒手割了包，踩了人一下，或者被人踩了一下，根本不会说“对不起”了，代之以对骂，或者甚至演出全武行；到了商店，难免买到假冒伪劣的商品，又得生一肚子气。谁能说，我们的人生多是完满的呢？

再说到我们这一批手无缚鸡之力的知识分子，在历史上一生中就难得过上几天好日子。只一个“考”字，就能让你谈“考”色变。“考”者，考试也。在旧社会科举时代，“千军万马过独木桥”，要上进，只有科举一途，你只需读一读吴敬梓的《儒林外史》，就能淋漓尽致地了解到科举的情况。以周进和范进为代表的那一批举人进士，其窘态难道还不能让你胆战心惊、啼笑皆非吗？

现在我们运气好，得生于新社会中。然而那一个“考”字，宛如如来佛的手掌，你别想逃脱得了。幼儿园升小学，考；小学升初中，考；初中升高中，考；高中升大学，考；大学毕业想当硕士，考；硕士想当博士，考。考，考，考，变成烤，烤，烤；一直到知命之年，厄运仍然难免。现代知识分子落到这一张密而不漏的天网中，无所逃于天地之间，我们的人生还谈什么完满呢？

灾难并不限于知识分子，“人人有一本难念的经。”所以我说“不完满才是人生”。这是一个“平凡的真理”，但是真能了解其中的意义，对己对人都有好处。对己，可以不烦不躁；对人，可以互相谅解。这会大大地有利于整个社会的安定团结。

# 人生的意义与价值

当我还是一个青年大学生的时候，报刊上曾刮起一阵讨论人生的意义与价值的微风，文章写了一些，议论也发表了一通。我看过一些文章，但自己并没有参加进去。原因是，有的文章不知所云，我看不懂。更重要的是，我认为这种讨论本身就无意义，无价值，不如实实在在地干几件事好。

时光流逝，一转眼，自己已经到了望九之年，活得远远超过了我的预算。有人认为长寿是福，我看也不尽然。人活得太久了，对人生的种种相，众生的种种相，看得透透彻彻，反而鼓舞时少，叹息时多。远不如早一点离开人世这个是非之地，落一个耳根清净。

那么，长寿就一点好处都没有吗？也不是的。这对了解人生的意义与价值，会有一些好处的。

根据我个人的观察，对世界上绝大多数人来说，人生一无意义，二无价值。他们也从来不考虑这样的哲学问题。走运时，手里攥满了钞票，白天两顿美食城，晚上一趟卡拉 OK，玩一点小权术，耍一点小聪明，甚至恣睢骄横，飞扬跋扈，昏昏沉沉，浑浑噩噩，等到钻入了骨灰盒，也不明白自己为什么活过一生。

其中不走运的则穷困潦倒，终日为衣食奔波，愁眉苦脸，长吁短叹。即使日子还能过得去的，不愁衣食，能够温饱，然而也终日忙忙碌碌，被困于名缰，被缚于利索。同样是昏昏沉沉，浑浑噩噩，不知道为什么活过一生。

对这样的芸芸众生，人生的意义与价值从何处谈起呢？

我自己也属于芸芸众生之列，也难免浑浑噩噩，并不比任何人高一丝一毫。如果想勉强找一点区别的话，那也是有的：我，当然还有一些别的人，对人生有一些想法，动过一点脑筋，而且自认这些想法是有点道理的。

我有些什么想法呢？话要说得远一点。当今世界上战火纷飞，人欲横流，“黄钟毁弃，瓦釜雷鸣”，是一个十分不安定的时代。但是，对于人类的前途，我始终是一个乐观主义者。我相信，不管还要经过多少艰难曲折，不管还要经历多少时间，人类总会越变越好的，人类大同之域绝不会仅仅是一个空洞的理想。但是，想要达到这个目的，必须经过无数代人的共同努力。有如接力赛，每一代人都有自己的一段路程要跑。又如一条链子，是由许多环组成的，每一环从本身来看，只不过是微不足道的一点东西，但是没有这一点东西，链子就组不成。在人类社会发展的长河中，我们每一代人都有自己的任务，而且是绝非可有可无的。如果说人生有意义与价值的话，其意义与价值就在这里。

但是，这个道理在人类社会中只有少数有识之士才能理解。鲁迅先生所称之“中国的脊梁”，指的就是这种人。对于那些肚子里吃满了肯德基、麦当劳、比萨饼，到头来终不过是浑浑噩噩的人来说，有如夏虫不足以与语冰，这些道理是没法谈的。他们无法理解自己对人类发展所应当承担的责任。

话说到这里，我想把上面说的意思简短扼要地归纳一下：如果人生真有意义与价值的话，其意义与价值就在于对人类发展的承上启下、承前启后的责任感。

# 长生不老

长生不老，过去中国历史上，颇有一些人追求这个境界。那些炼丹服食的老道们不就是想“丹成入九天”吗？结果却是“服食求神仙，多为药所误”，最终还是翘了辫子。

最积极的应该数那些皇帝老爷子。他们骑在人民头上，作威作福，后宫里还有佳丽三千，他们能舍得离开这个世界吗？于是千方百计，寻求长生之术。最著名的有秦皇、汉武、唐宗、宋祖——这后一位情况不明，为了凑韵，把他拉上了——最后都还是宫车晚出，龙驭上宾了。

我常想，现代人大概不会再相信了。然而，前几天阅报说，有的科学家正在致力于长生不老的研究。我心中立刻一闪念，假如我晚生八十年，现在年龄九岁，说不定还能赶上科学家们研究成功，我能分享一份。但我立刻又一闪念，觉得自己十分可笑。自己不是标榜豁达吗？“应尽便须尽，无复独多虑。”原来那是自欺欺人。老百姓说：“好死不如赖活着”，我自己也属于“赖”字派。

我有时候认为，造化小儿创造出人类来，实在是多此一举。如果没有人类，世界要比现在安静祥和得多了。可造化小儿也立了一功：他不让人长生不老。否则，如果人人都长生不老，我们今天会同孔老夫子坐在一条板凳上，在长安大戏院里欣赏全本的《四郎探母》，那是多么可笑而不可思议的情景啊！我继而又一想，如果五千年来人人都不死，小小的地球上早就承担不了了。所以我们又应该感谢造化小儿。

在对待生命问题上，中国人与印度人迥乎不同。中国人希望转生，连唐明皇和杨贵妃不也是希望“生生世世为夫妻”吗？印度人则在笃信轮回转生之余，努力寻求跳出轮回的办法。以佛教而论，小乘终身苦修，目的是想达到涅槃。大乘顿悟成佛，目的也无非是想达到涅槃。涅槃者，圆融清静之谓，这个字的原意就是“终止”，终止者，跳出轮回不再转生也。中印两国人民的心态，在对待生死大事方面，是完全不同的。

据我个人的看法，人一死就是涅槃，不用你苦苦去追求，那种追求是“可怜无补费功夫”。在亿万年地球存在的期间，一个人只能有一次生命。这一次生命是万分难得的。我们每一个人都必须认识到这一点，切不可掉以轻心。尽管人的寿夭不同，这是人们自己无能为力的。不管寿长寿短，都要尽力实现这仅有的一次生命的价值。多体会民胞物与的意义，使人类和动植物都能在仅有的一生中过得愉快，过得幸福，过得美满，过得祥和。

# 时间

一抬头，就看到书桌上座钟的秒针在一跳一跳地向前走动。它那里一跳，我的心就一跳。孔子说：“逝者如斯夫，不舍昼夜！”这里指的是水。水永远不停地流逝，让孔夫子吃惊兴叹。我的心跳，跳的是时间。水是能看得见，摸得着的。时间却看不见，摸不着，它的流逝你感觉不到，然而确实是在流逝。现在我眼前摆上了座钟，它的秒针一跳一跳，让我再清楚不过地看到了时间的流逝，焉能不心跳？焉能不兴叹呢？

远古的人大概是很幸福的。他们日出而作，日入而息，根据太阳的出没来规定自己的活动。即使能感到时间的流逝，也只在依稀隐约之间。后来，他们聪明了，根据太阳光和阴影的推移，把时间称作光阴。再后来，人们的聪明才智更提高了，用铜壶滴漏的办法来显示和测定时间的推移，这是用人工来抓住看不见摸不着的时间的尝试。到了近几百年，人类发明了钟表，把时间的存在与流逝清清楚楚地摆在每一个人的面前。这是人类文明进步的表现。但是，正如人们常说的那样：“有一利必有一弊”，人类成了时间的奴隶，成了手表的奴隶。现在各种各样的会极多，开会必须规定时间，几点几分，不能任意伸缩。如果参加重要的会而路上偏偏赶上堵车，任你怎样焦急，怎样频频看手表，都是白搭。这不是典型的时间的奴隶又是什么呢？然而，话又说了回来，在今天头绪纷纭杂乱有章的社会里，开会不定时间，还像古人那样“日出而作，日入而息”，优哉游哉，顺帝之则，今天的社会还能运转吗？不管你愿意不愿意，成为时间的奴隶就正是文明的表现。

不管你意识到还是没有意识到，大自然还是把虚无缥缈的时间用具体的东西暗示给了人们。比如用日出日落标志出一天，用月亮的圆缺标志出一月，用四季（在印度是六季或者两季）标志出一年。农民最关心这些问题，一年二十四个节气对他们种庄稼有重要意义。在自然科学家和哲学家眼中，时间具有另外的意义。他们说，大千世界，人类万物，都生长在时间和空间内，而时间是无头无尾的，空间是无边无际的。我既不是自然科学家，也不是哲学家，对无头无尾和无边无际实在难以理解。可是不这样又能怎样呢？如果时间有了头尾，头以前尾以后又是什么呢？因此，难以理解也只得理解，此外更没有其他途径。

生与死也属于时间范畴。一般人总是把生与死绝对对立起来。但是，中国古代的道家却主张“万物方生方死”，把生与死辩证地联系在一起，而且准确无误地道出了生即是死的关系。随着座钟秒针的一跳，我自己就长了无法用言语表达出来的那么一点点儿。同时也就是向着死亡走近了那么一点点儿。不但我是这样，现在正是初夏，窗外的玉兰花、垂柳和深埋在清塘里的荷花，也都长了那么一点点儿。不久前还是冰封的湖水，现在是“风乍起，吹皱一池夏水”，波光潋滟，水色接天。岸上的垂杨，从光秃秃的枝条上逐渐长出了小叶片，一转瞬间，出现了一片鹅黄；再一转瞬，就是一片嫩绿，现在则是接近浓绿了。小山上原来是一片枯草，“一夜东风送春暖，满山开遍二月兰”。今年是二月兰的大年，山上地下，只要有空隙，二月兰必然出现在那里，座钟的秒针再跳上多少万次，二月兰即将枯萎，也就是走向暂时的死亡了。所有这些东西，都是方生方死。这是自然的规律，不可逆转的。

印度人是聪明的，他们把时间和死亡视为一物。梵文 hāla，既是“时间”，又是“死亡或死神”。《罗摩衍那》的主人公罗摩，在活了极长的时间以后，hāla 走上门来，这表示他就要死亡了。罗摩泰然处之，既不“饮恨”，也不“吞声”。他知道这是自然规律，人类是无能为力的。我们今天知道，不但人类是这样，世界上万事万物都有始有终，无一例外。“顺其自然”是最好的办法。我在这里顺便说一下。在梵文里，动词“死”的字根是 mn，但是此字不用 manati 来表示现在时，而是用被动式 mniyati（ti），这表示，印度人认为

“死”是被动的，主动自杀者究属少数。

同印度人比较起来，中国人大概希望争取长生。越是有钱有势的人越希望活下去，在旧社会里生活在水深火热中的小百姓，绝不会愿意长远活下去的。而富有天下的天子则热切希望长生。中国历史上几位有名的英主，莫不如此。秦始皇和汉武帝都寻求不死之药或者仙丹什么的。连唐太宗都是服用了印度婆罗门的“仙药”而中毒身亡的。老百姓书呆子中也有寻求肉身升天的，而且连鸡犬都带了上去。我这个木头脑袋瓜真想也想不通。如果真有那么一个“天”的话，人数也不会太多。升到那里去干些什么呢？那里不会有官僚衙门，想走后门靠贿赂来谋求升官，没有这个可能。那里也不会有什么市场，什么WTO，想发财也英雄无用武之地。想打麻将，唱卡拉 OK，唱几天，打几天，还是会有兴趣的，但让你一月月一年年永远打下去，你受得了吗？养鸡喂狗，永远喂下去，你也受不了。“不为无益之事，何以遣有涯之生！”无益之事天上没有。在天上待长了，你一定会自杀的。苏东坡说“起舞弄清影，何似在人间！”是有见地之言。我们还是老老实实待在人间吧。

要待在人间，就必须受时间的制约。在时间面前，人人平等。如果想不通我在上面说的那一些并不深奥的道理，时间就变成了枷锁，让你处处感到不舒服。但是，如果真想通了，则戴着枷锁跳舞反而更能增加一些意想不到的兴趣。我自认是想通了。现在照样一抬头就看到书桌上座钟的秒针一跳一跳地向前走动，但是我的心却不跳了。我觉得这是时间给我提醒儿，让我知道时间的价值。“一寸光阴不可轻”，朱子这一句诗对我这个年过九十的老头儿也是适用的。

# 论恐惧

法国大散文家和思想家蒙田写过一篇散文《论恐惧》。他一开始就说：

我并不像有人认为的那样是研究人类本性的学者，对于人为什么恐惧所知甚微。

我当然更不是一个研究人类本性的学者，虽然在高中时候读过心理学这样一门课，但其中是否讲到过恐惧，早已忘到爪哇国去了。

可我为什么现在又写《论恐惧》这样一篇文章呢？

理由并不太多，也谈不上堂皇。只不过是因为我常常思考这个问题，而今又受到了蒙田的启发而已。好像是蒙田给我出了这样一个题目。

根据我读书思考的结果，也根据我自己的经验，恐惧这一种心理活动和行动是异常复杂的，绝不是三言两语所能说得清楚的。人们可以从很多角度来探讨恐惧问题，我现在谈一下我自己从一个特定角度上来研究恐惧现象的想法，当然也只能极其概括、极其笼统地谈。

我认为，应当恐惧而恐惧者是正常的。应当恐惧而不恐惧者是英雄。我们平常所说的从容镇定，处变不惊，就是指的这个。不应当恐惧而恐惧者是孱头。不应当恐惧而不恐惧者也是正常的。

两个正常的现象用不着讲，我现在专讲三两个不正常的现象。要举事例，那就不胜枚举。我索性专门从《晋书》里面举出两个事例，两个都与苻坚有关。《谢安传》中有一段话：

玄等既破坚，有驿书至，安方对客围棋，看书既，竟便摄放床上，了无喜色，棋如故。客问之，徐答曰："小儿辈遂已破贼。"

苻坚大兵压境，作为大臣的谢安理当恐惧不安，然而他竟这样从容镇定，至今传颂不已。所以我称之为英雄。

《晋书·苻坚传》有下面这几段话：

谢石等以既败梁成，水陆继进。坚与苻融登城而望王师，见布阵齐整，将士精锐，又北望山上草木皆类人形，顾谓融曰：

“此亦劲敌也，何谓少乎！”怃然有惧色。

下面又说：

坚大惭，顾谓其夫人张氏曰：“朕若用朝臣之言，岂见今日之事耶！当何面目复临天下乎！”潸然流涕而去，闻风声鹤唳，皆谓晋师之至。

这活生生地画出了一个孱头。敌兵压境，应当振作起来，鼓励士兵，同仇敌忾，可是苻坚自己却先泄了气。这样的人不称为孱头，又称之为什么呢？结果留下了两句著名的话：“风声鹤唳，草木皆兵。”至今还流传在人民的口中，也可以说是流什么千古了。

如果想从《论恐惧》这一篇短文里吸取什么教训的话，那就是明明白白地摆在眼前的。我们都要锻炼自己，对什么事情都不要惊慌失措，而要处变不惊。

# 缘分与命运

缘分与命运本来是两个词儿，都是我们口中常说、文中常写的。但是，仔细琢磨起来，这两个词儿含义极为接近，有时达到了难解难分的程度。

缘分和命运可信不可信呢？

我认为，不能全信，又不可不信。

我绝不是为算卦相面的“张铁嘴”“王半仙”之流的骗子来张目。算八字算命那一套骗人的鬼话，只要一个异常简单的事实就能揭穿。试问普天之下——番邦暂且不算，因为老外那里没有这套玩意儿——同年、同月、同日、同时生的孩子有几万，几十万，他们一生的经历难道都能够绝对一样吗？绝对的不一样，倒近于事实。

可你为什么又说，缘分和命运不可不信呢？

我也举一个异常简单的事实。只要你把你最亲密的人，你的老伴——或者“小伴”，这是我创造的一个名词儿，年轻的夫妻之谓也——同你自己相遇，一直到“有情人终成了眷属”的经过回想一下，便立即会同意我的意见。你们可能是一个生在天南，一个生在海北，中间经过了不知道多少偶然的机遇，有的机遇简直是间不容发，稍纵即逝，可终究没有错过，你们到底走到一起来了。即使是青梅竹马的关系，也同样有个“机遇”问题。这种“机遇”是报纸上的词儿，哲学上的术语是“偶然性”，老百姓嘴里就叫作“缘分”或“命运”。这种情况，谁能否认，又谁能解释呢？没有办法，只好称之为缘分或命运。

北京西山深处有一座辽代古庙名叫“大觉寺”。此地有崇山峻岭，茂林流泉，有三百年的玉兰树，二百年的藤萝花，是一个绝妙的地方。将近二十年前，我骑自行车去过一次。当时古寺虽已破败，但仍给我留下了深刻的印象，至今忆念难忘。去年春末，北大中文系的毕业生欧阳旭邀我们到大觉寺去剪彩，原来他下海成了颇有基础的企业家。他毕竟是书生出身，念念不忘为文化做贡献。他在大觉寺里创办了一个明慧茶院，以弘扬中国的茶文化。我大喜过望，准时到了大觉寺。此时的大觉寺已完全焕然一新，雕梁画栋，金碧辉煌，玉兰已开过而紫藤尚开，品茗观茶道表演，心旷神怡，浑然欲忘我矣。

将近一年以来，我脑海中始终有一个疑团：这个英年岐嶷的小伙子怎么会到深山里来搞这么一个茶院呢？前几天，欧阳旭又邀我们到大觉寺去吃饭。坐在汽车上，我不禁向他提出了我的问题。他莞尔一笑，轻声说："缘分！"原来在这之前他携伙伴郊游，黄昏迷路，撞到大觉寺里来。爱此地之清幽，便租了下来，加以装修，创办了明慧茶院。

此事虽小，可以见大。信缘分与不信缘分，对人的心情影响是不一样的。信者胜可以做到不骄，败可以做到不馁，绝不致胜则忘乎所以，败则怨天尤人。中国古话说："尽人事而听天命。"首先必须"尽人事"，否则馅儿饼绝不会自己从天上落到你嘴里来。但又必须"听天命"。人世间，波诡云谲，因果错综。只有能做到"尽人事而听天命"，一个人才能永远保持心情的平衡。

# 坏人

积将近九十年的经验，我深知世界上确实是有坏人的。乍看上去，这个看法的智商只能达到小学一年级的水平。这就等于说“每个人都必须吃饭”那样既真实又平庸。

可是事实上我顿悟到这个真理，是经过了长时间的观察与思考的。

我从来就不是性善说的信徒，毋宁说我是倾向性恶说的。古书上说“天命之谓性”，“性”就是我们现常说的“本能”。而一切生物的本能是力求生存和发展，这难免引起生物之间的矛盾，性善又何从谈起呢？

那么，什么又叫作“坏人”呢？记得鲁迅曾说过，干损人利己的事还可以理解，损人又不利己的事千万干不得。我现在利用鲁迅的话来给坏人做一个界定：干损人利己的事是坏人，而干损人又不利己的事，则是坏人之尤者。

空口无凭，不妨略举两例。一个人搬到新房子里，照例大事装修，而装修的方式又极野蛮，结果把水管凿破，水往外流。住在楼下的人当然首蒙其害，水滴不止，连半壁墙都浸透了。然而此人却不闻不问，本单位派人来修，又拒绝入门。倘若墙壁倒塌，楼下的人当然会受害，他自己焉能安全！这是典型的损人又不利己的例子。又有一位“学者”，对某一种语言连字母都不认识，却偏冒充专家，不但在国内蒙混过关，在国外也招摇撞骗。有识之士皆嗤之以鼻。这又是一个典型的损人而不利己的例子。

根据我的观察，坏人，同一切有毒的动植物一样，是并不知道自己是坏人的，是毒物的。鲁迅翻译的《小约翰》里讲到一个有毒的蘑菇听人说它有毒，它说：这是人话。毒蘑菇和一切苍蝇、蚊子、臭虫，等等，都不认为自己有毒。说它们有毒，它们大概也会认为：这是人话。可是被群众公推为坏人的人，他们难道能说：说他们是坏人的都是人话吗？如果这是“人话”的话，那么他们自己又是什么呢？

根据我的观察，我还发现，坏人是不会改好的。这有点像形而上学了。但是，我却没有办法。天下哪里会有不变的事物呢？哪里会有不变的人呢？我观察的几个“坏人”偏偏不变。几十年前是这样，今天还是这样。我想给他们辩护都找不出词儿来。有时候，我简直怀疑，天地间是否有一种叫作“坏人基因”的东西？可惜没有一个生物学家或生理学家提出过这种理论。我自己既非生物学家，又非生理学家，只能凭空臆断。我但愿有一个坏人改变一下，改恶从善，堵住了我的嘴。

# 走运与倒霉

走运与倒霉，表面上看起来，似乎是绝对对立的两个概念。世人无不想走运，而绝不想倒霉。

其实，这两件事是有密切联系的，互相依存的，互为因果的。说极端了，简直是一而二二而一者也。这并不是我的发明创造。两千多年前的老子已经发现了，他说：“祸兮福之所倚，福兮祸之所伏，孰知其极？其无正。”老子的“福”就是走运，他的“祸”就是倒霉。

走运有大小之别，倒霉也有大小之别，而二者往往是相通的。走的运越大，则倒的霉也越惨，二者之间成正比。中国有一句俗话说：“爬得越高，跌得越重。”形象生动地说明了这种关系。

吾辈小民，过着平平常常的日子，天天忙着吃、喝、拉、撒、睡；操持着柴、米、油、盐、酱、醋、茶。有时候难免走点小运，有的是主动争取来的，有的是时来运转，好运从天上掉下来的。高兴之余，不过喝上二两二锅头，飘飘然一阵了事。但有时又难免倒点小霉，“闭门家中坐，祸从天上来”，没有人去争取倒霉的。倒霉以后，也不过心里郁闷几天，对老婆孩子发点小脾气，转瞬就过去了。

但是，历史上和眼前的那些大人物和大款们，他们一身系天下安危，或者系一个地区、一个行当的安危。他们得意时，比如打了一个大胜仗，或者倒卖房地产、炒股票，发了一笔大财，意气风发，踌躇满志，自以为天上天下，唯我独尊。“固一世之雄也”，怎二两二锅头了得！然而一旦失败，不是自刎乌江，就是从摩天高楼跳下，“而今安在哉！”

从历史上到现在，中国知识分子有一个“特色”，这在西方国家是找不到的。中国历代的诗人、文学家，不倒霉则走不了运。司马迁在《太史公自序》中说：“昔西伯拘羑里，演《周易》；孔子厄陈蔡，作《春秋》；屈原放逐，著《离骚》；左丘失明，厥有《国语》；孙子膑脚，而论兵法；不韦迁蜀，世传《吕览》；韩非囚秦，《说难》《孤愤》；《诗》三百篇，大抵贤圣发愤之所为作也。”司马迁算的这个总账，后来并没有改变。汉以后所有的文学大家，都是在倒霉之后，才写出了震古烁今的杰作。像韩愈、苏轼、李清照、李后主等一批人，莫不皆然。从来没有过状元宰相成为大文学家的。

了解了这一番道理之后，有什么意义呢？我认为，意义是重大的。它能够让我们头脑清醒，理解祸福的辩证关系。走运时，要想到倒霉，不要得意过了头；倒霉时，要想到走运，不必垂头丧气。心态始终保持平衡，情绪始终保持稳定，此亦长寿之道也。

# 年

年，像淡烟，又像远山的晴岚。我们握不着，也看不到。当它走来的时候，只在我们的心头轻轻地一拂，我们就知道：年来了。但是究竟什么是年呢？却没有人能说得清了。

当我们沿着一条大路走着的时候，遥望前路茫茫，花样似乎很多。但是，及至走上前去，身临切近，却正如向水里扑自己的影子，捉到的只有空虚。更遥望前路，仍然渺茫得很。这时，我们往往要回头看看的。其实，回头看，随时都可以。但是我们却不。最常引起我们回头看的，是当我们走到一个路上的界石的时候。说界石，实在没有什么石。只不过在我们心上有那么一点痕。痕迹自然很虚缥，所以不易说。但倘若不管易说不易说，说了出来的话，就是年。

说出来了，这年，仍然很虚缥。也许因为这一说，变得更虚缥。但这却是没有办法的事了。我前面不是说我们要回头看吗？就先说我们回头看到的罢。我们究竟看到些什么呢？灰蒙的一片，仿佛白云，又仿佛轻雾，朦胧成一团。里面浮动着种种的面影，各样的彩色。这似乎真有花样了。但仔细看来，却又不然。仍然是平板单调。就譬如从最近的界石看回去罢。先看到白皑皑的雪凝结在杈枒着刺着灰的天空的树枝上。再往前，又看到澄碧的长天下流泛着的萧瑟冷寂的黄雾。再往前，苍郁欲滴的浓碧铺在雨后的林里，铺在山头。烈阳闪着金光。更往前，到处闪动着火焰般的花的红影。中间点缀着亮的白天，暗的黑夜。在白天里，我们拼命填满了肚皮。在黑夜里，我们挺在床上咧开大嘴打呼。就这样，白天接着黑夜，黑夜接着白天，一明一暗地滚下去，像玉盘上的珍珠……

于是越过一个界石。看上去，仍然看到白皑皑的雪，看到萧瑟冷寂的黄雾，看到苍郁欲滴的浓碧，看到火焰般的红影。仍然是连续的亮的白天、暗的黑夜——于是又越过了一个界石。于是又——一个界石，一个界石，界石接着界石，没有完。亮的白天、暗的黑夜交织着。白雪、黄雾、浓碧、红影，混成一团。影子却渐渐地淡了下来。我们的记忆也被拖到辽远又辽远的雾蒙蒙的暗陬里去了。我们再看到什么呢？更茫茫。然而，不新奇。

不新奇吗？却终究又有些新的花样了。仿佛是跨过第一个界石的时候——实在还早，仿佛是才踏上了世界的时候，我们眼前便障上了幕。我们看不清眼前的东西；只是摸索着走上去。随了白天的消失，暗夜的消失，这幕渐渐地一点一点地撤下去。但我们不觉得。我们觉得的时候，往往是在踏上了一个界石回头看的一刹那。一觉得，我们又慌了：“会有这样的事情发生到我身上吗？”其实，当这事情正在发生的时候，我们还热烈地参加着，或表演着。现在一觉得，便大惊小怪起来。我们又肯定地信，不会有这样的事情发生到我们身上的。我们想，自己以前仿佛没曾打算有这样的事情发生。实在，打算又有什么用呢？事情早已给我们安排在幕后。只是幕不撤，我们看不到而已。而且又真没曾打算过。以后我们又证明给自己：的确发生过这样的事情了。于是，因了这惊、这怪，我们也似乎变得比以前更聪明些。“以后我要这样了。”我们想。真的，以后我们要这样了。然而，又走到一个界石，回头一看，我们又惊疑：“怎么又会有这样的事情发生到我身上呢？”是的，真有过。“以后我要这样了。”我们又想。一个界石，就在这随时发现的新奇中过下去，一直到现在，我们眼前仍然是幕。这幕什么时候才撤净呢？我们苦恼着。但也因而得到了安慰了。一切事情，虽然都已经安排在幕后，有时我们也会蓦地想到几件。其中也不缺少一想到就使我们流汗战栗喘息的事情。我们知道它们一定会发生，只是不知道什么时候而已。但现在回头看来，许多这样的事情，只在这幕的微启之下，便悠然地露了出来，我们也不知怎样竟闯了过来。回顾当时的流汗、战栗、喘息，早成残象，只在我们心的深处留下一点痕迹。不禁微笑浮上心头了。回首绵绵无尽的灰雾中，竟还有自已踏过的微白的足迹在，蜿蜒一条长长的路，一直通到现在的脚跟下。再一想踏这路时的心情，看这眼前的幕一点一点撤开时的或惊，或惧，或喜的心情，微笑更要浮上嘴角了。

这样，这条微白的长长的路就一直蜿蜒到脚跟。现在脚下踏看的又是一块新的界石了。不容我们迟疑，这条路又把我们引上前去。我们不能停下来；也不愿意停下来的。倘若抬头向前看的时候——又是一条微白的长长的路，伸展开去。又是一片灰蒙蒙的雾，这路就蜿蜒到雾里去。到哪里止呢？谁知道，我们只是走上前去。过去的，混沌迷茫，不知其所以然了。未来的，混沌迷茫，更不知其所以然了。但是我们时时刻刻都在向前走着，时时刻刻这条蜿蜒的长长的路向后缩了回去，又时时刻刻向前伸了出去，摆在我们面前。仍然再缩了回去，离我们渐远，渐远，窄了，更窄了。埋在茫茫的雾里。刚才看见的东西，一转眼，便随了这条路缩了回去，渐渐地不清楚，成云，成烟，埋在记忆里，又在记忆里消失了。只有在我们眼前的这一点短短的时间——一分钟，不，还短；一秒钟，不，还短；短到说不出来，就算有那么一点时间罢；我们眼前有点亮；一抬眼，便可以看到桌子上摆着的花的曼长的枝条在风里袅动，看到架上排着的书，看到玻璃杯在静默里反射着清光，看到窗外枯树寒鸦的淡影，看到电灯罩的丝穗在轻微地散布着波纹，看到眼前的一切，都发亮。然而一转眼，这一切又缩了回去，渐渐地不清楚，成云，成烟，埋在记忆里，也在记忆里消失罢。等到第二次抬眼的时候，看到的一切已经同前次看到的不同了。我说，我们就只有那样短短的时间的一点亮。这条蜿蜒的长长的路伸展出去，这一点亮也跟着走。一直到我们不愿意，或者不能走了，我们眼前仍然只有那一点亮，带着糊涂走开。

当我们还在沿着这条路走的时候，虽然眼前只有那样一点亮，我们也只好跟着它走上去了。脚踏上一块新的界石的时候，固然常常引起我们回头去看，但是，我们仍要时时提醒自己：前面仍然有路。我前面不是说，我们又看到一条微白的长长的路引到雾里去吗？渺茫，自然，但不必气馁。譬如游山，走过了一段路之后，乘喘息未定的时候，回望来路，白云四合，当然很有意思的。倘再翘首前路，更有青霭流泛，不也增加游兴不少吗？而且，正因为渺茫，却更有味。当我翘首前望的时候，只看到雾海，茫茫一片，不辨山水云树。我们可以任意把想象加到上面。我们可以自己涂上粉红色，彩红色，任意制成各种的梦，各种的幻影，各种的蜃楼。制成以后，随便按上，无不适合。较之回头看时，只见残迹，只见过去的面影，趣味自然不同。这时，我们大概也要充满了欣慰与生力，怡然走上前去。倘若了如指掌，毫发都现。一眼便看到自己的坟墓。无所用其涂色，更无所用其蜃楼，只懒懒地抬起了沉重的腿脚，无可奈何地踱上去，不也大煞风景，生趣全丢吗？

然而，话又要说了回来，虽然我们可以把未来涂上了彩色，制成了梦、幻影和蜃楼。一想到，蜿蜒到灰雾里去的长长的路，仍然不过是长长的路，同从雾里蜿蜒出来的并不会有多大差别，我们不禁又惘然了。我们知道，虽然说不定也有点变化，仍要看到同样的那一套。真的，我们也只有看到同样的那一套。微微有点不同的，就是次序倒了过来。我们将先看到到处闪动着的花的红影；以后，再看到苍郁欲滴的浓碧；以后，又看到萧瑟冷寂的黄雾；以后，再看到白皑皑的雪凝在杈枒着刺着灰的天空的树枝上。中间点缀着的仍然是亮的白天，暗的黑夜。在白天里，我们填满了肚皮。在夜里，我们咧开大嘴打呼。照样地，白天接着黑夜，黑夜接着白天。于是到了一个界石，我们眼前仍然只有那短短的时间的一点亮。脚踏上这个界石的时候，说不定还要回过头来看到现在。现在早笼在灰雾里，埋在记忆里了。我们的心情大概不会同踏在现在的这块界石上回望以前有什么差别吧。看了微白的足迹从现在的脚下通到那时的脚下，浮笑浮上心头呢？浮上嘴角呢？惘然呢？漠然呢？看了眼前的幕一点一点地撤去，惊呢？惧呢？喜呢？那就都不得而知了。

于是，通过了一块界石，又看上去，仍然是红影、浓碧、黄雾、白雪。亮的白天，暗的黑夜，一个推着一个，滚成一团，滚上去，像玉盘上的珍珠。终于我们看到些什么呢？灰蒙蒙，然而不新奇。但却又使我们战栗了。——在这微白的长长的路的终点，在雾的深处，谁也说不清是什么地方，有一个充满了威吓的黑洞，在向我们狞笑，那就是我们的归宿。障在我们眼前的幕，到底也不全撤去。我们眼前仍然只有当前一刹那的亮，带了一个大混沌，走进这个黑洞去。

走进这个黑洞去，其实倒也不坏，因为我们可以得到静息。但又不这样简单。中间经过几多花样，经过多长的路才能达到呢？谁知道。当我们还没达到以前，脚下又正在踏着一块界石的时候，我们命定的只能向前看，或向后看。向后看，灰，不新奇了。向前看，灰，更不新奇了。然而，我们可以做梦。再要问：我们要做什么样的梦呢？谁知道。一切都交给命运去安排罢。

# 回忆

回忆很不好说。究竟什么才算是回忆呢？我们时时刻刻沿着人生的路向前走着，时时刻刻有东西映入我们的眼里。——即如现在吧，我一抬头就可以看到清浅的水在水仙花盆里反射的冷光，漫在水里的石子的晕红和翠绿，茶杯里残茶在软柔的灯光下照出的几点金星。但是，一转眼，眼前的这一切，早跳入我的意想里，成轻烟，成细雾，成淡淡的影子，再看起来，想起来，说起来的话，就算是我的回忆了。

只说眼前这一步，只有这一点淡淡的影子，自然是迷离的。但是我自从踏到世界上来，走过不知多少的路。回望过去的茫茫里，有着我的足迹叠成的一条白线，一直引到现在，而且还要引上去。我走过都市的路，看尘烟缭绕在栉比的高屋的顶上。我走过乡村的路，看似水的流云笼罩着远村，看金海似的麦浪。我走过其他许许多多的路，看红的梅，白的雪，潋滟的流水，十里稷稷的松壑，死人的蜡黄的面色，小孩充满了生命力的踊跃。我在一条路上接触到种种的面影，熟悉的，不熟悉的。这一切的一切都在我走着的时候，蓦地成轻烟，成细雾，成淡淡的影子，储在我的回忆里。有的也就被埋在回忆的暗陬里，忘了。当我转向另一条路的时候，随时又有新的东西，另有一群面影凑集在我的眼前。蓦地又成轻烟，成细雾，成淡淡的影子，移入我的回忆里，自然也有的被埋在暗陬里，忘了。新的影子挤入来，又有旧的被挤到不知什么地方去幻灭，有的简直就被挤了出去。以后，当另一群更新的影子挤进来的时候，这新的也就追踪了旧的命运。就这样，挤出，挤进，一直到现在。我的回忆里残留着各样的影子、色彩，分不清先先后后，蓑混成一团了。

我就带着这蓑混的一团从过去的茫茫里走上来。现在抬头就可以看到水仙花盆里反射的水的冷光，水里石子的晕红和翠绿，残茶在灯下照出的几点金星。自然，前面已经说过，这些都要倏地变成影子，移入回忆里，移入这蓑混的一团里，但是在未移入以前，这蓑混的一团影子说不定就在我的脑里浮动起来，我就自然陷入回忆里去了——陷入回忆里去，其实是很不费力的事。我面对着当前的事物。不知怎的，迷离里忽然电光似的一掣，立刻有灰蒙蒙的一片展开在我的意想里，仿佛是空空的，没有什么，但随便我想到曾经见过的什么，立刻便有影子浮现出来。跟着来的还不止一个影子，两个，三个，多，更多了。影子在穿梭，在蓑混。又仿佛电光似的一掣，我又顺着一条线回忆下去。——比如回忆到故乡里的秋吧。先仿佛看到满场里乱摊着的谷子，黄黄的。再看到左右摆动的老牛的头，飘浮着云烟的田野，屋后银白的一片秋芦。再沉一下心，还仿佛能听到老牛的喘气，柳树顶蝉的曳长了的鸣声。豆荚在日光下毕剥的炸裂声。蓦地，有如阴云漫过了田野，只在我的意想里一晃，在故乡里的这些秋的影子上面，又挤进来别的影子了——红的梅，白的雪，潋滟的流水，十里稷稷的松壑，死人的蜡黄的面色，小孩充满了生命力的踊跃。同时，老牛的影，芦花的影，田野的影，也站在我的心里的一个角隅里。这许多的影子掩映着，混起来。我再不能顺着刚才的那条线想下去。又有许多别的历乱的影子在我的意念里跳动。如电光火石，眩了我的眼睛。终于我一无所见，一无所忆。仍然展开了灰蒙蒙的一片，空空的，什么也没有。我的回忆也就停止了。

我的回忆停止了，但是绝不能就这样停止下去。我仍然说，我们时时刻刻沿着人生的路向前走着，时时刻刻就有回忆萦绕着我们。——再说到现在吧。灯光平流到我面前的桌上，书页映出了参差的黑影，看到这黑影，我立刻想到在过去不知什么时候看过的远山的淡影。玻璃杯反射着清光，看了这清光，我立刻想到月明下千里的积雪。我正写着字，看了这一颗颗的字，也使我想到阶下的蚁群……倘若再沉一下心，我可以想到过去在某处见过这样的山的淡影。在另一个地方也见过这样的影子，纷纷的一团。于是想了开去，想到同这影子差不多的影子，纷纷的一团。于是又想了开去，仍然是纷纷的一团影子。但是同这山的淡影，同这书页映出的参差的黑影却没有一点关系了。这些影子还没幻灭的时候，又有别的影子隐现在它们后面，朦胧，暗淡，有着各样的色彩。再往里看，又有一层影子隐现在这些影子后面，更朦胧，更暗淡，色彩也更繁复……一层，一层，看上去，没有完。越远越暗淡了下去。到最后，只剩了那么一点绰绰的形象。就这样，在我的回忆里，一层一层的，这许许多多的影子、色彩，分不清先先后后，又萦混成一团了。

我仍然带了这萦混的一团影走上去。倘若要问：这些影子都在什么地方呢？我却说不清了。往往是这样，一闭眼，先是暗冥冥的一片，再一看，里面就有影子。但再问：这暗冥冥的一片在什么地方呢？恐怕只有天知道吧。当我注视着一件东西发愣的时候，这些影子往往就叠在我眼前的东西上。在不经意的时候，我常把母亲的面影叠在茶杯上。把忘记在什么时候看到的一条长长的伸到水里去的小路叠在 Holderlin 的全集上，把一树灿烂的海棠花叠在盛着花的土盆上，把大明湖里的塔影叠在桌上铺着的晶莹的清玻璃上，把晚秋黄昏的一天暮鸦叠在墙角的蜘蛛网上，把夏天里烈日下的火红的花团叠在窗外草地上半铺着的白雪上……然而，只要一经意，这些影子立刻又水纹似的幻化开去。同了这茶杯的，这 Holderlin 全集的，这土盆的，这清玻璃的，这蜘蛛网的，这白雪的，影子，跳入我们的回忆里，在将来的不知什么时候，又要叠在另一些放在我眼前的东西上了。

将来还没有来，而且也不好说。但是，我们眼前的路不正引向将来去吗？我看过了清浅的水在水仙花盆里反射的冷光，映在水里的石子的晕红和翠绿，残茶在软柔的灯光下照出的那几点金星。也看过了茶杯、Holderlin 全集、土盆、清玻璃、蜘蛛网、白雪，第二天我自然看到另一些新的东西。第三天我自然看到另一些更新的东西。第四天，第五天……看到的东西多起来，这些东西都要倏地成轻烟，成细雾，成淡淡的影子，储在我的回忆里吧。这一团蒙混的影子，也要更蒙混了。等我不能再走，不能再看的时候，这一团也要随了我走应当走的最后的路。然而这时候，我却将一无所见，一无所忆。这一团影子幻失到什么地方去了呢？随了大明湖里的倒影飘散到茫迷里去了吗？随了远山的淡霭被吸入金色的黄昏里去了吗？说不清，而且也不必说——反正我有过回忆了。我还希望什么呢？

# 当时只道是寻常

这是一句非常明白易懂的话，却道出了几乎人人都有的感觉。所谓“当时”者，指人生过去的某一个阶段。处在这个阶段中时，觉得过日子也不过如此，是很寻常的。过了十几二十年或者更长的时间，回头一看，当时实在有不寻常者在。因此有人，特别是老年人，喜欢在回忆中生活。

在中国，这种情况更比较突出，魏晋时代的人喜欢做羲皇上人。这是一种什么心理呢？“鸡犬之声相闻，而老死不相往来”，真就那么好吗？人类最初不会种地，只是采集植物，猎获动物，以此为生。生活是十分艰苦的。这样的生活有什么可向往的呢！

然而，根据我个人的经验，发思古之幽情，几乎是每个人都有的。到了今天，沧海桑田，世界有多少次巨大的变化。人们思古的情绪却依然没变。我举一个具体的例子。十几年前，我重访了我曾待过十年的德国哥廷根。我的老师瓦尔德施米特教授夫妇都还健在。但已今非昔比，房子捐给梵学研究所，汽车也已卖掉。他们只有一个独生子，二战中阵亡。此时老夫妇二人孤零零地住在一座十分豪华的养老院里。院里设备十分齐全，游泳池、网球场等一应俱全。但是，这些设备对七八十岁、八九十岁的老人有什么用处呢？让老人们触目惊心的是，每隔一段时间就有某一个房号空了出来，主人见上帝去了。这对老人们的刺激之大是不言而喻的。我的来临大出教授的意料，他简直有点喜不自胜的意味。夫人摆出了当年我在哥廷根时常吃的点心。教授仿佛返老还童，回到了当年去了。他笑着说："让我们好好地过一过当年过的日子，说一说当年常说的话！"我含着眼泪离开了教授夫妇，嘴里说着连自己都不相信的话："过几年，我还会来看你们的。"

我的德国老师不会懂"当时只道是寻常"的隐含的意蕴，但是古今中外人士所共有的这种怀旧追忆的情绪却是有的。这种情绪通过我上面描述的情况完全流露出来了。

仔细分析起来，"当时"是很不相同的。国王有国王的"当时"，有钱人有有钱人的"当时"，平头老百姓有平头老百姓的"当时"。在李煜眼中，"当时"是车如流水马如龙，花月正春风游上林苑的"当时"。对此，他没有别的办法，只有哀叹"天上人间"了。

我不想对这个概念再进行过多的分析。本来是明明白白的一点真理，过多的分析反而会使它迷离模糊起来。我现在想对自己提出一个怪问题：你对我们的现在，也就是眼前这个现在，感觉到是寻常呢还是不寻常？这个“现在”，若干年后也会成为“当时”的。到了那时候，我们会不会说“当时只道是寻常”呢？现在无法预言。现在我住在医院中，享受极高的待遇。应该说，没有什么不满足的地方。但是，倘若扪心自问：“你认为是寻常呢，还是不寻常？”我真有点说不出，也许只有到了若干年后，我才能说：“当时只道是寻常。”

# 寂寞

寂寞像大毒蛇，盘住了我整个的心，我自己也奇怪：几天前喧腾的笑声现在还萦绕在耳际，我竟然给寂寞克服了吗？

但是，克服了，是真的，奇怪又有什么用呢？笑声虽然萦绕在耳际，早已恍如梦中的追忆了，我只有一颗心，空虚寂寞的心被安放在一个长方形的小屋里。我看四壁，四壁冰冷像石板，书架上一行行排列着的书，都像一行行的石块，床上棉被和大衣的折纹也都变成雕刻家手下的作品了。死寂，一切死寂，更死寂的却是我的心——我到了庞培（Pompeii）了吗？不，我自己证明没有，隔了窗子，我还可以看见袅动的烟缕，虽然还在袅动，但是又是怎样地微弱呢？——我到了西敏斯大寺（Westminster Abbey）了吗？我自己又证明没有，我看不到阴森的长廊，看不到诗人的墓冢，我只是被装在一个长方形的小屋里，四周圈着冰冷的石板似的墙壁，我究竟在什么地方呢？桌子上那两盆草的曼长嫩绿的枝条，反射在镜子里的影子，我透过玻璃杯看到的淡淡的影子，反射在电镀过的小钟座上的影子，在平常总轻轻地笼罩上一层绿雾，不是很美丽有生气的吗？为什么也变成浮雕般的呆僵着不动呢？——一切完了，一切都给寂寞吞噬了，寂寞凝定在墙上挂的相片上，凝定在屋角的蜘蛛网上，凝定在镜子里我自己的影子上……

一切都真的给寂寞吞噬了吗？不，还有我自己，我试着抬一抬胳膊，还能抬得起，我摆了摆头，镜子里的影子也还随着动，我自己问：是谁把我放在这里的呢？是我自己，现在我才发现，就是自己，我能逃……

我能逃，然而，寂寞又跟上我了呀！在平常我们跑着百米抢书的图书馆，不是很热闹的吗？现在为什么也这样冷清呢？我从这头看到那头，像看一个朦胧的残梦，淡黄的阳光从窗子里穿进来造成一条光的路，又射在光滑的桌面上，不耀眼，不辉腾，只是死死地贴在桌上，像——像什么呢？我不愿意说，像乡间黑漆棺材上贴的金边，寥寥的几个看书的，错落地散坐着，使我想到月明夜天空里的星星，但也都石像似的坐着，不响也不动，是人吗？不是，我左右看全不像，像木乃伊？又不像，因为我闻不到木乃伊应该有的那种香味，像死尸？有点，但也不全像——我看到他们僵坐的姿势了，我看到他们一个个的翻着的死白的眼了。我现在知道他们像什么，像鱼市里的死鱼，一堆堆地排列着，鼓着肚皮，翻着白眼，可怕！然而我能逃，然而寂寞又跟上了我，我向哪里逃呢？

到了世界的末日了吗？世界的末日，多可怕！以前我曾自己想象，自己是世界上最后的一个生物，因了这无谓的想象，我流过不知多少汗，但是现在却真教我尝到这个滋味了。天空倒挂着，像个盆，远处的西山，近处的楼台，都仿佛剪影似的贴在这灰白盆底上，小鸟缩着脖子站在土山上，不动，像博物院里的标本，流水在冰下低缓地唱着丧歌，天空里破絮似的云片，看来像一贴贴的膏药，糊在我这寂寞的心上，枯枝丫杈着，看来像鱼刺，也刺着我这寂寞的心。

但是，我在身旁发现有人影在游动了，我知道，我自己不是世界上最后的生物，我在内心里浮起一丝笑意。但是（又是但是）却怪没等这笑意浮到脸上，我又看到我身旁的人也同样翻着死白的眼，像木乃伊？像僵尸？像鱼市上陈列的死鱼？谁耐心去管，战栗通过了我全身，我想逃，寂寞驱逐着我，我想逃，向哪里逃呢？——天哪！我不知道向哪里逃了。

夜来了，随了夜来的是更多的寂寞。当我从外面走回宿舍的时候，四周死一般沉寂，但总仿佛有窸窣的脚步声绕在我四围，说声，其实哪里有什么声呢？只是我觉得有什么东西跟着我而已，倘若在白天，我一定说这是影子；倘若睡着了，我一定说这是梦，究竟是什么呢？我知道，这是寂寞，从远处我看到压在黑暗的夜气下面的宿舍，以前不是每个窗子都射出温热的软光来吗？但是，变了，一切变了，大半的窗子都黑黑的，闭着寥寥的几个窗子，无力地迸射出几条光线来，又都是怎样暗淡灰白呢？——不，这不是窗子里射出的灯光，这是墓地里的鬼火，这是魔窟里发出的魔光，我是到了鬼影憧憧的世界里了，我自己也成了鬼影了。

我平卧在床上，让柔弱的灯光流在我身上，让寂寞在我四周跳动，静听着远处传来的跫跫的足音，隐隐地，细细弱弱到听不清，听不见了，这声音从哪里传来的呢？是从辽远又辽远的国土里呀！是从寂寞的大沙漠里呀！但是，又像比辽远的国土更辽远；我的小屋是坟墓，这声音是从墓外过路人的脚下踢出来的呀！离这里多远呢？想象不出，也不能想象，望吧！是一片茫茫的白海流布在中间，海里是什么呢？是寂寞。

隔了窗子，外面是死寂的夜，从蒙翳的玻璃里看出去，不见灯光；不见一切东西的清晰的轮廓，只是黑暗，在黑暗里的迷离的树影，丫杈着，刺着暗灰的天。在三个月前，这秃光的枯枝上，有过一串串的叶子，在萧瑟的秋风里打战，又罩上一层淡淡的黄雾。再往前，在五六个月以前吧，同样的这枯枝上织上一丛丛的茂密的绿，在雨里凝成浓翠，在毒阳下闪着金光。倘若再往前推，在春天里，这枯枝上嵌着一颗颗火星似的红花，远处看，辉耀着，像火焰——但是，一转眼，溜到现在，现在怎样了呢？变了，全变了，只剩了秃光的枯枝，刺着天空，把小小的温热的生命力蕴蓄在这枯枝的中心，外面披上这层刚劲的皮，忍受着北风的狂吹，忍受着白雪的凝固，忍受着寂寞的来袭，同我一样。它也该同我一样切盼着春的来临，切盼着寂寞的退走吧。春什么时候会来呢？寂寞什么时候会走呢？这漫漫的长长的夜，这漫漫的更长的冬……

# 忘

记得曾在什么地方听过一个笑话：一个人善忘。一天，他到野外去出恭。任务完成后，却找不到自己的腰带了。出了一身汗，好歹找到了，大喜过望，说道："今天运气真不错，平白无故地捡了一条腰带！"一转身，不小心，脚踩到了自己刚才拉出来的屎堆上，于是勃然大怒："这是哪一条混账狗在这里拉了一泡屎？"

这本来是一个笑话，在我们现实生活中，未必会有的。但是，人一老，就容易忘事糊涂，却是经常见到的事。

我认识一位著名的画家，本来是并不糊涂的。但是，年过八旬以后，却慢慢地忘事糊涂起来。我们将近半个世纪以前就认识了，颇能谈得来，而且平常也还是有些接触的。然而，最近几年来，每次见面，他都会把我的尊姓大名完全忘了。从眼镜后面流出来的淳朴宽厚的目光，落到我的脸上，其中饱含着疑惑的神气。我连忙说："我是季羡林，是北京大学的。"

他点头称是。但是，过了没有五分钟，他又问我："你是谁呀！"我敬谨回答如上。在每一次会面中，尽管时间不长，这样尴尬的局面总会出现几次。我心里想：老友确是老了！

有一年，我们邂逅在香港。一位有名的企业家设盛筵，宴嘉宾。香港著名的人物参加者为数颇多，比如饶宗颐、邵逸夫、杨振宁等先生都在其中。宽敞典雅、雍容华贵的宴会厅里，一时珠光宝气，璀璨生辉，可谓极一时之盛。至于菜肴之精美，服务之周到，自然更不在话下了。我同这一位画家老友都是主宾，被安排在主人座旁。但是正当觥筹交错、逸兴遄飞之际，他忽然站了起来，转身要走，他大概认为宴会已经结束，到了拜拜的时候了。众人愕然，他夫人深知内情，赶快起身，把他拦住，又拉回到座位上，避免了一场尴尬的局面。

前几年，中国敦煌吐鲁番学会在富丽堂皇的北京图书馆的大报告厅里举行年会。我这位画家老友是敦煌学界的元老之一，获得了普遍的尊敬。按照中国现行的礼节，必须请他上主席台并且讲话。但是，这却带来了困难。像许多老年人一样，他脑袋里刹车的部件似乎老化失灵。一说话，往往像开汽车一样刹不住车，说个不停，没完没了。会议是有时间限制的，听众的忍耐也绝非无限。在这危难之际，我同他的夫人商议，由她写一个简短的发言稿，往他口袋里一塞，叮嘱他念完就算完事，不悖行礼如仪的常规。然而他一开口讲话，稿子之事早已忘入九霄云外。看样子是打算从盘古开天辟地讲起。照这样下去，讲上几千年，也讲不到今天的会。到了听众都变成了化石的时候，他也许才讲到春秋战国！我心里急如热锅上的蚂蚁，忽然想到：按既定方针办。我请他的夫人上台，从他的口袋掏出了讲稿，耳语了几句。他恍然大悟，点头称是，把讲稿念完，回到原来的座位。于是一场惊险才化险为夷，皆大欢喜。

我比这位老友小六七岁。有人赞我耳聪目明，实际上是耳欠聪，目欠明。如人饮水，冷暖自知。其中滋味，实不足为外人道也。但是，我脑袋里的刹车部件，虽然老化，尚可使用。再加上我有点自知之明，我的新座右铭是：老年之人，刹车失灵，戒之在说。一向奉行不违，还没有碰到下不了台的窘境。在潜意识中颇有点沾沾自喜了。

然而我的记忆机构也逐渐出现了问题。虽然还没有达到画家老友那样“神品”的水平，也已颇有可观。在这方面，我是独辟蹊径，创立了有季羡林特色的“忘”的学派。

我一向对自己的记忆力，特别是形象的记忆，是颇有一点自信的。四五十年前，甚至六七十年前的一个眼神、一个手势，至今记忆犹新，招之即来。显现在眼前、耳旁，如见其形，如闻其声；移到纸上，即成文章。可是，最近几年以来，古旧的记忆尚能保存。对眼前非常熟的人，见面时往往忘记了他的姓名。在第一瞥中，他的名字似乎就在嘴边、舌上。然而一转瞬间，不到十分之一秒，这个呼之欲出的姓名，就蓦地隐藏了起来，再也说不出了。说不出，也就算了。这无关宇宙大事、国家大事，甚至个人大事，完全可以置之不理的。而且脑袋里断了的保险丝，还会接上的。些许小事，何必介意？然而不行，它成了我的一块心病。我像着了魔似的，走路、看书、吃饭、睡觉，只要思路一转，立即想起此事。好像是，如果想不出来，自己就无法活下去，地球就停止了转动。我从字形上追忆，没有结果；我从发音上追忆，结果杳然。最怕半夜里醒来，本来睡得香香甜甜，如果没有干扰，保证一夜幸福。然而，像电光石火一闪，名字问题又浮现出来。古人常说的平旦之气，是非常美妙的，然而此时却美妙不起来了。我辗转反侧，瞪着眼一直瞪到天亮。其苦味实不足为外人道也。但是，不知道是哪一位神灵保佑，脑袋又像电光石火似的忽然一闪，他的姓名一下子出现了。古人形容快乐常说，“洞房花烛夜，金榜题名时”，差可同我此时的心情相比。

这样小小的悲喜剧，一出刚完，又会来第二出。有时候对于同一个人的姓名，竟会上演两出这样的戏。而且出现的频率还是越来越多。自己不得不承认，自己确实是老了。郑板桥说：“难得糊涂。”对我来说，并不难得，我于无意中得之，岂不快哉！

然而忘事糊涂就一点好处都没有吗？

我认为，有的，而且很大。自己年纪越来越老，对于“忘”的评价却越来越高，高到了宗教信仰和哲学思辨的水平。苏东坡的词说：“人有悲欢离合，月有阴晴圆缺，此事古难全。”他是把悲和欢、离和合并提。然而古人说：不如意事常八九。这是深有体会之言。悲总是多于欢，离总是多于合，几乎每个人都是这样。如果造物主——如果真有的话——不赋予人类以“忘”的本领——我宁愿称之为本能——那么，我们人类在这么多的悲和离的重压下，能够活下去吗？我常常暗自胡思乱想：造物主这玩意儿（用《水浒》的词儿，应该说是“这话儿”）真是非常有意思。他（她？它？）既严肃，又油滑；既慈悲，又残忍。老子说：“天地不仁，以万物为刍狗。”这话真说到了点子上。人生下来，既能得到一点乐趣，又必须忍受大量的痛苦，后者所占的比重要多得多。如果不能“忘”，或者没有“忘”这个本能，那么痛苦就会时时刻刻都新鲜生动，时时刻刻像初产生时那样剧烈残酷地折磨着你。这是任何人都无法忍受下去的。然而，人能“忘”，渐渐地从剧烈到淡漠、再淡漠、再淡漠，终于只剩下一点残痕。有人，特别是诗人，甚至爱抚这一点残痕，写出了动人心魄的诗篇，这样的例子，文学史上还少吗？

因此，我必须给赋予我们人类“忘”的本能的造化小儿大唱赞歌。试问，世界上哪一个圣人、贤人、哲人、诗人、阔人、猛人，这人，那人，能有这样的本领呢？

我还必须给“忘”大唱赞歌。试问：如果人人一点都不忘，我们的世界会成什么样子呢？

遗憾的是，我现在尽管在“忘”的方面已经建立了有季羡林特色的学派，可是自谓在这方面仍是钝根。真要想达到我那位画家朋友的水平，仍须努力。如果想达到我在上面说的那个笑话中人的境界，仍是可望而不可即。但是，我并不气馁，我并没有失掉信心。有朝一日，我总会达到的。勉之哉！勉之哉！

# 生命冥想

我从来不相信什么神话，但是现在我真想相信起来，我真希望有一个天国。可是我知道，须弥山已经为印度人所独占，他们把自己的天国乐园安放在那里。昆仑山又为中国人所垄断，王母娘娘就被安顿在那里。我现在只能希望在辽阔无垠的宇宙中间还能有那么一块干净的地方，能容得下一个阆苑乐土。那里有四时不谢之花、八节长春之草，大地上一切花草的魂魄都永恒地住在那里，随时、随地都是花团锦簇，五彩缤纷。我们燕园中被无端砍伐了的西府海棠的魂灵也遨游其间。

朦胧，微明，正像反射在镜子里的影子，它给一切东西涂上银灰的梦的色彩。牛乳色的空气仿佛真牛乳似的凝结起来，但似乎又在软软地黏黏地浓浓地流动着。它带来了阒静，你听：一切静静墓般地死寂。仿佛一点也不多，一点也不少，优美的轻适的阒静软软地黏黏地浓浓地压在人们的心头，灰的天空像一张薄幕。树木，房屋，烟纹，云缕，都像一张张的剪影，静静地贴在这幕上。

在这微白的长长的路的终点，在雾的深处，谁也说不清是什么地方，有一个充满了威吓的黑洞，在向我们狞笑，那就是我们的归宿。障在我们眼前的幕，到底也不会撤去。我们眼前仍然只有当前一刹那的亮，带了一个大混沌，走进这个黑洞去。

我总觉得，在无量的——无论在空间上或时间上——宇宙进程中，我们有这次生命，不是容易事；比电火还要快，一闪便会消逝到永恒的沉默里去。我们不要放过这短短的时间，我们要多看一些东西。就因了这点小小的愿望，我想到外国去。

我看了在豆棚瓜架下闲话的野老，看了在一天工作疲劳之余在门前悠然吸烟的农人，都引起我极大的向往。我真不愿意离开这故国，这故国每一方土地，每棵草木，都能给我温热的感觉。但我终于要走的，沿了自己在心里画下的一条路走。我只希望，当我从异邦转回来的时候，我能看到一个一切都不变的故国，一切都不变的故乡，使我感觉不到曾这样长的时间离开过它，正如从一个短短的午梦转来一样。

天地萌生万物，对包括人在内的动植物等有生命的东西，总是赋予一种极其惊人的求生存的力量和极其惊人的扩展蔓延的力量，这种力量大到无法抗御。只要你肯费力来观摩一下，就必然会承认这一点。现在摆在我面前的就是我楼前池塘里的荷花。且从几个勇敢的叶片跃出水面以后，许多叶片接踵而至。一夜之间，就出来了几十枝，而且迅速地扩散、蔓延。不到十几天的工夫，荷叶已经蔓延得遮蔽了半个池塘。从我撒种的地方出发，向东西南北四面扩展。我无法知道，荷花是怎样在深水淤泥里走动。反正从露出水面的荷叶来看，每天至少要走半尺的距离，才能形成眼前这个局面。

我仿佛觉得这棵丝瓜有了思想，像达摩老祖一样，面壁参禅。它能让无法承担重量的瓜停止生长；它能给处在有利地形的大瓜找到承担重量的地方，给这样的瓜特殊待遇，让它们疯狂地长；它能让悬垂的瓜平身躺下。如果不是这样的话，无论如何也无法解释我上面谈到的现象。但是，如果真是这样的话，又实在令人难以置信。丝瓜用什么来思想呢？丝瓜靠什么来指导自己的行动呢？上下数千年，纵横几万里，从来也没有人说过，丝瓜会有思想。我左考虑，右考虑，越考虑越糊涂。我无法同丝瓜对话，这是一个沉默的奇迹。瓜秧仿佛成了一根神秘的绳子，绿叶上照旧浓翠扑人眉宇。我站在丝瓜下面，陷入梦幻。而丝瓜则似乎心中有数，无言静观，它怡然泰然悠然坦然，仿佛含笑面对秋阳。

它们鼓动了我当时幼稚的幻想，把我带到动物世界里，植物的世界里，月的国，虹的国里翱翔。不止一次地，我在幻想里看到生着金色的翅膀的天使在一团金色的光里飞舞。终于自己也仿佛加入里面去，一直到忘记了哪是天使，哪是自己。这些天使们就这样一直陪我到梦里去。

当时对我来说，外语是一种非常神奇的东西。我认为，方块字是天经地义，不用方块字，只弯弯曲曲像蚯蚓爬过的痕迹一样，居然能发出音来，还能有意思，简直是不可思议。越是神秘的东西，便越有吸引力，英文对于我就有极大的吸引力。每次回忆学习英文的情景时，我眼前总有一团凌乱的花影，是绛紫色的芍药花。原来在校长办公室前的院子里有几个花畦，春天一到，芍药盛开，都是绛紫色的花朵。白天走过那里，紫花绿叶，极为分明。到了晚上，英文课结束后，再走过那个院子，紫花与绿叶化成一个颜色，朦朦胧胧的一堆一团，因为有白天的印象，所以还知道它们的颜色。但夜晚眼前却只能看到花影，鼻子似乎有点花香而已。这一幅情景伴随了我一生，只要是一想起学习英文，这一幅美妙无比的情景就浮现到眼前来，带给我无量的幸福与快乐。

在我们的日常生活中，都有这样一个经验：越是看惯了的东西，便越是习焉不察，美丑都难看出。这种现象在心理学上是容易解释的：一定要同客观存在的东西保持一定的距离，才能客观地去观察。难道我们就不能有意识地去改变这种习惯吗？难道我们就不能永远用新的眼光去看待一切事物吗？我想自己先试一试看，果然有神奇的效果。我现在再走过荷塘看到槐花，努力在自己的心中制造出第一次见到的幻想，我不再熟视无睹，而是尽情地欣赏。槐花也仿佛是得到了知己，大大小小、高高低低的洋槐，似乎在喃喃自语，又对我讲话。周围的山石树木，仿佛一下子活了起来，一片生机，融融氤氲。荷塘里的绿水仿佛更绿了；槐树上的白花仿佛更白了；人家篱笆里开的红花仿佛更红了。风吹，鸟鸣，都洋溢着无限生气。一切眼前的东西联在一起，汇成了宇宙的大欢畅。

# 第二章　社会

# 做人与处世

一个人活在世界上，必须处理好三个关系：第一，人与大自然的关系；第二，人与人的关系，包括家庭关系在内；第三，个人心中思想和感情矛盾与平衡的关系。这三个关系，如果能处理很好，生活就能愉快；否则，生活就有苦恼。

人本来也是属于大自然范畴的。但是，人自从变成了“万物之灵”以后，就同大自然闹起独立来，有时竟成了大自然的对立面。人类的衣食住行所有的资料都取自大自然，我们向大自然索取是不可避免的。关键是，怎样去索取？索取手段不出两途：一用和平手段，一用强制手段。我个人认为，东西文化之分野，就在这里。西方对待大自然的基本态度或指导思想是“征服自然”，用一句现成的套话来说，就是用处理敌我矛盾的方法来处理人与大自然的关系。结果呢，从表面上看上去，西方人是胜利了，大自然真的被他们征服了。自从西方产业革命以后，西方人屡创奇迹。楼上楼下，电灯电话。大至宇宙飞船，小至原子，无一不出自西方“征服者”之手。

然而，大自然的容忍是有限度的，它是能报复的，它是能惩罚的。报复或惩罚的结果，人皆见之，比如环境污染，生态失衡，臭氧层出洞，物种灭绝，人口爆炸，淡水资源匮乏，新疾病产生，如此等等，不一而足。这些弊端中哪一项不解决都能影响人类生存的前途。我并非危言耸听，现在全世界人民和政府都高呼环保，并采取措施。古人说：“失之东隅，收之桑榆。”犹未为晚。

中国或者东方对待大自然的态度或哲学基础是“天人合一”。宋人张载说得最简明扼要：“民，吾同胞；物，吾与也。”“与”的意思是伙伴。我们把大自然看作伙伴。可惜我们的行为没能跟上。在某种程度上，也采取了“征服自然”的办法，结果也受到了大自然的报复，前不久南北的大洪水不是很能发人深省吗？

至于人与人的关系，我的想法是：对待一切善良的人，不管是家属，还是朋友，都应该有一个两字箴言：一曰真，二曰忍。真者，以真情实意相待，不允许弄虚作假。对待坏人，则另当别论。忍者，相互容忍也。日子久了，难免有点磕磕碰碰。在这时候，头脑清醒的一方应该能够容忍。如果双方都不冷静，必致因小失大，后果不堪设想。唐朝张公艺的“百忍”

是历史上有名的例子。

至于个人心中思想感情的矛盾，则多半起于私心杂念。解之之方，唯有消灭私心，学习诸葛亮的“淡泊以明志，宁静以致远”，庶几近之。

# 送礼

我们中国究竟是礼仪之邦，所以每逢过年过节，或有什么红白喜事，大家就忙着送礼。既然说是“礼”，当然是向对方表示敬意的。譬如说，一个朋友从杭州回来，送给另外一个朋友一只火腿，二斤龙井。知己的还要亲自送了去，免得受礼者还要赏钱。你能说这不是表示亲热么？又如一个朋友要结婚，但没有钱，于是大家凑个份子送了去，谁又能说这是坏事呢？

事情当然是好事情，而且想起来极合乎人情，一点也不复杂，然而实际上却复杂艰深到万分，几乎可以独立成一门学问——送礼学。第一，你先要知道送应节的东西。譬如你过年的时候，提了几瓶子汽水，一床凉席去送人，这不是故意开玩笑吗？还有五月节送月饼，八月节送粽子，最少也让人觉得你是外行。第二，你还要是一个好的心理学家，能观察出对方的心情和爱好来。对方倘若喜欢吸烟，你不妨提了几听三炮台恭恭敬敬送了去，一定可以得到青睐。对方要是喜欢杯中物，你还要知道他是维新派或保守派。前者当然要送法国的白兰地，后者本地产的白干或五加皮也就行了。倘若对方的思想“前进”，你最好订一份《文汇报》送了去，一定不会退回的。

但这还不够，买好了应时应节的东西，对方的爱好也揣摩成熟了，又来了怎样送的问题。除了很知己的以外，多半不是自己去送，这与面子有关系，于是就要派听差，而这个听差又必须是个好的外交家，机警、坚忍、善于说话，还要有一副厚脸皮——这样才能不辱使命。拿了东西去送礼，论理说该到处受欢迎，但实际上却不然。受礼者多半喜欢节外生枝，东西虽然极合心意，却偏不立刻收下。据说这也与面子有关系。听差把礼物送进去，要沉住气在外面等。一会儿，对方的听差出来了，把送去的礼物又提出来，说：“我们老爷太太谢谢某老爷太太，盛意我们领了，礼物不敢当。”倘若这听差真信了这话，提了东西就回家来，这一定糟，说不定就打破饭碗。但外交家的听差却绝不这样做。他仍然站着不走，请求对方的听差再把礼物提进去。这样往来斗争许久，对方或全收下，或只收下一半，只要与临来时老爷太太的密令不冲突，就可以安然接了赏钱回来了。

上面说的可以说是常态的送礼，可惜（或者也并不可惜）还有变态的。我小的时候，我们街上住着一个穷人，大家都喊他“地方”，有学问的人说，这就等于汉朝的亭长。每逢年节的早上，我们的大门刚一开，就会看到他笑嘻嘻地一手提了一只鸡，一手提了两瓶酒，跨进大门来。鸡咯咯地大吵大嚷，酒瓶上的红签红得眩人眼睛。他嘴里却喊着："给老爷太太送礼来了。"于是我婶母就立刻拿出几毛钱来交给老妈子送出去。这"地方"接了钱，并不像一般送礼的一样，还要努力斗争，却仍旧提了鸡和瓶子笑嘻嘻地走到另一家去喊去了。这景象我一年至少见三次，后来也就不以为奇了。但有一年的某一个节日的清晨，却见这位"地方"愁容满面地跨进我们的大门，嘴里不喊"给老爷太太送礼来了"，却拉了我们的老妈子交头接耳说了一大篇，后来终于放声大骂起来，老妈子进去告诉了我婶母，仍然是拿了几毛钱送出来。这"地方"道了声谢，出了大门，老远还听到他的骂声。后来老妈子告诉我，他的鸡是自己养了预备下蛋的，每逢过年过节，就暂且委屈它一下，被缚了双足倒提着陪他出来逛大街。玻璃瓶子里装的只是水，外面红签是向铺子里借用的。"地方"送礼，在我们那里谁都知道他的用意，所以从来没有收的。他跑过一天，衣袋塞满了钞票才回来，把瓶子里的水倒出来，把鸡放开。它在一整天"陪绑"之余，还忘不了替他下一个蛋。但今年这"地方"倒运，向第一家送礼，就遇到一家才搬来的外省人。他们竟老实不客气地把礼物收下了。这怎能不让这"地方"愤愤呢？他并不是怕瓶子里的凉水给他泄露真相，心痛的还是那只鸡。

另外一种送礼法也很新奇，虽然是"古已有之"的。我们常在笔记小说里看到，某一个督抚把金子装到坛子里当酱菜送给京里的某一位王公大人。这是古时候的事，但现在也还没有绝迹。我的一位亲戚在一个县衙门里做事，因与同县太爷是朋友，所以地位很重要。在晚上回屋睡觉的时候，常常在棉被下面发现一堆银圆或别的值钱的东西。有时候不知道，把这堆银圆抖到地上，哗啦一声，让他吃一惊。这都是送来的“礼”。

这样的“礼”当然不是每个人都有资格接受的。他一定是个什么官，最少也要是官的下属，能让人生，也能让人死，所以才有人送这许多金子银圆来。官都讲究面子，虽然要钱，却不能干脆当面给他，于是就想出了这种种的妙法。我上面已经提到送礼是一门学问，送礼给官长更是这门学问里面最深奥的。需要经过长期的研究简练揣摩，再加上实习，方能得到其中的奥秘。能把钱送到官长手中，又不伤官长的面子，能做到这一步，才算是得其门而入了。也有很少例外，官长开口向下面要一件东西，居然竟得不到。以前某一个小官藏有一颗古印，他的官长很喜欢，想拿走。他跪在地上叩头说：“除了我的太太和这块古印以外，我没有一件东西不能与大人共享的。”官长也只好一笑置之了。

普通人家送礼没有这样有声有色，但在平庸中有时候也有杰作。有一次我们家把一盒有特别标志的点心当礼物送出去，隔了一年，一个相熟的胖太太到我们家来拜访，又恭而敬之把这盒点心提给我们。嘴里还告诉我们：这都是小意思，但点心是新买的，可以尝尝。我们当时都忍不住想笑，好歹等这位胖太太走了，我们就动手去打开。盒盖一开，立刻有一股奇怪的臭味从里面透出来。再把纸揭开，点心的形状还是原来的，但上面满是小的飞蛾，一块也不能吃了，只好掷掉。在这一年内，这盒点心不知代表了多少人的盛意，被恭恭敬敬地提着或托着从一家到一家，上面的签和铺子的名字不知换过了多少次，终于又被恭而敬之提回我们家来。“解铃还须系铃人”，我们还要把它丢掉。

我虽然不怎样赞成这样送礼，但我觉得这办法还算不坏。因为只要有一家出了钱买了盒点心就会在亲戚朋友中周转不息，一手收进来，再一手送出去，意思表示了，又不用花钱。不过这样还是麻烦，还不如仿效前清御膳房的办法，用木头刻成鸡鱼肉肘，放在托盘里，送来送去，你仍然不妨说：“这鱼肉都是新鲜的。一点小意思，千万请赏脸。”反正都是“彼此彼此，诸位心照不宣”。绝对不会有人来用手敲一敲这木头鱼肉的。这样一来，目的达到了，礼物却不霉坏，岂不是一举两得？在我们这喜欢把最不重要的事情复杂化了的礼仪之邦，我这发明一定有许多人欢迎，我预备立刻去注册专利。

# 傻瓜

天下有没有傻瓜？有的，但却不是被别人称作“傻瓜”的人，而是认为别人是傻瓜的人，这样的人自己才是天下最大的傻瓜。

我先把我的结论提到前面明确地摆出来，然后再条分缕析地加以论证。这有点违反胡适之先生的“科学方法”。他认为，这样做是西方古希腊亚里士多德首倡的演绎法，是不科学的。科学的做法是他和他老师杜威的归纳法，先不立公理或者结论，而是根据事实，用“小心地求证”的办法，去搜求证据，然后才提出结论。

我在这里实际上并没有违反“归纳法”。我是经过了几十年的观察与体会，阅尽了芸芸众生的种种相，去粗取精，去伪存真以后，才提出了这样的结论。为了凸现它的重要性，所以提到前面来说。

闲言少叙，书归正传。有一些人往往以为自己最聪明，他们争名于朝，争利于市，锱铢必较，斤两必争。如果用正面手段，表面上的手段达不到目的的话，则也会用些负面的手段，暗藏的手段，来蒙骗别人，以达到损人利己的目的。结果怎样呢？结果是：有的人真能暂时得逞，“春风得意马蹄疾，一日看尽长安花”。大大地辉煌了一阵，然后被人识破，由座上客一变而为阶下囚。有的人当时就能丢人现眼。《红楼梦》中有两句话说：“机关算尽太聪明，反误了卿卿性命。”这话真说得又生动，又真实。我绝不是说，世界上人人都是这样子，但是，从中国到外国，从古代到现代，这样的例子还算少吗？

原因何在？原因就在于：这些人都把别人当成了傻瓜。

我们中国有几句尽人皆知的俗话：“善有善报，恶有恶报；不是不报，时候未到；时候一到，一切皆报。”这真是见道之言。把别人当傻瓜的人，归根结底，会自食其果。古代的统治者对这个道理似懂非懂。他们高叫：“民可使由之，不可使知之。”是想把老百姓当傻瓜，但又很不放心，于是派人到民间去采风，采来了不少政治讽刺歌谣。杨震是聪明人，对向他行贿者讲出了“四知”。他知道得很清楚：除了天知、地知、你知、我知之外，不久就会有一个第五知：人知。他是不把别人当作傻瓜的。还是老百姓最聪明，他们中的聪明人说：“若要人不知，除非己莫为。”他们不把别人当傻瓜。

可惜把别人当傻瓜的现象，自古亦然，于今尤烈。救之之道只有一条：不自作聪明，不把别人当傻瓜，从而自己也就不是傻瓜。哪一个时代，哪一个社会，只要能做到这一步，全社会就都是聪明人，没有傻瓜，全社会也就会安定团结。

# 道德问题

写到这里，我认为可以谈道德问题了。道德讲善恶，讲好坏，讲是非，等等。那么，什么是善、是好、是是呢？根据我上面的说法，我们可以说：自己生存，也让别的人或动植物生存，这就是善。只考虑自己生存不考虑别人生存，这就是恶。《三国演义》中说曹操有言：“只教我负天下人，不教天下人负我。”这是典型的恶。要一个人不为自己的生存考虑，是不可能的，是违反人性的。只要能做到既考虑自己也考虑别人，这一个人就算及格了，考虑别人的百分比愈高，则这个人的道德水平也就愈高。百分之百考虑别人，所谓“毫不利己，专门利人”，是做不到的，那极少数为国家、为别人牺牲自己性命的，用一个哲学家的现成的话来说是出于“正义行动”。

只有人类这个“万物之灵”才能做到既为自己考虑，也能考虑到别人的利益。一切动植物是绝对做不到的，它们根本没有思维能力。它们没有自律，只有他律，而这他律就来自大自然或者造物主。人类能够自律，但也必须辅之以他律。康德所谓“消极义务”，多来自他律。他讲的“积极义务”，则多来自自律。他律的内容很多，比如社会舆论、道德教条等等都是。而最明显的则是公安局、检察机构、法院。

写到这里，我想把话题扯远一点，才能把我想说的问题说明白。

人生于世，必须处理好三个关系：一、人与大自然的关系，那也称之为“天人关系”；二、人与人的关系，也就是社会关系；三、人自己的关系，也就是个人思想感情矛盾与平衡的问题。这三个关系处理好，人就幸福愉快；否则就痛苦。在处理第一个关系时，也就是天人关系时，东西方，至少在指导思想方向上截然不同。西方主“征服自然”（to conquer the nature），《天演论》的“物竞天择，适者生存”，即由此而出。但是天或大自然是能够报复的、能够惩罚的。你“征服”得过了头，它就报复。比如砍伐森林，砍光了森林，气候就受影响，洪水就泛滥。世界各地都有例可证。今年我国的水灾，根本原因也在这里。这只是一个小例子，其余可以此类推。学术大师钱穆先生一生最后一篇文章《中国文化对人类未来可有的贡献》，讲的就是“天人合一”的问题，我冒昧地在钱老文章的基础上写了两篇补充的文章，我复印了几份，呈献给大家，以求得教正。“天人合一”是中国哲学史上一个重要命题，解释纷纭，莫衷一是。钱老说：“我曾说‘天人合一’

论，是中国文化对人类最大的贡献。”我的补充明确地说，“天人合一”就是人与大自然要合一，要和平共处，不要讲征服与被征服。西方近二百年以来，对大自然征服不已，西方人以“天之骄子”自居，骄横不可一世，结果就产生了我在上文第一章里补充的那一些弊端或灾害。钱宾四先生文章中讲的“天”似乎重点是“天命”，我的“新解”，“天”是指的大自然。这种人与大自然要和谐相处的思想，不仅仅是中国思想的特征，也是东方各国思想的特征。这是东西方文化思想分道扬镳的地方。在中国，表现这种思想最明确的无过于宋代大儒张载，他在《西铭》中说：“民，吾同胞；物，吾与也。”“物”指的是天地万物。佛教思想中也有“天人合一”的因素，韩国吴亨根教授曾明确地指出这一点来。佛教基本教规之一的“五戒”中就有戒杀生一条，同中国“物与”思想一脉相通。

# 慈善是道德的积累

我是搞语言的，要我来讲道德，讲慈善，实在是有些惶恐。

什么是道德？这是一个大问题，可以写一本书。简单说来，道德是一种社会意识，是一种不依靠外力的特殊的行为规范。道德以善与恶、美与丑、真与伪等概念调整人与人、人与社会之间的关系。我国正处在一个大发展、大变革时期，稳定是第一位的，一定要处理好人与人、人与社会之间的关系。除了法律、行政手段的进一步强化和完善以外，道德是社会稳定发展必不可少的行为规范和调节手段。

在中国的传统道德中，伦理道德有很重要的位置，伦理就是解决人与人之间关系的，儒家讲的三纲六纪就是规定了君臣、父子、夫妇、兄弟、朋友之间关系的准则。这里有糟粕的地方，因为人与人之间应该是平等的，不应该谁是谁的纲。儒家强调要处理好人的各方面社会关系，还有许多值得批判吸收的东西。比方对父母的关系，中国人讲孝，这个孝字在英文没有这样一个词，要用两个词才能表述这个意思。所以西方的老人晚年是十分凄凉的。中西的道德是有区别的。我举个例子，我在欧洲住的年头不少，我看小孩子打架，一个十六七岁，一个七八岁，结果小的被打倒了，哭一阵爬起来再打。要在中国就会有人讲了，大的怎么欺侮小的呢？他们那儿没人管，他们认为力量、拳头是第一位的，不管你大小，只要把别人打倒就是正当的。西方道德中也有对我们有用的。我国传统的伦理道德应批判继承，精华留下，糟粕去掉。对外国好的，也可以学习，不要排斥。

慈善是良好道德的发扬，又是道德积累的开端。孟子说："恻隐之心，仁之端也。"一个社会的良好的道德风尚，一个人良好的道德修养，不是从天上掉下来的，要宣传教育，要舆论引导，更要实践、参与。慈善是具有广泛群众性的道德实践。慈善可以是很高的层次，无私奉献，也可以有利己的目的，比如图个好名声，或者避税，或者领导号召不得不响应。为慈善付出的可以很大也可以很少，可以是金钱也可以是时间、精神，层次很多，幅度很大，不管在什么条件下，出于什么动机，只要他参与了，他就开始了他的道德积累。所以我主张慈善不要问动机。毛泽东同志讲动机与效果的辩证统一，我的理解，效果是决定因素。过去有句古话，有心为善，虽善不赏，无心为恶，虽恶不罚，这是典型的动机唯心主义。

# 漫谈撒谎

## 一

世界上所有的堂堂正正的宗教，以及古往今来的贤人哲士，无不教导人们：要说实话，不要撒谎。笼统来说，这是无可非议的。

最近读日本稻盛和夫、梅原猛著，卞立强译的《回归哲学》，第四章有梅原和稻盛二人关于不撒谎的议论。梅原说：“不撒谎是最起码的道德。自己说过的事要实行，如果错了就说错了——我希望现在的领导人能做到这样最普通的事。苏格拉底可以说是最早的哲学家。在苏格拉底之前有些人自称是诡辩家、智者。所谓诡辩家，就是能把白的说成黑的，站在 A 方或反 A 方同样都可以辩论。这样的诡辩家教授辩论术，曾经博得人们欢迎。原因是政治需要颠倒黑白的辩论术。”

在这里，我想先对梅原的话加上一点注解。他所说的“现在的领导人”，指的是像日本这样国家的政客。他所说的“政治需要颠倒黑白的辩论术”，指的是古代希腊的政治。

梅原在下面又说：“苏格拉底通过对话揭露了掌握这种辩论术的诡辩家的无智。因而他宣称自己不是诡辩家，不是智者，而是‘爱智者’。这是最初的哲学。我认为哲学家应当回归其原点，恢复语言的权威。也就是说，道德的原点是‘不撒谎’……不撒谎是道德的基本和核心。”

梅原把“不撒谎”提高到“道德原点”的高度，可见他对这个问题是多么重视，我们且看一看他的对话者稻盛是怎样对待这个问题的。稻盛首先表示同意梅原的意见。可是，随后他就撒谎问题做了一些具体的分析。他讲到自己的经历。他说，有一个他景仰的颇有点浪漫气息的人对他说：“稻盛，不能说假话，但也不必说真话。”他听了这话，简直高兴得要跳起来。接着他就写了下面一段话：“我从小父母也是严格教导我不准撒谎。我当上了经营的负责人之后，心里还是这么想：说谎可不行啊！可是，在经营上有关企业的机密和人事等问题，有时会出现很难说真话的情况。我想我大概是为这些难题苦恼时而跟他商量的。他的这种回答在最低限度上贯彻了‘不撒谎’的态度，但又不把真实情况和盘托出。这样就可以求得局面的打开。”

上面我引用了两位日本朋友的话，一位是著名的文学家，一位是著名的企业家，他们俩都在各自的行当内经过了多年的考验磨炼，都富于人生经验。他们的话对我们会有启发的。我个人觉得，稻盛引用的他那位朋友的话：“不能说假话，但也不必说真话”，最值得我们深思。我的意思就是，对撒谎这类社会现象，我们要进行细致的分析。

## 二

我们中国的父母，同日本稻盛的父母一样，也总是教导子女：不要撒谎。可怜天下父母心，总希望自己的子女能做一个堂堂正正的人，一个诚实可靠的人。如果子女撒谎成性，就觉得自己脸面无光。

不但父母这样教导，我们从小受教育也接受这样要诚实、不撒谎的教育。我记得小学教科书上讲了一个故事，内容是：一个牧童在村外牧羊。有一天忽然想出了一个坏点子，大声狂呼：“狼来了！”村里的人听到呼声，都争先恐后地拿上棍棒，带上斧、刀，跑往村外。到了牧童所在的地方，那牧童却哈哈大笑，看到别人慌里慌张，觉得很开心，又很得意。谁料过了不久，果真有狼来了。牧童再狂呼时，村里的人都毫无动静，他们上当受骗一次，不想重蹈覆辙。牧童的结果怎样，就用不着再说了。

所有这一些教导都是好的，但是也有一个共同的缺点，就是缺乏分析。

上面我说到，稻盛对撒谎问题是进行过一些分析的。同样，几百年前的法国大散文家蒙田（1533—1592），对撒谎问题也是做过分析的。在《蒙田随笔》上卷，第九章《论撒谎者》，蒙田写道："有人说，感到自己记性不好的人，休想成为撒谎者，这样说不无道理。我知道，语法学家对说假话和撒谎是做区别的。他们说，说假话是指说不真实的，但却信以为真的事，而撒谎一词源于拉丁语（我们的法语就源于拉丁语），这个词的定义包含违背良知的意思，因此只涉及那些言与心违的人。"

大家一琢磨就能够发现，同样是分析，但日本朋友和蒙田的着眼点和出发点，都是不同的。其间区别是相当明显，用不着再来啰唆。

记得鲁迅先生有一篇文章，讲的是一个阔人生子庆祝，宾客盈门，竞相献媚。有人说：此子将来必大富大贵。主人喜上眉梢。又有人说：此子将来必长命百岁。主人乐在心头。忽然有一个人说：此子将来必死。主人怒不可遏。但是，究竟谁说的是实话呢？

写到这里，我自己想对撒谎问题来进行点分析。我觉得，德国人很聪明，他们有一个词儿 notlüg，意思是"出于礼貌而不得不撒的谎"。一般说来，不撒谎应该算是一种美德，我们应该提倡。但是不能顽固不化。假如你被敌人抓了去，完全说实话是不道德的，而撒谎则是道德的。打仗也一样。我们古人说“兵不厌诈”，你能说这是不道德吗？我想，举了这两个小例子，大家就可以举一反三了。

# 我们为什么有时候应当说谎？

我已经在“夜光杯”上写过两篇《论撒谎》的短文，我对这个问题已经阐述得差不多了，本不应，也不想再来饶舌了。但是，我最近在《书摘》1998年11期中读到了摘自何怀宏先生的《底线伦理》中的名曰《我们为什么不应当说谎？》的文章，心有所感，便写了这一篇短文。

何文在开始前就用黑体字写了或引了一段话：“说谎不仅是对直接受骗者的伤害，也是对整个社会的伤害。”这个纲上得够高的了。下面在文章中，作者首先说：“说谎本身即恶，诚实本身即善。”然后根据康德的学说，对说谎作了哲学的分析。康德认为，说谎由于其本身的性质而要自己否定自己。作者在下面又根据康德的学说对说谎进行了分析，他首先提出了普遍化原则。他说：“它（指说谎——引者）一旦被试以能否普遍化的原则，就要自相矛盾，自行取消。”接着他又提出了说谎违反了人是目的的原则，说谎者把人仅仅视作手段，而不是目的。他进一步又说，说谎也可以说是违反了意志自律的原则。以上是康德的三原则。作者接着又阐述了自己的观点。他认为，康德不赞同根据效果来进行道德论证，他却说有必要把效果也考虑进来。他的结论是：说谎从其性质和效果上都是一件坏事，而诚实却从两方面来说都是一件好事。

我不懂哲学，不喜欢哲学，但是从我的日常经验来说，我总觉得这是哲学家之论，书生之论，秀才之论。崇诚实而抑说谎无疑是正确的。但是，我们必须考虑场合，考虑谎言的质。在敌人的法庭上，在夹棍、油锅等逼供刑具的威胁下，你能对敌人诚实吗？你能把自己方面的秘密诚实地和盘托出吗？在这样的场合下，诚实反而是罪恶，而说谎则是美德。即使在我们日常生活中，也会常常碰到说实话与说谎话的矛盾。比如有人请你去开会，你因某些原因不想去，那么，你就可以说：已经有了别的安排，或者说身体不适。这样一来，如果对方是聪明人的话，他会心照不宣，双方都保持了面子。如果你想遵守诚实的原则，直白地说："你们的会不够格，我不想去参加。"对方会被置于尴尬的境地，气量小者则会勃然大怒。双方本来有的友谊可能因此而破裂。这样的谎言我们几乎常常会说，它对双方都无害。它不但不是非道德的，而且是必要的。对保持人与人关系的安定团结，是不可或缺的。

我再重复一遍，我不是哲学家，也不是伦理学家，但是，我说的话，虽然看上去是幼儿园的水平，可都是大实话。

# 论说假话

我曾发表过两篇《论撒谎》的千字文。现在我忽发奇想，想把撒谎或者说谎和说假话区别开来，我认为两者之间是有一点区别的，不管是多么微妙，毕竟还是有区别。我认为，撒谎有利于自己，多一半却有害于别人。说假话或者不说真话，则彼此两利。

空口无凭，事例为证。有很多人有了点知名度，于是社会活动也就多了起来。今天这里召开座谈会，明天那里举行首发式，后天又有某某人的纪念会，如此等等，不一而足。事实上是不可能全参加的，而且从内心深处也不想参加。在这样的情况下，如果都说实话的话："我不愿意参加，我讨厌参加！"那就必然惹得对方不愉快，甚至耿耿于怀，见了面不跟你打招呼。如果你换一种方式，换一个口气，说："很对不起，我已经另有约会了。"或者干脆称病不出，这样必能保住对方的面子。即使他知道你说的不是真话，也无大碍，所谓心照不宣者，即此是也。中国是最爱面子的国家，彼此保住面子，大大有利于安定团结，切莫把这种事看作无足轻重。保住面子不就是两利吗？

我认为，这只是说假话或者不说真话，而不是撒谎。

《三国演义》中记载了一个小故事。有一次，曹操率兵出征，行军路上缺了水，士兵都渴得难忍难耐。曹操眉头一皱，计上心头，坐在马上，用马鞭向前一指，说“前面有一片梅子林”。士兵马上口中生津，因为梅子是酸的。于是难关渡过，行军照常。曹操是不是撒了谎？当然是的。但是这个谎又有利于士兵，有利于整个军事行动。算不算是只是说了点假话呢？我不敢妄自评断。

有人说，我们在社会上，甚至在家庭中，都是戴着假面具生活的。这句话似乎有点过了头。但是，我们确实常戴面具，又是一个无法否认的事实。现在各商店都大肆提倡微笑服务。试问：售货员的微笑都是真的吗？都没有戴面具吗？恐怕不是，大部分的微笑只能是面具，社会效益和经济效益取决于戴面具熟练的水平。有的售货员有戴面具的天才，有假微笑的特异功能，则能以假乱真，得到了顾客的欢心，寄来了表扬信，说不定还与工资或红包挂上钩。没有这种天才的人，勉强微笑，就必然像电影《瞧这一家子》中陈强的微笑，令顾客毛骨悚然。结果不但拿不到红包，还有被炒鱿鱼的危险。在这里我联想到“顾客是上帝”这个口号，这是完全不正确的，买卖双方，地位相等，哪里有什么上帝！这口号助长了一些尖酸刻薄挑剔成性的顾客的威风，并不利于社会的安定团结。

总之，我认为，在日常社会交往中，说几句假话，露出点不是出自内心的假笑，还是必要的，甚至是不可避免的。

# 世态炎凉

世态炎凉，古今所共有，中外所同然，是最稀松平常的事，用不着多伤脑筋。元曲《冻苏秦》中说：“也素把世态炎凉心中暗忖。”《隋唐演义》中说：“世态炎凉，古今如此。”不管是“暗忖”，还是明忖，反正你得承认这个“古今如此”的事实。

但是，对世态炎凉的感受或认识的程度，却是随年龄的大小和处境的不同而很不相同的，绝非大家都一模一样。我在这里发现了一条定理：年龄大小与处境坎坷同对世态炎凉的感受成正比。年龄越大，处境越坎坷，则对世态炎凉感受越深刻。反之，年龄越小，处境越顺利，则感受越肤浅。这是一条放诸四海而皆准的定理。

我已到望九之年，在八十多年的生命历程中，一波三折，好运与多舛相结合，坦途与坎坷相混杂，几度倒下，又几度爬起来，爬到今天这个地步。我可是真正参透了世态炎凉的玄机，尝够了世态炎凉的滋味。特别是“十年浩劫”中，我因为胆大包天，自己跳出来反对“北大”那一位炙手可热的“老佛爷”，被戴上了种种莫须有的帽子，被“打”成了反革命，遭受了极其残酷的至今回想起来还毛骨悚然的折磨。从牛棚里放出来以后，有长达几年的一段时间，我成了燕园中一个“不可接触者”。走在路上，我当年辉煌时对我低头弯腰毕恭毕敬的人，那时却视若路人，没有哪一个敢或肯跟我说一句话的。我也不习惯于抬头看人，同人说话。我这个人已经异化为“非人”。一天，我的孙子发烧到四十度，老祖和我用破自行车推着到校医院去急诊。一个女同事竟吃了老虎心豹子胆似的，帮我这个已经步履蹒跚的花甲老人推了推车。我当时感动得热泪盈眶，如吸甘露，如饮醍醐。这件事、这个人我毕生难忘。

雨过天晴，云开雾散，我不但“官”复原职，而且还加官晋爵，又开始了一段辉煌。原来是门可罗雀，现在又是宾客盈门。你若问我有什么想法没有，想法当然是有的，一个忽而上天堂，忽而下地狱，又忽而重上天堂的人，哪能没有想法呢？我想的是：世态炎凉，古今如此。任何一个人，包括我自己在内，以及任何一个生物，从本能上来看，总是趋吉避凶的。因此，我没怪罪任何人，包括打过我的人。我没有对任何人打击报复。并不是由于我度量特别大，能容天下难容之事，而是由于我洞明世事，又反求诸躬。假如我处在别人的地位上，我的行动不见得会比别人好。

## 趋炎附势

写了《世态炎凉》，必须写《趋炎附势》。前者可以原谅，后者必须切责。

什么叫“炎”？什么叫“势”？用不着咬文嚼字，指的不过是有权有势之人。什么叫“趋”？什么叫“附”？也用不着咬文嚼字，指的不过是巴结、投靠、依附。这样干的人，古人称之为“小人”。

趋附有术，其术多端，而归纳之，则不出三途：吹牛、拍马、做走狗。借用太史公的三个字而赋予以新义，曰牛、马、走。

现在先不谈第一和第三，只谈中间的拍马。拍马亦有术，其术亦多端。就其大者或最普通者而论之，不外察言观色，胁肩谄笑，攻其弱点，投其所好。但是这样做，并不容易，这里需要聪明，需要机警，运用之妙，存乎一心。这是一门大学问。

记得在某一部笔记上读到过一个故事。某书生在阳间善于拍马。死后见到阎王爷，他知道阴间同阳间不同，阎王爷威严猛烈，动不动就让死鬼上刀山，入油锅。他连忙跪在阎王爷座前，坦白承认自己在阳间的所作所为，说到动情处，声泪俱下。他恭颂阎王爷执法严明，不给人拍马的机会。这时阎王爷忽然放了一个响屁。他跪行向前，高声论道："伏惟大王洪宣宝屁，声若洪钟，气比兰麝。"于是阎王爷"龙"颜大悦，既不罚他上刀山，也没罚他入油锅，生前的罪孽，一笔勾销，让他转生去也。

笑话归笑话，事实还是事实，人世间这种情况还少吗？古今皆然，中外同归。中国古典小说中，有很多很多的靠拍马屁趋炎附势的艺术形象。《今古奇观》里面有，《红楼梦》里面有，《儒林外史》里面有，最集中的是《官场现形记》和《二十年目睹之怪现状》。

在尘世间，一个人的荣华富贵，有的甚至如昙花一现。一旦失意，则如树倒猢狲散，那些得意时对你趋附的人，很多会远远离开你，这也罢了。个别人会"反戈一击"，想置你于死地，对新得意的人趋炎附势。这种人当然是极少极少的，然而他们是人类社会的蛀虫，我们必须高度警惕。

我国的传统美德，对这类蛀虫，是深恶痛绝的。孟子说："胁肩谄笑，病于夏畦。"我在上面列举的小说中，之所以写这类蛀虫，绝不是提倡鼓励，而是加以鞭笞，给我们树立一面反面教员的镜子。我们都知道，反面教员有时候是能起作用的，有了反面，才能更好地、更鲜明地突出正面。这大大有利于发扬我国优秀的道德传统。

# 论朋友

人类是社会动物。一个人在社会中不可能没有朋友。任何人的一生都是一场搏斗。在这一场搏斗中，如果没有朋友，则形单影只，鲜有不失败者。如果有了朋友，则众志成城，鲜有不胜利者。

因此，在人类几千年的历史上，任何国家，任何社会，没有不重视交友之道的，而中国尤甚。在宗法伦理色彩极强的中国社会中，朋友被尊为五伦之一，曰“朋友有信”。我又记得什么书中说：“朋友，以义合者也。”“信”“义”含义大概有相通之处。后世多以“义”字来要求朋友关系，比如《三国演义》“桃园三结义”之类就是。

《说文》对“朋”字的解释是“凤飞，群鸟从以万数，故以为朋党字”。“凤”和“朋”大概只有轻唇音重唇音之别。对“友”的解释是“同志为友”。意思非常清楚。中国古代，肯定也有“朋友”二字连用的，比如《孟子》。《论语》“有朋自远方来，不亦乐乎！”却只用一个“朋”字。不知从什么时候起，“朋友”才经常连用起来。

在中国几千年的历史上，重视友谊的故事不可胜数。较为著名的是管鲍之交、钟子期和俞伯牙的故事，等等。刘、关、张三结义更是有口皆碑。一直到今天，我们还讲究“哥儿们义气”，发展到最高程度，就是“为朋友两肋插刀”。只要不是结党营私，我们是非常重视交朋友的。我们认为，中国古代把朋友归入五伦是有道理的。

我们现在看一看欧洲人对友谊的看法。欧洲典籍数量虽然远远比不上中国，但是，称之为汗牛充栋也是当之无愧的。我没有能力来旁征博引，只能根据我比较熟悉的一部书来引证一些材料，这就是法国著名的《蒙田随笔》。

《蒙田随笔》上卷，第28章，是一篇叫作《论友谊》的随笔。其中有几句话：

> 我们喜欢交友胜过其他一切，这可能是我们本性所使然。亚里士多德说，好的立法者对友谊比对公正更关心。

寥寥几句，充分说明西方对友谊之重视。蒙田接着说：

> 自古就有四种友谊：血缘的、社交的、待客的和男女情爱的。

这使我立即想到，中西对友谊含义的理解是不相同的。根据中国的标准，“血缘的”不属于友谊，而属于亲情。“男女情爱的”也不属于友谊，而属于爱情。对此，蒙田有长篇累牍的解释，我无法一一征引。我只举他对爱情的几句话：

爱情一旦进入友谊阶段，也就是说，进入意愿相投的阶段，它就会衰落和消逝。爱情是以身体的快感为目的，一旦享有了，就不复存在。相反，友谊越被人向往，就越被人享有，友谊只是在获得以后才会升华、增长和发展，因为它是精神上的，心灵会随之净化。

这一段话，很值得我们仔细推敲、品味。

# 论怪论

怪论这个名词，人所共知。其所以称之为怪者，一般人都不这样说，而你偏偏这样说，遂成异议可怪之论了。

我却要提倡怪论。

但我也并不永远提倡怪论。

历史的经验告诉我们，一个国家、一个民族，需要不需要怪论，是完全由当时历史环境所决定的。如果强敌压境，外寇入侵，这时只能全民一个声音说话，说的必是驱逐外寇、还我山河之类的话，任何别的声音都是不允许的。尤其是汉奸的声音更不能允许。

国家到了承平时期，政通人和，国泰民安，这时候倒是需要一些怪论。如果仍然禁止人们发出怪论，则所谓一个声音者往往是统治者制造出来的，是虚假的。二战期间德国和意大利的法西斯，是最好的证明。

从世界历史上来看，中国的春秋战国时代，怪论最多。有的甚至针锋相对，比如孟子讲性善，荀子讲性恶，是同一个大学派中的内部矛盾。就是这些异彩纷呈的怪论各自沿着自己的路数一代一代地发展下去，成为中华民族文化的渊源和基础。

与此时差不多的是西方的希腊古代文明。在这里也是怪论纷呈，发展下来，成为西方文明的渊源和基础。当时东西文明两大瑰宝，东西相对，交相辉映，共同照亮了人类文明发展的前途。这个现象怎样解释，多少年来，东西学者异说层出，各有独到的见解。我于此道只是略知一二。在这里就不谈了。

怪论有什么用处呢？

某一个怪论至少能够给你提供一个看问题的视角。任何问题都会是极其复杂的，必须从各个视角对它加以研究，加以分析，然后才能求得解决的办法。如果事前不加以足够的调查研究而突然做出决定，其后果实在令人担忧。我们眼前就有这种例子，我在这里不提它了。

现在，我们国家国势日隆，满怀信心向世界大国迈进。在好多年以前，我曾预言，21世纪将是中国的世纪。当时我们的国力并不强。我是根据近几百年来欧美依次显示自己的政治经济力量、科技发展的力量和文化教育的力量而得出的结论。现在轮到我们中国来显示力量了。我预言，五十年后，必有更多的事实证实我的看法，谓予不信，请拭目以待。

我希望，社会上能多出些怪论。

# 我们要奉行“送去主义”

20世纪二三十年代，鲁迅先生提出了拿来主义的主张。我们中国人，在整个20世纪，甚至在20世纪以前，确实从西方国家拿来了不少的西方文化的精华，这大大地推动了我们教育、文化、科研，甚至政治、经济等方面的发展，提高了我们的文化水平，丰富了我们的物质生活和精神生活。这是一个历史事实，谁也无法否认。当然，伴随着西方文化的精华，我们也拿来了不少的糟粕。这是不可避免的，有时候精华与糟粕是紧密相连的。

十几年前，也就是在20世纪的最后一段时间内，我曾提出了一个主张：送去主义。拿来与送去是相对而言的。我的意思是把中国文化的精华送到西方国家去，尽上我们的国际主义义务。我的根据何在呢？

我们中华民族是伟大的民族，在过去几千年的历史上，我们有过许多重要的发明创造，四大发明是尽人皆知的，无待赘言。至于无数的看来似乎是细微的发明，也出自中国人之手，其意义是绝不细微的。我只介绍一部书，大家一看便知，这部书是：阿里·玛扎海里的《丝绸之路》。至于李约瑟的那一部名著，几乎尽人皆知，用不着我再来介绍了。如果没有中国的四大发明，人类社会的进步、人类文化的发展，将会推迟几百年，这是世界上有点理智的人们的共识，绝不是我一个人的老王卖瓜也。

然而，日往月来，星移斗转，近几百年以来，西方兴起了产业革命，科学技术的发展突飞猛进，在不太长的时间内，影响遍及全世界。当年歌德提出了一个世界文学的想法，我们现在眼前却确有一个世界文化。最早的殖民主义国家，靠坚船利炮，完成了资本主义原始积累的任务。后来的帝国主义国家，靠暂时的科技优势，在地球村中，为非作歹，旁若无人，今天制裁这个国家，明天惩罚那个国家，得意扬扬，其劣根性至今没有丝毫改变。在这样的情况下，在西方，除了极少数有识之士外，一般人大抵都以天之骄子自命，认为宇宙间从来就是如此，今后也将万岁千秋如此，真正是其愚不可及也。他们颇有点类似中国旧日的皇帝，认为自己什么都有，无所求于任何其他民族。据说，西方某个大国中，有知识的人连鲁迅这个名字都没有听说过。其极端者甚至认为中国人至今还在吃鸦片、梳辫子、裹小脚。真正让人啼笑皆非，这样的文明人可笑亦复可怜！

现在屈指算来，西方以及世界其他国家已经从中华民族优秀文化中拿走了不少优秀的精华，他们学习了，应用了，收到了效果，获得了利益。但是，仍然有许多精华，他们没有拿走，比如中国传统的伦理道德，其中有糟粕，也有精华，其精华部分对世界人民处理天人关系、人与人的关系，以及个人心中感情思想中的矛盾时会有很大的助益。眼前全世界都大声疾呼的环保问题实际上是西方人征服自然的恶果，中国的天人合一的思想，如能切实行之，必能济西方之穷。我们眼前，由于人所共知的原因，科技在某些方面确实落后于西方。但是，我们也不能说是一点创造发明都没有，一点先进的东西都没有，比如改革开放，由计划经济转入市场经济而获得成功，对世界上其他国家就很有借鉴的价值。

这些东西如珠子在前，可人家，特别是西方人，却偏不来拿。

怎么办呢？你不来拿，我们就送去。

我们首先要送去的就是汉语。射人先射马，擒贼先擒王。汉语是王。中华民族的优秀文化大部分保留在汉语言文字中。中华民族古代和现代的智慧，也大部分保留在汉语言文字中。中国人要想弘扬中华民族的优秀文化，外国人要想学习中华民族的优秀文化，都必须首先抓汉语。为了增强中外文化交流，为了加强中外人民的理解和友谊，我们首先必抓汉语。因此，我们要奉行送去主义，首先送出去的也必须是汉语。

此外，汉语本身还具备一些其他语言所不具备的优点。20世纪50年代中期，我参加了中共八大翻译处的工作。在几个月的工作过程中，我逐渐发现了一个从来没有人提到过的现象，这就是：汉语是世界上最短的语言。使用汉语，能达到花费最少最少的劳动，传递最多最多的信息的目的。我们必须感谢我们的祖先，他们给我们留下了汉语言文字这一瑰宝。过去的几千年，我们在这里暂且不谈。仅就目前十几亿使用汉语言文字的人来说，他们在交流思想、传递信息方面所省出来的时间简直应该以天文数字来计算。汉语之为功可谓大矣。

从前听到有人说过，人造的世界语，不管叫什么名称，寿命都不会太长的。如果人类在未来真有一个世界语的话，那么这个世界语一定会是汉语的语法和英文的词汇。洋泾浜英语就证明了这一点。这种说法虽然近乎畅想曲，近乎说笑话，但其中难道一点道理都没有吗？

说来说去，一句话：我们要奉行送去主义，这既有政治意义，也有学术意义。

# 生活的现实

生活，人人都有生活，它几乎是一个广阔无垠的概念。在家中，天天开门七件事：柴、米、油、盐、酱、醋、茶，人人都必须有的。这且不表。要处理好家庭成员的关系，不在话下。在社会上，就有了很大的区别。当官的，要为人民服务，当然也盼指日高升。大款们另有一番风光，炒股票、玩期货，一夜之间成了暴发户，腰缠十万贯，“春风得意马蹄疾，一日看尽长安花”。当然，一旦破了产，跳楼自杀，有时也在所难免。我辈书生，青灯黄卷，兀兀穷年，有时还得爬点格子，以济工资之穷。至于引车卖浆者流，只有拼命干活，才得糊口。

这都是我们必须面对的生活。我们必须黾勉从事，过好这个日子（生活），自不待言。

但是，如果我们把眼光放远一点，把思虑再深化一点，想一想全人类的生活，你感觉到危险性了没有？也许有人感到，我们这个小小寰球并不安全。有时会有地震，有时会有天灾，刀兵水火，疾病灾殃，说不定什么时候就会“驾临”你的头上，躲不胜躲，防不胜防。对策只有一个：顺其自然，尽上人事。

如果再把眼光放得更远，让思虑钻得更深，则眼前到处是看不见的陷阱。我自己也曾幼稚过一阵。我读东坡《（前）赤壁赋》：“惟江上之清风，与山间之明月，耳得之而为声，目遇之而成色。取之无禁，用之不竭。是造物者之无尽藏也，而吾与子之所共适。”我深信苏子讲的句句是真理。然而，到了今天，江上之风还清吗？山间之月还明吗？谁都知道，由于大气的污染，风早已不清，月早已不明了。与此有联系的还有生态平衡的破坏，动植物品种的灭绝，新疾病的不断出现，人口的爆炸，臭氧层出了洞，自然资源——其中包括水——的枯竭，如此等等，不一而足。我们人类实际上已经到了“盲人骑瞎马，夜半临深池”的地步。令人吃惊的是，虽然有人已经注意到了这个现象；但并没有提高到与人类生存前途挂钩的水平，仍然只是头痛治头，脚痛治脚。还有人幻想用西方的“科学”来解救这一场危机。我认为，这是不太可能的，这一场灾难主要就是西方“征服自然”的“科学”造成的。西方科学优秀之处，必须继承，但是必须从根本上，从思想上，解决问题，以东方的“民胞物与”的“天人合一”的思想济西方“科学”之穷。人类前途，庶几有望。

# 从小康谈起

稚珊命题作文，我应命试作。

我们现在举国上下正在努力建设小康社会。但是，什么叫“小康”？我还没有看到权威性的解释。现在，我不揣冒昧对这个词儿来做一番解释。

在发达国家的大城市，特别是首都中，居民约略可以分为三个阶层。第一是大款，收入极高，人数极少，享用奢侈，匪夷所思。第二是中间阶层，人数相当多，收入不甚丰而花费有余。他们想吃什么，就吃什么；想穿什么，就穿什么。来自五湖四海普天下的产品，他们都能得到。他们绝不像大款那样，一次宴会开支万金，但是，日子过得颇为舒适，颇为惬意，他们是满足的。至于第三阶层，人数颇多，收入拮据，日子过得不能称心如意，还不能算是小康社会。

上面讲的第二阶层，我认为就算是“小康”。拿这个例子来同北京比较一下，北京中间阶层的人可以说是已经达到小康水平了。他们想要吃的，想要穿的，不管是来自天南，还是海北，而且还是一年四季的产品，他们都能够得到，难道这不就算是小康了吗？

但是，衡量小康的水平标准，不仅仅只有物质，而且还要有精神方面的东西，我们平常讲的人文素质就是指的精神方面的东西。一讲到人文素质，问题就复杂起来。我个人认为，有对全人类的要求，有对不同国家、不同民族的要求。前者的内容有：要正义不要邪恶；要和平不要战争；要友谊不要仇恨；要协商不要独断；要互助不要掠夺，如此等等，还可以列举许多。后者则复杂得多。国家不同，民族不同，文化和宗教的传统不同，人文素质的行为细则则必然不同。在这里需要的是相互理解，相互尊重。

如果拿世界上许多大都市已经进入小康境界的人们的人文素质的水平来同北京市（可能还有别的大城市）的我以为已经达到小康水平的人们的人文素质水平来比较一下的话，我就不禁英雄气短。有一些暴发的小康者，骄矜、浮躁，忘乎所以。就以市民的平均水平而论，也存在着不少问题。我将在上海《新民晚报》上连续发表四篇谈公德的文章来谈这个问题，希望能起点作用。我们中国在这方面要做的事情还有很多，这一点我们必须清醒。

我想在这里顺便谈一个问题。在现在这样消费高潮汹涌澎湃的时候，再谈节俭，是否已经过时，是否算是冥顽不灵？我认为不是这样，过去谈节俭是对个人、对自己的家庭而言。而我现在讲的节俭是对人类而言的，大自然提供给人类的生活日用资料，毕竟不是像江上之清风、山间之明月那样取之不尽，用之不竭的，一个国家用多了，别的国家就会用少。就必将影响世界上广大的人民群众共同进入真正的小康境界。

# 漫谈消费

蒙组稿者垂青，要我来谈一谈个人消费。这实在不是最佳选择，因为我的个人消费绝无任何典型意义。如果每个人都像我这样，商店几乎都要关门大吉。商店越是高级，我越敬而远之。店里那一大堆五光十色、争奇斗艳的商品，有的人见了简直会垂涎三尺，我却是看到就头痛。而且窃作腹诽：在这些无限华丽的包装内包的究竟是什么货色，只有天晓得。我觉得人们似乎越来越蠢，我们所能享受的东西，不过只占广告费和包装费的一丁点儿，我们是让广告和包装牵着鼻子走的，愧为“万物之灵”。

谈到消费，必须先谈收入。组稿者让我讲个人的情况，而且越具体越好。我就先讲我个人的具体收入情况。我在20世纪50年代被评为一级教授，到现在已经四十多年了，尚留在世间者已为数不多，可以被视为珍稀动物，通称为“老一级”。在北京工资区——大概是六区——每月345元，再加上中国科学院哲学社会科学部委员，每月津贴100元，这个数目今天看起来实为微不足道，然而在当时却是一个颇大的数目，十分“不菲”。我举两个具体的例子：吃一次“老莫”（莫斯科餐厅），大约一元五到两元，汤菜俱全，外加黄油面包，还有啤酒一杯；如果吃烤鸭，也不过六七块钱一只，其余依次类推。只需同现在的价格一比，其悬殊立即可见，从工资收入方面来看，这是我一生最辉煌的时期之一。这是以后才知道的，“当时只道是寻常”。到了今天，“老一级”的光荣桂冠仍然戴在头上，沉甸甸的，又轻飘飘的，心里说不出是什么滋味，实际情况却是“昔人已乘黄鹤去，此地空余老桂冠”。我很感谢，不知道是哪一位朋友发明了“工薪阶层”这一个词儿，这真不愧是天才的发明，幸乎不幸乎？我也归入了这一个“工薪阶层”的行列。听有人说，在某一个城市的某大公司里设有“工薪阶层”专柜，专门对付我们这一号人的。如果真正有的话，这也不愧是一个天才的发明。俗话说：“识时务者为俊杰”，他们都是不折不扣的“俊杰”。

我这个“老一级”每月究竟能拿多少钱呢？要了解这一点，必须先讲一讲今天的分配制度。现在的分配制度，同20世纪50年代相比，有了极大的不同，当年在大学里工作的人主要靠工资生活，不懂什么“第二职业”，也不允许有“第二职业”。谁要这样想、这样做，那就是典型的资产阶级思想，是同无产阶级思想对着干的，是最犯忌讳的。今天却大改其道。

学校里颇有一些人有种种形式的“第二职业”，甚至“第三职业”。原因十分简单：如果只靠自己的工资，那就生活不下去。以我这个“老一级”为例，账面上的工资我是北大教员中最高的。我每月领到的工资，七扣八扣，拿到手的平均约700元至800元。保姆占掉一半，天然气费、电话费，等等，约占掉剩下的四分之一。我实际留在手的只有300元左右，我要用这些钱来付全体在我家吃饭的四个人的饭钱，这些钱连供一个人吃饭都有点捉襟见肘，何况四个人！“老莫”、烤鸭之类，当然可望而不可即。

可是我的生活水平，如果不是提高的话，也绝没有降低。难道我点金有术吗？非也。我也有第×职业。这就是爬格子。格子我已经爬了六十多年，渐渐地爬出一些名堂来。时不时地就收到稿费，很多时候，我并不知道是哪一篇文章换来的。外文楼收发室的张师傅说：“季羡林有三多，报纸杂志多，有十几种，都是赠送的；来信多，每天总有五六封，来信者男女老幼都有，大都是不认识的人；汇单多。”我绝非守财奴，但是一见汇款单，则心花怒放。爬格子的劲头更加昂扬起来。我没有做过统计，不知道每月究竟能收到多少钱。反正，对每月手中仅留300元钱的我来说，从来没有感到拮据，反而能大把大把地送给别人或者家乡的学校。我个人的生活水平，确有提高。我对吃，从来没有什么要求。早晨一般是面包或者干馒头，一杯清茶，一碟炒花生米，从来不让人陪我凌晨4点起床，给我做早饭。午晚两餐，素菜为多。我对肉类没有好感。这并不是出于什么宗教信仰，我不是佛教徒，其他教徒也不是。我并不宣扬素食主义。我的舌头也没有生什么病，好吃的东西我是能品尝的。不过我认为，如果一个人成天想吃想喝，仿佛人生的意义与价值就在于吃喝二字。我真觉得无聊，“斯下矣”，食足以果腹，不就够了吗？因此，据小保姆告诉，我们四个人的伙食费不过五百多元而已。

至于衣着，更不在我考虑之列。在这方面，我是一个“利己主义者”。衣足以蔽体而已，何必追求豪华。一个人穿衣服，是给别人看的。如果一个人穿上十分豪华的衣服，打扮得珠光宝气，天天坐在穿衣镜前，自我欣赏，他（她）不是一个疯子，就是一个傻子。如果只是给别人去看，则观看者的审美能力和审美标准，千差万别，你满足了这一帮人，必然开罪于另一帮人，绝不能使人人都高兴，皆大欢喜。反不如我行我素，我就是这一身打扮，你爱看不看，反正我不能让你指挥我，我是个完全自由自主的人。

因此，我的衣服，多半是穿过十年八年或者更长时间的，多半属于博物馆中的货色。俗话说：“人靠衣裳马靠鞍”，以衣取人，自古已然，于今犹然。我到大店里去买东西，难免遭受花枝招展的年轻女售货员的白眼。如果有保卫干部在场，他恐怕会对我多加小心，我会成为他的重点监视对象。好在我基本上不进豪华大商店，这种尴尬局面无从感受。

讲到穿衣服，听说要“赶潮”，就是要赶上时代潮流，每季每年都有流行款式，我对这些都是完全的外行。我有我的老主意：以不变应万变。一身蓝色的卡其布中山装，春、夏、秋、冬，永不变化。所以我的开支项下，根本没有衣服这一项。你别说，我们那一套“三十年河东，三十年河西”的“哲学”有时对衣着款式也起作用。我曾在中华人民共和国成立前的1946年在上海买过一件雨衣，至今仍然穿。有的专家说：“你这件雨衣的款式真时髦！”我听了以后，大惑不解。经专家指点，原来五十多年流行的款式经过了漫长的沧桑岁月，经过了不知道多少变化，现在又在螺旋式上升的规律的指导下，回到了50年前款式。我恭听之余，大为兴奋。我守株待兔，终于守到了。人类在衣着方面的一点小聪明，原来竟如此脆弱！

我在本文一开头就说，在消费方面我绝不是一个典型的代表。看了我自己的叙述，一定会同意我这个说法的。但是，人类社会极其复杂，芸芸众生，有一箪食一瓢饮者，也有食前方丈，一掷千金者。绫罗绸缎、皮尔·卡丹、燕窝鱼翅、生猛海鲜，这样的人当然也会有的。如果全社会都是我这一号的人，则所有的大百货公司都会关张的，那岂不太可怕了吗？所以，我并不提倡大家以我为师，我不敢这样狂妄。不过，话又说了回来，我仍然认为：吃饭穿衣是为了活着，但是活着绝不是为了吃饭穿衣。

# 对广告的逆反心理

我没有研究过广告学。我只是朦朦胧胧地知道，商品一产生，就会有广告。常言道："老王卖瓜，自卖自夸。"不然"人家的卖了，自己的剩下。"这是人之常情。

到了今天，在所谓信息爆炸的时代里，广告的作用更是空前高涨。一走出家门，满世界皆广告也。在摩天大楼上，在比较低的房屋上，在路旁特别搭建的牌子上，在旮旮旯旯令人不太注意的地方，在车水马龙中的大小汽车上，在一个人蹬车送货的小平板车上。总之，说不完，道不尽，到处都是广告。广告的制作又是五花八门，五光十彩，让人看了，目不暇接，晕头转向。制作者都是老王，没有老张和老李。你若都信，必将无所适从，堕入一个大糊涂中。

回到家里，打开报纸，不管是日报、晨报、晚报；也不管是大型的一天几十版，还是小型的一天只有几版，内容百分之六七十至八九十都是广告。大的广告可以占一个整版；小的则可怜兮兮地只有几行，挤在密密麻麻的广告丛林中，活像一个瘪三。大的广告固然能起作用，小的也会起的。听说广告费是很高的，不起作用，谁肯花钱？

一打开电视，又是广告的一统天下。人们之所以要看电视，主要是想对国家大事和世界大事有所了解。至于商品或其他广告，虽然也能带来信息，但不能以此为主。可是现在的电视，除了“广告时间”以外，随时都能插入广告。有时候，在宣布了消息内容之后即将播报之前，突然切入广告，据说这个出钱最多，可是对我这样的想听消息者，却如咽喉里卡上了一块骨头。

广告之多，我举一个小例子。北京市广播电台一台，每晚六点至六点半是体育新闻。我先声明一句，这不是唯一的一次，后面还有。但是，仅就这一次而论，在半小时内，前面掐头，是十分钟的广告时间，然后是真正的体育新闻。播了不久，忽然出现了“广告之后，马上回来”的字样，于是又占去几分钟。最后还要去尾，一去又是十分钟，当然都是广告。观众同志们！你们想一想：这叫什么“体育新闻”！

最令人难以承受的，还数不上广告多，而是广告重复。一个晚上重复几次，有时候还是必要的。但几分钟内就重复二三次，实在难以忍受。重复的主题，时常变换。眼前的主题是美国的×××牙膏。让几个天真无邪的中国小孩，用铜铃般清脆悦耳的声音，高声赞美×××牙膏，并打出字幕：××公司

“美（国）化”你的生活。一次出现，尚能看下去，一二分钟后，立即又出现，实在超出了我的忍耐的限度。我双手捂耳，双眼紧闭，耳不听不烦，眼不见为净。嘴里数着一二三四，希望在二十以内，熬过这一场灾难。

为什么这样重复呢？从前听一位心理专家说，重复的频率越高，对记忆越有好处。等到频率达到了一定的高度，记忆就永志不忘了。

说不说由你，听不听由我。我不知道广告学中有没有逆反心理这样一章。我也不知道，逆反心理是否每一个人都有。反正我自己是有的，而且很强烈。碰到我这样的牛皮筋，重复得越多，也就是说，广告费花得越多，效果反而越低。最后低到我发誓永远不买这种牙膏，不管它有多好。我现在不知道，广告学家，以及兜售商品的专家看了我这个怪论做何感想。

不管做什么样的广告，也不管出现的频率多少，其目的无非是美化自己的商品，唤起消费者的注意，心甘情愿地挖自己的腰包，结果是产品商人赚了钱。至于商品究竟怎样，商人心里有数，而消费者则心中无底，一切尽在不言中了。

广告真能赚钱吗？斩钉截铁地说一句：真能赚钱，甚至赚大钱。空口无凭，举例为证。前几年，山东出了一种名酒，一时誉满京华，大小宾馆，凡宴客者无不备有此酒。自称是深知内情的人说——当然是形象的说法——山东这个酒厂一天开进广播电台一辆桑塔纳，开出的却是一辆奥迪。然而曾几何时，这一切都已烟消云散，现在北京知道那一种名酒的人，恐怕不太多了。

我之所以写这一篇短文，绝不是想反对广告。到了今天，广告的作用越来越大，当顺其势而用之，绝不能逆其势而反之。这里有两点要绝对注意：第一，对商品要尽量说实话，绝不假冒伪劣。第二，广告做得不得当，会引起逆反心理。我在别的地方曾讲到要有品牌意识。一个名牌，往往是几代人惨淡经营的结果，来之不易，破坏起来却不难。我注意到，在今天包装改革的大潮中，外面的包装一改，里面的商品就可能变样变味。我认为，这是眼前的重大问题，希望商品生产者，特别是名牌的生产者，切莫掉以轻心。

# 炼话

在世界上，不管是哪一个时代，也不管是哪一个民族，在长期与自然的斗争中，在阶级斗争中，在处世、待人、接物中，都积累了不少的经验与教训。表达这些经验与教训的方式是多种多样的。用谚语来表达可以说是其中最常见、最方便、最易行的。

谚语，有的人称之为“炼话”，就是精炼的话。既然是精炼，就不会太长。不太长，也就容易记住。有不少炼话，又合辙押韵，就更容易记住。因此，在全世界各地老百姓口中，文人学士的著作中，都不可避免地有一些谚语。谚语实际上就成了一个民族继承传统智慧的工具。

在我们中国，在过去，已经有不少的有心人搜集过谚语，并且印成了书，在国外很多国家，都有这样的有心人，他们也做过搜集谚语的工作，而且出了书。一般都只限于一个国家。跨国的谚语词典也是有的。1972年在意大利出版的意、拉丁、法、西、德、英、古希腊七种语言对照的《谚语词典》（Dizionario_Comparato_di_proverbi_e_modi_proverbiali）就是其中最著名的一部。这一部书受到了国际上普遍的欢迎。

现在王常在同志的《中外谚语选》又摆在我们眼前了。据我所知道的，中国过去搜集谚语的书虽然相当多，但是范围大到“古今中外”却还是第一部。过去有一些谚语集只注意中，而不注意外；只注意古，而不注意今；现在这一部却避免了这个缺点，连社会主义建设时期的谚语都搜集起来，真可谓洋洋大观了。只要看一看目录就可以知道，内容是多么丰富，分类是多么细致。它几乎包括了人生的各个方面。我们从中可以学习如何说话，如何做人，如何修养，如何学习，如何工作，如何待人，如何立志，如何勤奋，如何处理家庭问题，如何讲究卫生，总之，处世待人，应对进退，人生社会生活各个方面几乎都包罗无遗。不但中华民族的过去的智慧，而且世界上许多国家人民过去的智慧，一开卷，就都跃然纸上。从前有一句也算是谚语的话：“秀才不出门，便知天下事。”其中有合理的成分，也难免有一点夸大。今天我们稍稍加以改动：“秀才不出门，便得天下利。”把这句话用到王常在同志这一本书上，也许没有人反对吧。

我上面讲到搜集谚语都是古今中外的一些有心人。我现在觉得，在这些有心人中，王常在同志是最有心的人。难道我这是阿谀奉承吗？不是的。我同老王同志认识的时间并不长，只有几年的时间。他从外单位调到北大来主管总务方面的工作，后来又离开了北大。我是最怕同人交际的人，对老王也不例外。平常只是开会时见见面，说上几句寒暄话，如此而已。但是我却逐渐发现，常在同志为人非常淳朴正派，心直口快，不像我有时候见到的极少数有“官”架子的人。虽然我们的交情仍然是“淡如水”，但心中却有了好感。

但是，我却万万没有想到，王常在同志竟然用了三十年的时间搜集古今中外的谚语。说句坦白的话，我下意识地认为，只有像我这样的“知识分子”才能干这个活，而王常在同志却是被我在下意识中排出于知识分子之外的人。我认为他也不过是搞一点后勤工作，关心人的吃喝拉撒睡。言外之意，就是没有什么了不起。搜集谚语这样的工作简直同他风马牛不相及，用最大的幻想力也不会连在一起的。现在回想起来，我真实的思想，尽管是下意识的，就是这样。

我这个人有很多毛病，但是在中华人民共和国成立后，我逐渐有了一点自知之明，经常在剖析自己，觉得自己是一个非常平庸的人，对别人还是知道尊重的。可是，王常在同志这个例子却明确无误地告诉我，我在下意识中还放不下知识分子的架子。我们自己认为是知识分子的人，有时候知识并不很多，傲气却并不少。王常在同志尽管不在大学里教书，他却是最好的知识分子。他能够在做好本职工作之余，搜集古今中外的谚语，做出这样有意义的工作。我说他是有心人中的有心人，难道不公允吗？

在这个意义上来讲，除了从王常在同志搜集的谚语中可以学习到许多有益的东西之外，王常在同志又成为我的一面镜子，从中照见自己的不足，促进自己的思想改造。因此，虽然我对搜集谚语的工作了解不多，我写的序也绝不会为本书增辉，但当王常在同志提出要我为本书写一篇序言的时候，我却满口答应了下来，写了上面这一些话。

# 汉语与外语

## 问题的提出

我们正处在20世纪的世纪末中，也可以说是处在第一千纪的千纪末中，再过几年，一个新的世纪，21世纪和一个新的千纪，第二千纪，就要来到我们眼前。值此世纪和千纪转轨之际，学术界的各门学科都在进行回顾与前瞻，我们语言学界当然也不会例外。在过去将近100年中，我们学术界以及学术界以外的一些人士，对待外语的态度有天翻地覆的转变。总的发展趋势是，由世纪初的漠然懵然进到了世纪末的肃然狂然。时至今日，不但在中小学都有了英文教学，连给店铺起名，给商品命名，给新生婴儿起名字，都非带点洋味不行；连官方的电视台也称之为 BTV。如此等等，不一而足。这是好事呢，还是坏事？这是进步呢，还是退化？兹事体大，非三言两语可以说清楚的，这里先不深入探讨。但是，我个人总认为，这是势所趋，这是世界潮流所向，九斤老太头摇得再厉害，也无济于事。

但是，我们语言学界也不能特立独行，我们也不能反潮流，我们也必须在回顾与前瞻的基础上思考与语言有关的问题。问题是千头万绪，绝不能毕其功于一役。我先提出一个在我们日常活动中和学术研究中汉语与外语的关系问题，来谈一谈我个人的看法。

## 当前的情况

社会上一般的情况，我已在上面稍有所涉及，我在这里集中谈学术界的情况，特别是北京大学的情况，后者是有些代表性的。

北大是处在社会中的，并非世外桃源。社会上弥漫着外国热——简短截说，实际上说法是英语热——当然会波及北大；不但波及，而且变本加厉。可是根据我多年仔细的观察与体会，我终于发现，尽管在这里英语热热得发烫，但是，该学的人中却有不爱学者，而在学习的人中，学习的方式和目的都令人担忧。

什么叫“该学的人”呢？我首先指的是教师，而且不是哪一科的教师，而是所有的教师。到了今天，大家都会承认，所有的国家，所有的学科，都是世界性的、国际性的，哪一科也不能自我封闭，闭关锁国。如果真想这样做的话，其无前途完全是可以断言的。就拿中国国学来说，表面上来看，这是中国的学问，中国学者不通外语，完全能够玩得转的。然而，如果不是井蛙观天而放眼世界的话，则立刻就能发现，别的国家也在研究我们的“国学”，而且由于研究基础和传统的不同，由于研究角度和方式的差异，往往能发我们所未发之覆。这样的例子比比皆是，俯拾即得，不承认是不行的。中国古人早就认识到这个真理了，他们说：“他山之石，可以攻玉。”讲的就是这个道理。外国汉学家往往喜欢搞一些很小很偏僻的题目，搞一些我们中国国学家所忽视不注意的题目，搞一些由于语言条件的限制而我们搞不了的课题。这些题目完全可以弥补我们的不足，使我们的国学研究涵盖面更广，钻研得更深。这会大大地有利于我们的国学研究，彰彰在人耳目，不言自明。至于国学以外的其他国际通行的学科，我们更需要随时了解世界各国同行们的研究情况，绝不允许闭门造车，其道理更是人人都能明白的，解释反而会成为赘疣。

能做到这一步，必须通外语。

现在北大流行一种说法：我们的学科要与外国接轨。我认为这个说法提得好，提得鲜明生动，是不易之理，也是我们中国学术界进步的表现。但是，如果想接轨，必须首先知道，轨究竟在什么地方，否则自己的轨往哪里去接呢？乱接一气，驴唇对不上马嘴，接这样的轨有什么用处呢？

真想接轨，必须通外语。

事实上，有一些轨就在眼前，比如说到外国去参加国际学术讨论会，出席的基本都是同行的学者，这些就是摆在眼前的轨，要想接立刻就能接上。然而，“眼前有轨接不得，只缘缺乏共同语”。我曾多次参加国外举办的国际学术讨论会。有时候我国派出去规模相当大的代表团，参加者多为著名的学者，个个满腹经纶，学富五车，在国内国际广有名声。如果请他用中国话做学术报告，必然是广征博引，妙语连珠，滔滔如悬河泻水，语惊四座。然而，我们的汉语，虽然在世界上使用的人数居众语的前列，可惜由于种种原因还没有能争取到国际学术通用语的地位，一出国门，寸步难行。没有哪一个在国外召开的学术会议规定汉语为会上发表论文的通用语，我们只好多带翻译。然而有不少会议规定，参加主席团不能带翻译，宣读学术论文不能带翻译。于是不会说洋话的代表团长（在国内往往是个官）只好退避三舍，成为后座议员。而有一些很有价值的优秀论文也得不到向国外同行们显示的机会。

在会议休息时，往往到大客厅里去喝点咖啡或茶，吃点点心，这正是不同国家的学者们交流感情、增进友谊的好时机。每一位学者手端一杯饮料，这里聊上几句，那里侃上一阵，胡谈乱侃中，往往包含着最新的学术消息。如果有共同的语言，这真是如鱼得水，不费吹灰之力，就能“秀才不出厅，便知天下事”。然而可惜的是我们中国的学者，只带了一张嘴，却没有带语言工具，除了点头微笑之外，连“今天天气，哈，哈，哈”都说不出来，尴尬之态可掬，只好找中国人扎堆儿谈话。

参加国外学术会议，必须通外语。

我在上面举的这几个必须学习外语的例子，只是顺手拈来，一点求全的意思也没有。真想求全，是办不到的，也是没有必要的。我觉得，仅仅这三个小例子也足以令人触目惊心了。我谈的对象也绝不仅仅限于大学的圈子，这个圈子以外的所有的科研机构中的人员，都应当包括在里面的。至于政府部门，不管是经济、教育、法治、国防，等等，都必须同外国同行或非同行打交道。语言不能沟通，必须配备翻译，翻译必须学外语，而且还要学好外语，这属于常识之例，用不着多说了。

我现在想从另外一个角度来谈一谈学习外语的必要性。不管是在大学，还是在科研部门，研究学问第一步要懂目录学，特别是与自己研究的学科有关的目录学，这是必不可少的一步。中国有造诣的学者，比如说乾嘉诸大师以及西方各门学科有成就的学者，无不如此。不通目录学，不看新杂志，你连一个值得研究的题目都不会找到。研究学问，不能闭塞眼睛捉麻雀。一个题目，特别是在自然科学内，如果别的国家的学者已经研究过，而且已经得出了结果，你懵然无知，又费上力量，从事研究。如果真出现这种情况，将会贻笑士林，无颜见人。

在人文社会科学中，情况与此稍有区别。比如一个庄子，别人能研究，你当然也能研究。因为人文社会科学有一些题目不是丁是丁、卯是卯，同一个题目结果也能够而且允许不同的。即使是这样，人文社会科学工作者也必须了解国内外与自己研究有关的进展情况，与自己看法相同的可以增加研究信心，与自己看法不同的可以供自己进一步推敲和思考。而且研究学问，不是创作写诗，你必须认真搜集资料，资料越多越好，要有“竭泽而渔”的气魄。古代学者只搜集中国材料就足够了。我们处于今天信息爆炸的时代，搜集资料只限于中国是绝对不行的，必须放眼世界。这是时势使然，不这样做，是不行的，而想做到这一步，必须学习外语。

根据上面的极简短的说明，人们已经可以知道，在当前中国，学习外语的重要性已昭如日月。我既讲了北大的教师，也讲到了北大以外的科学工作者。很可惜在这些人中，不懂外语的和所懂不多的，人数并不算太少。更可惜的是，他们自我感觉极为良好，对学习外语的重要性似乎一点也不理会。我希望，这种局面能够尽快改变。

在“该学的人”之外，我还必须提到一类“学者”，我的意思是指“学的人”或者“爱学的人”。他们爱学外语，当然是一件绝大的好事。但是我又说道，他们学习的方式和目的都令人担忧。这是什么意思呢？这一类人中，青年学生较多。他们学习得非常刻苦，除了上正课以外，有的还参加什么“英语强化班”，有的简直到了废寝忘食的程度。他们真懂得了学习外语（首先是英语）的重要性了吗？倘你进一步深入了解，可以说，在一种特殊的意义上，他们是懂得的。英语是一把金钥匙，可以帮他们打开出国的大门，可以帮他们拿到绿卡，可以使他们异化为非中国人。这是学习的目的，目的决定学习方式。指导他们学习的指挥棒就是大名鼎鼎的托福和 GRE。这两个指挥棒怎样指挥，他们就怎样跟着转，不肯也不敢越雷池一步。这样学外语会得到一个什么结果，可以想见。抱着这样的目的，使用这样的方式来学习外语，难道不令人担忧吗？

## 我对出国留学的看法

读了上面我写的那一些话，也许有人会怀疑我是反对出国留学的。

不，不，绝对不是这样。我不但不反对中国青年学生出国留学，而且真诚地积极地希望和帮助他们这样做。不但年轻学生，连并不年轻的教员，不管是哪一门学科的，我都希望他们能够出国看一看，学一学，时间可长可短，走的国家可多可少，访问和学习的方式可以多种多样。多少年来，世界各国的人士都承认，现在的世界越变越小了。不但“鸡犬之声相闻，老死不相往来”的时代早已被我们远远地抛在后面，连法显、玄奘、义净时代到天竺去取经要经过艰难跋涉，千辛万苦的情况，也早已成为历史陈迹。当今之世，出国千里万里，朝发夕至，人类连当年被认为是“天上宫阙”的月球都能够登上。要想再当井底之蛙，是绝无可能的。何况我们这一些在大学或其他科研机构学习和工作的人，更需要放眼世界，否则学习和工作都绝无前途。因此我才有上面说到的那些想法和希望。

但是，我希望我们中国的老、中、青年的学者们，甚至包括一些学生在内都能够到国外去看一看，学一学，其目的同当前的人数不能算是太少的青年们努力通过托福和 GRE 考试的目的是绝对不相同的，是针锋相对的。我希望，他们看一看、学一学之后还要回到我们的祖国来，用看到的和学到的本领来建设我们的国家。而那些兀兀穷年，废寝忘食努力学习外语，通过必要的测试终于到了外国的青年人，他们的最终目的是能拿到绿卡，放弃了中国国籍。正如中国俗话所说的那样：牛肉包子打狗，有去无回。

我是坚决反对和蔑视这种行为的。

但我自己并不是一个极端狭隘的民族主义者。在今天的世界上，放弃一个国籍，取得一个新国籍，这完全是个人的行动，并不是犯法的行为。可是我觉得对这个问题必须作具体的分析，不能眉毛胡子一把抓。所谓“具体的分析”者，就是要看为什么，在什么时候，加入什么国家，放弃什么国家。这话太玄虚，还是直白地说为好。我不讲别的国家，只讲中国与美国。中国是一个穷国，而美国是一个富国，就眼前来说，这是最大的区别。嫌贫爱富，虽然说是人之常情，但是却一向为中国伦理道德所鄙视。西方国家的伦理道德可能是完全不一样的，他们可能认为这是正常和正当的行为，别人无权说三道四。

但是，在中国则不然。前几年，我曾写过一篇文章《一个老知识分子的心声》。其中我谈到，几千年来，中国的知识分子养成了两个突出的特点，一个是爱国主义，一个是讲骨气，二者有联系，又有区别。存在决定意识，这两个特点也是中国历史存在所决定的。中国从先秦起，每一个朝代都有“边患”，也就是外敌的侵略和骚扰。这些外敌今天可能已融入中华民族大家庭中；但在当年却是敌人，屠杀我人民，强占我土地。这种长达几千年的外敌压境的情况，就决定了中华传统的爱国主义。像岳飞、文天祥、林则徐等家喻户晓的爱国人物，没有外敌的国家是不会产生的。

至于讲骨气，则与此有联系，又有区别。在外寇的斧钺前面，绝不贪生怕死，这也是爱国主义的一种表现。在别的地方，中国人也讲骨气。宁愿饿死也不吃嗟来之食，几千年来在中国传为美谈。三国时候，祢衡击鼓骂曹；民国时候，章太炎赤足持扇胸佩大勋章站在新华门前痛骂袁世凯；中华人民共和国成立前夕，朱自清忍饥不吃美援面粉，如此等等，都传为佳话，表现了中国人民的硬骨头。

眼前，我们国家社会正处在转型时期，由于众多的原因造成了我们仍然是一个穷国，人们，当然包括知识分子在内，工资极低，同国外比较起来，简直让人感到寒碜和脸红。我认为，这只能是一个暂时的过渡现象，将来一定会改变的。我们眼前的日子确实过得非常紧，可并没有看到哪一个知识分子真正挨饿的。而且按照中国古老的传统，越是在困难中越应该显出我们的骨气。“岁寒，然后知松柏之后凋也。”这句话道出了中国知识分子的心声。

然而，可悲的是，这一个在世界民族之林中也能称得上独特的值得称扬的优良传统，今天已被许多中国青年人忘掉了，忘得无影无踪了。为了生活得好一点，多捞一些美元，竟忍气吞声心甘情愿地住在一个中国人被视为不知是几等（反正连二等也够不上）公民的国家里，天天吃着嗟来之食，我真想问一声：美国的黄油面包你咽得下去吗？自己国家的事办不好，有骨气的人都应当咬一咬牙，排除万难，把自己的事办好，焉得厚着脸皮赖在人家的国家里不走！

请大家千万不要误会，我并不是笼统地反对加入外国国籍。有的中国人，虽然入了美国籍，但身在异域，心悬中华，想方设法，帮助祖国办好教育，搞好科研，希望祖国真正富强起来。这样的人，在别的国家是极少见的。有的西方国家的人，一旦异化为美国人，就弃自己原来的祖国若敝屣，这同他们缺少真正的爱国主义这一件事实是密切相连的。

但是，话又说了回来，我对那些极少数身处异域，心悬中华的人，虽然有点尊敬，但是，我的尊敬是有限度的。在我的心理天平上，这种人同学成回国宁愿一箪食一瓢饮的人，分量是有悬殊的。

## 语言，特别是外语的功能

上面的话扯得太远了，还是收回来谈语言问题为宜。

语言是什么？如果硬钻牛角，世界上许多语言学派都有自己对语言下的定义，我个人觉得，这些定义都有片面的道理，但都有偏颇之处。我在这里不是写论语言的专著，我想完全不理会那些定义，我想只用传统的对语言的看法也就够了，这种看法就是语言是人类交流思想的工具。这是不是就是想说，只有人类才有思想，因而才有思想交流的工具。也还不这样简单。人类中有哑巴一种人，他们无语言而有思想，想要交流，只能靠手势。至于他们如何理解外在的世界，恐怕永久会成为一个谜。除非哑巴忽然能说了话，别人实无法越俎代庖。这问题我在这里先不谈。

至于禽兽有无语言，我知道，国外个别语言学家是主张禽兽也有语言的。这个问题同我现在要谈的问题无关，我在这里也先不谈。

我现在谈语言的功能，特别是外语的功能。对我们懂汉语又懂外语的人来说，同外国人交流思想，外语是绝对不可缺少的。然而，我却听说，20世纪30年代一个国民党政府驻意大利的公使（那时候还没有大使）只用一个意大利文相当于汉语“这个”的词儿，就能指挥使馆里的意大利工作人员完成他的指示。比如说，他指着窗子说“这个”“这个”。意大利人一看窗子，如果是开着，就把它关上；如果是关着，就把它打开。于是任务完成，皆大欢喜。其余的事情可以此类推。宋代赵普以半部《论语》治天下，我们的公使先生以“这个”一词治大使馆，古今异曲同工，堪称佳话。然而外语之为渺乎小矣！

这当然是一个极端的例子，然而确实是事实。如你不信，我再举一个例子。20世纪50年代我随中国科学院代表赴民主德国开会，在莫斯科旅馆中碰到一位中国民主妇联的领导人，一位著名的国际活动家。她是从中国到日内瓦去开会的，孤身一人，一个翻译也没有带，而她自己又下那一位公使一筹，连外语的“这个”也不会说。然而竟能行万里路，从容不迫。我们私下议论，实在猜不透她在路上是怎样生活的。这也是一个事实。外语的功能又显得渺小了。

但是，我必须郑重声明，这些个别的例子，虽为事实，实不足为训。那一位到了日内瓦参加会议时必定会用翻译的。那一位公使在外交谈判中只用“这个”，也是办不到的。我绝不是劝人不学外语，而是劝人外语学得越多越好。我只想告诉读者，汉语和外语的功能都不是绝对化的。我们不是哑巴能够说话，但有时还未免要动用手势。中国古时就有言意之辨，言是难以尽意的。不管怎样，我个人的经验是，掌握汉语或外语越好，则动用手势越少；反之则越多，而产生误会的机会也就越多，这种情况有时会影响思想交流，影响社会生活。在关键时刻，还会贻误“戎机”，产生极其恶劣的影响。因此我们必须尽上一切力量掌握好汉语和外语。

## 翻译的危机

一个人掌握一种外语，已极不易，遑论多种！但是，居今之世，国与国之间必须打交道，打交道就必须靠翻译。这已是常识，不必多谈。

中国是最早的有翻译的国家，在先秦典籍中，已有翻译的记载。自从汉代印度佛教传入中国以后，中印高僧以及其他一些中亚民族的高僧，从事译经工作者，代不乏人。明末欧风东渐，又掀起了一股从西方语言译为汉文的高潮。此外，还有古今少数民族，如藏、蒙、回鹘，等等，也都翻译了大量的佛典。到了近代和现当代，翻译的范围日益扩大，翻译的功能日益显著。在某一些方面，已经到了没有翻译就无法过日子的程度了。

从上面极其简略的叙述中，我们已经可以断言，从古至今，从实践到理论，中国都可以算是世界翻译第一大国。然而，根据我个人的经验和观察，中国现在存在着相当严重的翻译危机。我们翻译的量不是世界第一；我们翻译的面也不是世界第一；我们翻译的及时程度更不是世界第一。在这些方面，日本都走在我们前面。我个人没有研究过日本的翻译，他们的质量怎样，我不敢瞎说。但是，我们中国当前的翻译质量却不能不令人忧心忡忡。我接触的翻译并不是太多，但是，仅就我接触到的那一些来说，质量或多或少是有问题的，其中原因很多。有的译者外语水平不高，又不肯下死功夫去学习，急功近利，靠翻字典来翻译。有的人自以为是，连字典也不肯翻，抓住一本书，就译开了。其结果如何，不问可知。出版社的所谓责任编辑，有的通外语，有的通之不多，他们有的不肯核对原文。社会上，出版界，又缺乏有力的审查和监督制度。我认为，这是一种极不负责的态度。现在有某一些译本，不用查原文，仅从汉文不通之处，就能推知译文是有问题的。可惜这种危机现象还并没有能引起社会上，尤其是文艺界和学术界的普遍关注，一味听之任之，文恬武嬉，天下太平。

然而，我的心里面却无论如何也太平不下去，我深深知道翻译的重要性。从外国原作者来说，不管他们的学问多么大，书写得多么精彩，对不懂原书的语言的外国人来说却都是像天书一般。谁也没有如来佛那样大的本领，有天眼通，有天耳通，能识尽人世间一切文字和语言。在世界各国，不管你能通多少外语，反正不能尽通。像这样能通多种外语的人，还不得不依靠翻译，遑论他人！就全体而论，我们中国人，尽管谁也不敢说我们缺少学习外语的天才，可是，事实上，我们由于种种原因，同东方一些国家相比，我们中国的外语水平还是比较低的。专以英文水平而论，我们的普遍性和水平较之印度，甚至亚洲和非洲的一些国家，还是有相当差距的。不承认这一点，不能算是实事求是的态度。

学习外语，浅尝辄止，似乎并不困难。但要精通，却必须付出极大的劳动，还必须有相当高的才能。二者缺一不可。我举口译做一个例子。20世纪50年代和60年代前半，周恩来总理接见外宾，形形色色，除了政治家之外，有时也会有著名的学者和艺术家。这时候陪同会见的人中往往有中国的学者和艺术家、文学家等参加，我也有幸多次参加这样的会见。在这样的场合，口头译员是必不可少的。有时候，在外宾离去后，周总理往往让中国陪同人员留下，谈一谈刚才招待的情况。外宾在时，我的任务只不过是揖让进退，鞠躬如也，奉陪末座，一言不发。外宾一走，我们这些刚才是木雕泥塑的人，现在也活了起来，必须开口说话了。有一次，周总理含笑问翻译说："今天你又贪污了多少呀？"翻译也笑着回答说："不多，不多！至多不过百分之二十。"此时，郭沫若也在座，他接起话头说："我在日本住了多年，家中说的是日本话。但是，如果今天让我担任日语口译，我最多也只能翻到百分之八十。能有这个成绩，就应该表扬了。"总理点头称是。

又有一次，还是这样的场合，周总理对外宾说话时，使用“倚老卖老”这样一句俗话，翻译虽然译出来了，但感到有点困难。这一点总理也注意到了。于是在外宾离去后，他就同大家讨论“倚老卖老”究竟如何译为英文才算妥帖。大家七嘴八舌，最终也没有找到一个大家都满意的不失原文韵味的译法。

这仅仅是两个例子，但从中也足以看出口译之困难。口译难，笔译也不易。在这两方面，我个人都有不少经验与教训。我曾学习过不少的外语，但是，有的已经交还给老师。在剩下的那些外语中，笔译我使用过五六种，其中包括那一种稀奇古怪的吐火罗文。从梵文中译成汉文的最多，巴利文、英文和德文都有。口语能应用到一定程度的，只有英文和德文。口译工作我也曾作为临时客串担任过，其中困难，我所深知。端坐罗满山珍海味的宴桌前，食难下咽，如坐针毡。大约只有干过这一行的，才能知道其中的滋味。至于我的口译究竟贪污了多少，那就概难言矣。在这里，我还必须声明一句：我对有一些外语都是用过十年寒窗的苦功的，绝非仓促临阵磨枪。

我喋喋不休地说这些话有什么用呢？我只想说一点，就是学习外语并不容易。我在下面还会谈到这个问题。这同今天的翻译危机有什么瓜葛呢？我个人认为，今天翻译之所以有危机，最根本的原因就是，有一些译者有意或无意地认为学习外语很容易。我们必须下定决心，力矫这种弊端，然后我们外语界才有希望。

## 学习哪一种外语

我在上面多次谈到学习外语的重要性。但是，在世界上，民族林立，几乎都各有各的语言或方言，其数目到现在仍然处在估计阶段，究竟有多少，没有人能说得清楚。至于语言的系属和分类的方法，更是众说纷纭，一直也没有大家都承认的定论。

一个明显的问题摆在我们眼前：我们中国人要学习哪一种或几种外语呢？这个问题在中国实际上已经解决了，学校里、科研单位、社会上，都在学习英语，而这个解决方式是完全正确的。

当年马克思和恩格斯共同领导世界共运时，根据传记的记载，他们二人之间也有所分工，马克思主要搞经济问题和理论研究，恩格斯分工之一是搞军事研究，在他们的圈子里，恩格斯有一个绰号叫“将军”。至于语言，二人都能掌握很多种。希腊文和拉丁文在中学就都学过，马克思能整面整段地背诵古希腊文学作品。据说他们对印度的梵文也涉猎过。他们二人都能用德、英、法文写文章。德文以外，用英文写的文章最多，这是当时的环境使然，不足为怪。恩格斯更是一个语言天才，磕磕巴巴地能说十几种外语。他们同家属一起到北欧去旅游，担任翻译的就是恩格斯。

总起来看，他们学习外语的方针是：需要和有用。

60年前，当我在德国大学里念书的时候，德国文科高中毕业的大学生，在中学里至少要学三种外语：希腊文、拉丁文、英文或法文。拉丁文要学八年，高中毕业时能用拉丁文致辞。德国大学生的外语水平，同我们中国简直不能同日而语，这对他们不管学习什么科都是有用的。欧洲文化的渊源是古希腊和古罗马，他们掌握了这两种语言，比如英文、法文、荷兰和北欧诸国的语言，由于有语言亲属关系，只要有需要，他们用不着费多大的力量，顺手就能够捡起。据我的观察，他们几乎没有不通英文的。

总之，他们学习外语的方针依然是：需要和有用。

我们中国怎样呢？我们学习外语的目的和方针也不能不是需要和有用。

拿这两个标准来衡量，我们今天学习外语首当其冲的就是英语。而近百年来我们的实践过程正是自觉或不自觉地遵守了这个方针。五四运动前，英语已颇为流行。我们通过英语学习了大量的西方知识，连德、法、俄、意等国的著作，也往往是通过英语的媒介翻译成了汉文的。五四运动以后，有些地方从小学起就开始学英文。初中和高中都有英文课，自然不在话下。山东在教育方面不是最发达的省份，但是，高中毕业生都会英文。学习的课本大概都是《泰西五十轶事》《天方夜谭》《莎氏乐府本事》，等等，英文法则用《纳氏文法》。从这些书本来看，程度已经不算太浅了。可是，根据我的观察和经验，山东英文水平比不上北京、上海等地的高中毕业生。在这两个地方，还加上天津，有的高中物理学已经采用美国大一年级的课本了。

总而言之，简短截说一句话，中国一百年以来，学习外语，选择了英文，是完全合情合理的，是顺乎世界潮流的。

大家都知道，英文是英国、美国、加拿大、澳大利亚、新西兰等国的国语。连在印度，英文也算是国语之一。印度独立后第一部宪法规定了英文作为印度使用的语言的使用期，意思是，过了那个时期，英文就不再是宪法规定的使用语言了。但是，由于印度语言和方言十分繁杂，如果不使用英文，则连国会也难以开成。英文的使用期不能不无限期地延长了。在非洲，有一些国家也不得不使用英文。在今天的世界上，英文实际上已经成了“世界语”了。

说到“世界语”，大家会想到1887年波兰人柴门霍夫创造的 Esperanto。这种“世界语”确实在世界上流行过一阵。中国人学习的也不少，并且还成立了世界语协会，用世界语创作文学作品。但是，到了今天，势头已过，很少有人再提起了。此外还有一些语言学有制造过一些类似 Esperanto 之类的人造语言，没有产生什么效果。有的专家就认为，语言是自然形成的，人造语言是不会行得通的。

可是，据我所了解到的，有人总相信，世界上林林总总的人民，将来有朝一日，总会共同走向大同之域，人类总会有，也总需要有一种共同的语言。这种共同语言不是人造的，而是自然形成的。但形成也总需要一个基础，这个基础是哪一种语言呢？从眼前的形势来看，英文占优先地位。但是，英文能不能成为真正的“世界语”呢？我听有人说，英文单独难成为“世界语”的。英文的结构还有一些不合乎人类思维逻辑的地方。有的人就说，最理想的“世界语”是英文词汇加汉语的语法。这话初听起来有点近似开玩笑。但是，认真考虑起来，这并非完全是开玩笑。好久以来，就有一种汉文称之为“洋泾浜英语”，英文称之为 Pidginy 语不行，然而那里的中国人文化程度极低，没有时间，也没有能力去认真学习英语，只好英汉杂烩，勉强能交流思想而已。这种洋泾浜英语，好久没有听说了。不意最近读到《读书》，1998年第3期，其中有一篇文章《外语为何难学？》一文中讲道：语言具有表达形式与表达功能两套系统。两套系统的“一分为二”还是“合二而一”，直接影响到语文本身的学习。作者举英语为例，儿童学话，但求达意，疏于形式，其错误百出，常令人惊愕。如 I done it（I did it）（我做了它）；She no sleeping（Shi is not sleeping）（她没有眼）；Nobody don’t Like me（Nobody Like me）（没有人喜欢我）。这表示功能与形式有了矛盾，等到上学时，才一一纠正。至于文盲则“终身无悔”了。当它作为外语时，这一顺序则正相反，即学者已经具备表达功能，缺少的仅仅是一套表达形式。作者这些论述给了我许多启发。三句例子中，至少有两句合乎洋泾浜英语的规律。据说洋泾浜英语中有 no can do 这样的说法，换成汉语就是“不能做”。为什么英国小孩学说话竟有洋泾浜英语相类似之处呢？这可能表示汉语没有形式变化，而思维逻辑则接近人类天然的思维方式。英语那一套表达形式中有的属于画蛇添足之类。因此，使用英语词汇，统之以汉语语法，从而形成的一种世界语，这想法不一定全是幻想。这样语言功能与表达形式可以统一起来。这种语言是人造的，但似乎又是天然形成的，与柴门霍夫等的人造的世界语，迥异其趣。

## 怎样学习外国语

这是我经常碰到的一个问题，也是学外语的人容易问的一个问题。我在1997年给上海《新民晚报》“夜光杯”这一栏一连写了三篇《学外语》，其中也回答了怎样学习外语的问题。现在让我再写，也无非是那一些话。我索性把那三篇短文抄在这里，倒不全是为了偷懒。其中一些话难免与上面重复，我也不再去改写了，目的在保存那三篇文章的完整性。话，只要说得正确，多听几遍，料无大妨。

## 一

现在全国正弥漫着学外语的风气，学习的主要是英语，而这个选择是完全正确的。因为英语实际上已经成了一种世界语。学会了英语，几乎可以走遍天下，碰不到语言不通的困难。水平差的，有时要辅之以一点手势。那也无伤大雅，语言的作用就在于沟通思想。在一般话中，思想绝不会太复杂的。懂一点外语，即使有点洋泾浜，也无大碍，只要“老内”和“老外”的思想能够沟通，也就行了。

学外语难不难呢？有什么捷径呢？俗语说：“天下无难事，只怕有心人。”所谓“有心人”，我理解，就是有志向去学习又肯动脑筋的人。高卧不起，等天上落下馅儿饼来的人是绝对学不好外语的，别的东西也不会学好的。

至于“捷径”问题，我想先引欧洲古代大几何学家欧几里得（也许是另一个人。年老昏聩，没有把握）对国王说：“几何学里面没有御道！”“御道”，就是皇帝走的道路。学外语也没有捷径，人人平等，都要付出劳动。市场卖的这种学习法、那种学习法，多不可信，什么方法也离不开个人的努力和勤奋。这些话都是老生常谈，但是，说一说绝不会有坏处。

根据我个人经验，学外语学到百分之五六十，甚至七八十，也并不十分难。但是，我们不学则已，要学就要学到百分之九十以上，越高越好。不到这个水平你的外语是没有用的，甚至会出娄子的。我这样说，同上面讲的并不矛盾。上面讲的只是沟通简单的思想，这里讲的却是治学、译书、做重要口译工作。现在市场上出售为数不少的译书，错误百出，译文离奇。这些都是一些急功近利，水平极低而又懒得连字典都不肯查的译者所为。说句不好听的话，这些都是假冒伪劣的产品，应该归入严打之列的。

我常有一个比喻：我们这些学习外语的人，好像是一群鲤鱼，在外语的龙门下洑游。有天资肯努力的鲤鱼，经过艰苦的努力，认真钻研，锲而不舍，一不耍花招，二不找捷径，有朝一日风雷动，一跳跳过了龙门，从此就成了一条外语的龙，他就成了外语的主人，外语就为他所用。如果不这样做的话，则在龙门下游来游去，不肯努力，不肯钻研，就是游上一百年，他仍然是一条鲤鱼。如果是一条安分守己的鲤鱼，则还不至于害人。如果不安分守己，则必然堕入假冒伪劣之列，害人又害己。

做人要老实，学外语也要老实。学外语没有什么万能的窍门。俗语说："书山有路勤为径，学海无涯苦作舟。"这就是窍门。

## 二

前不久，我写过一篇《学外语》，限于篇幅，意犹未尽，现在再补充几点。

学外语与教外语有关，也就是与教学法有关，而据我所知，外语教学法国与国之间是不相同的，仅以中国与德国对比，其悬殊立见。中国是慢吞吞地循序渐进的，学了好久，还不让学生自己动手查字典，读原著。而在德国，则正相反。据说19世纪一位大语言学家说过："学外语有如学游泳，把学生带到游泳池旁，一一推下水去；只要淹不死，游泳就学会了，而淹死的事是绝无仅有的。"我学俄文时，教师只教我念了念字母，教了点名词变化和动词变化，立即让我们读果戈理的《鼻子》，天天拼命查字典，苦不堪言。然而学生的主动性完全调动起来了。一个学期，就念完了《鼻子》和一本教科书。实践是检验真理的唯一标准，德国的实践证明，这样做是有成效的。在那场空前的灾难中，当我被戴上种种莫须有的帽子时，有的"革命小将"批判我提倡的这种教学法是法西斯式的方法，使我欲哭无泪，欲笑不能。

我还想根据我的经验和观察在这里提个醒：那些已经跳过了外语龙门的学者们是否就可以一劳永逸地吃自己的老本呢？我认为，这吃老本的思想是非常危险的。一个简单的事实往往为人们所忽略，世界上万事万物无不在随时变化，语言何独不然！一个外语学者，即使已经十分纯熟地掌握了一门外语，倘若不随时追踪这一门外语的变化，有朝一日，他必然会发现自己已经落伍了，连自己的母语也不例外。一个人在外国待久了，一旦回到故乡，即使自己"乡音未改"，然而故乡的语言，特别是词汇却有了变化，有时你会听不懂了。

我讲点个人的经验。当我在欧洲待了将近 11 年回国时，途经西贡和香港，从华侨和华人口中听到了“搞”这个字和“伤脑筋”这个词儿，就极使我“伤脑筋”。我出国之前没有听说过。“搞”字是一个极有用的字，有点像英文的 do。现在“搞”字已满天飞了。当我在 20 世纪 80 年代重访德国时，走进了饭馆，按照四五十年前的老习惯，呼服务员为 hever ofer，他瞠目以对。原来这种称呼早已被废掉了。

因此，我就想到，不管你今天外语多么好，不管你是一条多么精明的龙，你必须随时注意语言的变化，否则就会出笑话。中国古人说：“学如逆水行舟，不进则退。”要时刻记住这句话。我还想建议：今天在大学或中学教外语的老师，最好是每隔五年就出国进修半年，这样才不致被时代抛在后面。

## 三

前不久，我在“夜光杯”上发表了两篇谈学习外语的千字文，谈了点个人的体会，卑之无甚高论，不意竟得了一些反响。有的读者直接写信给我，有的写信给“夜光杯”的编辑。看来非再写一篇不行了。我不可能在一篇短文中答复所有的问题，我现在先对上海胡英琼同志提出的问题说一点个人的意见，这意见带有点普遍意义，所有仍占“夜光杯”的篇幅。

我在上述两篇千字文中提出的意见，归纳起来，不出以下诸端：第一，要尽快接触原文，不要让语法缠住手脚，语法在接触原文过程中逐步深化。第二，天资与勤奋都需要，而后者占绝大的比重。第三，不要妄想捷径，外语中没有“御道”。

学习了英语再学第二外语德语，应该说是比较容易的。英语和德语同一语言系属，语法前者表面上简单，熟练掌握颇难；后者变化复杂，特别是名词的阴、阳、中三性，记得极为麻烦，连本国人都头痛。背单词时，要连同词性der、dis、das一起背，不能像英文那样只背单词。发音则英文极难，英文字典必须使用国际音标。德文则一字一音，用不着国际音标。

学习方法仍然是我讲的那一套：尽快接触原文，不惮勤查字典，懒人是学不好任何外语的，连本国也不会学好。胡英琼同志的具体情况和具体要求，我完全不清楚。信中只谈到德文科技资料，大概胡同志目前是想集中精力攻克这个难关。

我想斗胆提出一个“无师自通”的办法，供胡同志和其他读者参考。你只需要找一位通德语的人，用上两三个小时，把字母读音学好，从此你就可以丢掉老师这个拐棍，自己行走了。你找一本有可靠的汉文译文的德文科技图书，伴之以一本浅易的德文语法。先把语法了解个大概的情况，不必太深入，就立即读德文原文，字典反正不能离手，语法也放在手边。一开始必然如堕入五里雾中。读不懂，再读，也许不止一遍两遍。等到你认为对原文已经有了一个大概的了解，为了验证自己了解的正确程度，只是到了此时，才把那一本可靠的译本拿过来，看看自己了解得究竟如何。就这样一页页读下去，一本原文读完了，再加以努力，你慢慢就能够读没有汉译本的德文原文了。

科技名词，英德颇有相似之外，记起来并不难，而且一般说来，科技书的语法都极严格而规范，不像文学作品那样不可捉摸。我为什么再三说“可靠的”译本呢？原因极简单，现在不可靠的译本太多太多了。

# 第三章　个人

# 论压力

《参考消息》7月3日以半版的篇幅介绍了外国学者关于压力的说法。我也正考虑这个问题，因缘和合，不免唠叨上几句。

什么叫压力？上述文章中说：压力是精神与身体对内在与外在事件的生理与心理反应。下面还列了几种特性，今略。我一向认为，定义这玩意儿，除在自然科学上可能确切外，在人文社会科学上则是办不到的。上述定义我看也就行了。

是不是每一个人都有压力呢？我认为，是的。我们常说，人生就是一场拼搏，没有压力，哪来的拼搏？佛家说，生、老、病、死、苦，苦也就是压力。过去的国王、皇帝，近代外国的独裁者，无法无天，为所欲为，看上去似乎一点压力都没有。然而他们却战战兢兢，时时如临大敌，担心边患，担心宫廷政变，担心被毒害被刺杀。他们是世界上最孤独的人，压力比任何人都大。大资本家钱太多了，担心股市升降，房地产价波动，等等。至于吾辈平民老百姓，家家有一本难念的经，这些都是压力，谁能躲得开呢？

压力是好事还是坏事？我认为是好事。从大处来看，现在全球环境污染，生态平衡破坏，臭氧层出洞，新疾病丛生，等等，人们感觉到了，这当然就是压力，然而压出来却是增强忧患意识，增强防范措施，这难道不是天大的好事吗？对一般人来说，法律和其他一切合理的规章制度，都是压力。然而这些压力何等好啊！没有它，社会将会陷入混乱，人类将无法生存。这个道理极其简单明了，一说就懂。我举自己做一个例子。我不是一个没有名利思想的人——我怀疑真有这种人，过去由于一些我曾经说过的原因，表面上看起来，我似乎是淡泊名利，其实那多半是假象。但是，到了今天，我已至望九之年，名利对我已经没有什么用，用不着再争名于朝，争利于市，这方面的压力没有了。但是却来了另一方面的压力，主要来自电台采访和报刊以及友人约写文章。这对我形成颇大的压力。以写文章而论，有的我实在不愿意写，可是碍于面子，不得不应。应就是压力。于是拨冗苦思，往往能写出有点新意的文章。对我来说，这就是压力的好处。

压力如何排除呢？粗略来分类，压力来源可能有两类：一被动，一主动。天灾人祸，意外事件，属于被动，这种压力，无法预测，只有泰然处之，切不可杞人忧天。主动的来源于自身，自己能有所作为。我的“三不主义”的第三条是“不嘀咕”，我认为，能做到遇事不嘀咕，就能排除自己造成的压力。

# 容忍

人处在家庭和社会中，有时候恐怕需要讲点容忍的。

唐朝有一个姓张的大官，家庭和睦，美名远扬，一直传到了皇帝的耳中。皇帝赞美他治家有道，问他道在何处，他一气写了一百个“忍”字。这说得非常清楚：家庭中要互相容忍，才能和睦。这个故事非常有名。在旧社会，新年贴春联，只要门楣上写着“百忍家声”，就知道这一家一定姓张。中国姓张的全以祖先的容忍为荣了。

但是容忍也并不容易。1935年，我乘西伯利亚铁路的车经苏联赴德国，车过中苏边界上的满洲里，停车四小时，由苏联海关检查行李。这是无可厚非的，入国必须检查，这是世界公例。但是，当时的苏联大概认为，我们这一帮人，从一个资本主义国家到另一个资本主义国家，恐怕没有好人，必须严查，以防万一。检查其他行李，我绝无意见。但是，在哈尔滨买的一把最粗糙的铁皮壶，却成了被检查的首要对象。这里敲敲，那里敲敲，薄薄的一层铁皮绝藏不下一颗炸弹的，然而他却敲打不止。我真有点无法容忍，想要发火。我身旁有一位年老的老外，是与我们同车的，看到我的神态，在我耳旁悄悄地说了句：Patience is the great virtue（容忍是很大的美德）。我对他微笑，表示致谢。我立即心平气和，天下太平。

看来容忍确是一件好事，甚至是一种美德。但是，我认为，也必须有一个界限。我们到了德国以后，就碰到这个问题。旧时欧洲流行决斗之风，谁污辱了谁，特别是谁的女情人，被污辱者一定要提出决斗。或用手枪，或用剑。普希金就是在决斗中被枪打死的。我们到了的时候，此风已息；但仍发生。我们几个中国留学生相约：如果外国人污辱了我们自身，我们要揣度形势，主要是容忍，以东方的恕道克制自己。但是，如果他们污辱我们的国家，则无论如何也要同他们玩儿命，绝不容忍。这就是我们容忍的界限。幸亏这样的事情没有发生，否则我就活不到今天在这里舞文弄墨了。

现在我们中国人的容忍水平，看了真让人气短。在公共汽车上，挤挤碰碰是常见的现象。如果碰了或者踩了别人，连忙说一声："对不起！"就能够化干戈为玉帛，然而有不少人连"对不起"都不会说了。于是就相吵相骂，甚至于扭打，甚至打得头破血流。我们这个伟大的民族怎么竟变成了这个样子！我在自己心中暗暗祝愿：容忍兮，归来！

# 成功

什么叫成功？顺手拿来一本《现代汉语词典》，上面写道：“成功：获得预期的结果。”言简意赅，明白之至。

但是，谈到“预期”，则错综复杂，纷纭混乱。人人每时每刻每日每月都有大小不同的预期，有的成功，有的失败，总之是无法界定，也无法分类。我们不去谈它。

我在这里只谈成功，特别是成功之道。这又是一个极大的题目，我却只是小做。积七八十年之经验，我得到了下面这个公式：

天资+勤奋+机遇=成功

“天资”，我本来想用“天才”。但天才是个稀见现象，其中不少是“偏才”，所以我弃而不用，改用“天资”。大家一看就明白。这个公式实在是过分简单化了，但其中的含义是清楚的。搞得太烦琐，反而不容易说清楚。

谈到天资，首先必须承认，人与人之间天资是不相同的。

这是一个事实，谁也否定不掉。“十年浩劫”中，自命天才的人居然号召大批天才。葫芦里卖的是什么药，至今不解。到了今天，学术界和文艺界自命天才的人颇不稀见，我除了羡慕这些人“自我感觉过分良好”外，不敢赞一词。对于自己的天资，我看，还是客观一点好，实事求是一点好。

至于勤奋，一向为古人所赞扬。囊萤、映雪、悬梁、刺股等故事流传了千百年，家喻户晓。韩文公的“焚膏油以继晷，恒兀兀以穷年”，更为读书人所向往。如果不勤奋，则天资再高也毫无用处。事理至明，无待饶舌。

谈到机遇，往往为人所忽视。它其实是存在的，而且有时候影响极大。就以我自己为例，如果清华不派我到德国去留学，则我的一生完全不会像现在这个样子。

把成功的三个条件拿来分析一下，天资是由“天”来决定的，我们无能为力。机遇是不期而来的，我们也无能为力。只有勤奋一项完全是我们自己决定的，我们必须在这一项上狠下功夫。在这里，古人的教导也多得很。还是先举韩文公。他说：“业精于勤荒于嬉，行成于思毁于随。”这两句话是大家都熟悉的。

王静安在《人间词话》中说：“古今之成大事业大学问者必经过三种之境界。‘昨夜西风凋碧树，独上高楼，望尽天涯路’。此第一境也。‘衣带渐宽终不悔，为伊消得人憔悴’。此第二境也。‘众里寻他千百度，蓦然回首，那人却在，灯火阑珊处’。此第三境也。”静安先生第一境写的是预期。第二境写的是勤奋。第三境写的是成功。其中没有写天资和机遇。我不敢说这是他的疏漏，因为写的角度不同。但是我认为，补上天资与机遇，似更为全面。我希望，大家都能拿出“衣带渐宽终不悔”的精神来做学问或干事业，这是成功的必由之路。

# 毁誉

好誉而恶毁，人之常情，无可非议。

古代豁达之人倡导把毁誉置之度外。我则另持异说，我主张把毁誉置之度内。置之度外，可能表示一个人心胸开阔，但是，我有点担心，这有可能表示一个人的糊涂或颟顸。

我主张对毁誉要加以细致的分析。首先要分清：谁毁你？谁誉你？在什么时候？在什么地方？由于什么原因？这些情况弄不清楚，只谈毁誉，至少是有点模糊。

我记得在什么笔记上读到过一个故事。一个人最心爱的人，只有一只眼。于是他就觉得天下人（一只眼者除外）都多长了一只眼。这样的毁誉能靠得住吗？

还有我们常常讲什么“党同伐异”，又讲什么“臭味相投”，等等。这样的毁誉能相信吗？

孔门贤人子路“闻过则喜”，古今传为美谈。我根本做不到，而且也不想做到，因为我要分析：是谁说的？在什么时候，在什么地点，因为什么而说的？分析完了以后，再定“则喜”，或是“则怒”。喜，我不会过头。怒，我也不会火冒十丈，怒发冲冠。孔子说：“野哉，由也！”大概子路是一个粗线条的人物，心里没有像我上面说的那些弯弯绕。

我自己有一个颇为不寻常的经验。我根本不知道世界上有某一位学者，过去对于他的存在，我一点都不知道，然而，他却同我结了怨。因为，我现在所占有的位置，他认为本来是应该属于他的，是我这个“鸠”把他这个“鹊”的“巢”给占据了。因此，勃然对我心怀不满。我被蒙在鼓里，很久很久，最后才有人透了点风给我。我不知道，天下竟有这种事，只能一笑置之。不这样又能怎样呢？我想向他道歉，挖空心思，也找不出丝毫理由。

大千世界，芸芸众生，由于各人禀赋不同，遗传基因不同，生活环境不同，所以各人的人生观、世界观、价值观、好恶观等等，都不会一样，都会有点差别。比如吃饭，有人爱吃辣，有人爱吃咸，有人爱吃酸，如此等等。又比如穿衣，有人爱红，有人爱绿，有人爱黑，如此等等。在这种情况下，最好是各人自是其是，而不必非人之非。俗语说：“各人自扫门前雪，莫管他人瓦上霜。”这话本来有点贬义，我们可以正用。每个人都会有友，也会有“非友”，我不用“敌”这个词儿，避免误会。友，难免有誉；非友，难免有毁。碰到这种情况，最好抱上面所说的分析的态度，切不要笼而统之，一锅糊涂粥。

好多年来，我曾有过一个“良好”的愿望：我对每个人都好，也希望每个人对我都好。只望有誉，不能有毁。最近我恍然大悟，那是根本不可能的。如果真有一个人，人人都说他好，这个人很可能是一个极端圆滑的人，圆滑到琉璃球又能长只脚的程度。

## 谦虚与虚伪

在伦理道德的范畴中，谦虚一向被认为是美德，应该扬。而虚伪则一向被认为是恶习，应该抑。

然而，究其实际，二者间有时并非泾渭分明，其区别间不容发。谦虚稍一过头，就会成为虚伪。我想，每个人都会有这种体会的。

在世界文明古国中，中国是提倡谦虚最早的国家。在中国最古的经典之一的《尚书·大禹谟》中就已经有了“满招损，谦受益，时（是）乃天道”这样的教导，把自满与谦虚提高到“天道”的水平，可谓高矣。从那以后，历代的圣贤无不张皇谦虚，贬抑自满。一直到今天，我们常用的词汇中仍然有一大批与“谦”字有联系的词儿，比如“谦卑”“谦恭”“谦和”“谦谦君子”“谦让”“谦顺”“谦虚”“谦逊”，等等，可见“谦”字之深入人心，久而愈彰。

我认为，我们应当提倡真诚的谦虚，而避免虚伪的谦虚，后者与虚伪间不容发矣。

可是在这里我们就遇到了一个拦路虎：什么叫“真诚的谦虚”呢？什么又叫“虚伪的谦虚”？二者之间并非泾渭分明，简直可以说是因人而异，因地而异，因时而异，掌握一个正确的分寸难于上青天。

最突出的是因地而异，“地”指的首先是东方和西方。在东方，比如说中国和日本，提到自己的文章或著作，必须说是“拙作”或“拙文”。在西方各国语言中是找不到相当的词儿的。尤有甚者，甚至可能产生误会。中国人请客，发请柬必须说“洁治菲酌”，不了解东方习惯的西方人就会满腹疑团：为什么单单用“不丰盛的宴席”来请客呢？日本人送人礼品，往往写上“粗品”二字，西方人又会问：为什么不用“精品”来送人呢？在西方，对老师，对朋友，必须说真话，会多少，就说多少。如果你说，这个只会一点点儿，那个只会一星星儿，他们就会信以为真，在东方则不会。这有时会很危险的。至于吹牛之流，则为东西方同样所不齿，不在话下。

可是怎样掌握这个分寸呢？我认为，在这里，真诚是第一标准。虚怀若谷，如果是真诚的话，它会促你永远学习，永远进步。有的人永远“自我感觉良好”，这种人往往不能进步。康有为是一个著名的例子。他自称，年届而立，天下学问无不掌握。结果说康有为是一个革新家则可，说他是一个学问家则不可。较之乾嘉诸大师，甚至清末民初诸大师，包括他的弟子梁启超在内，他在学术上是没有建树的。

总之，谦虚是美德，但必须掌握分寸，注意东西。在东方谦虚涵盖的范围广，不能施之于西方，此不可不注意者。然而，不管东方或西方，必须出之以真诚。有意的过分的谦虚就等于虚伪。

# 糊涂一点，潇洒一点

最近一个时期，经常听到人们的劝告：要糊涂一点，要潇洒一点。

关于第一点糊涂问题，我最近写过一篇短文《难得糊涂》。在这里，我把糊涂分为两种，一种叫真糊涂，一种叫假糊涂。普天之下，绝大多数的人，争名于朝，争利于市。尝到一点小甜头，便喜不自胜，手舞足蹈，心花怒放，忘乎所以。碰到一个小钉子，便忧思焚心，眉头紧皱，前途暗淡，哀叹不已。这种人滔滔者天下皆是也。他们是真糊涂，但并不自觉。他们是幸福的，愉快的，愿老天爷再向他们降福。

至于假糊涂或装糊涂，则以郑板桥的“难得糊涂”最为典型。郑板桥一流的人物是一点也不糊涂的。但是现实的情况又迫使他们非假糊涂或装糊涂不行。他们是痛苦的。我祈祷老天爷赐给他们一点真糊涂。

谈到潇洒一点的问题，首先必须对这个词儿进行一点解释。这个词儿圆融无碍，谁一看就懂，再一追问就糊涂。给这样一个词儿下定义，是超出我的能力的。还是查一下词典好。《现代汉语词典》的解释是：“（神情、举止、风貌等）自然大方、有韵致，不拘束。”看了这个解释，我吓了一跳。什么“神情”，什么“风貌”，又是什么“韵致”，全是些抽象的东西，让人无法把握。这怎么能同我平常理解和使用的“潇洒”挂上钩呢？我是主张模糊语言的，现在就让“潇洒”这个词儿模糊一下吧。我想到中国六朝时代一些当时名士的举动，特别是《世说新语》等书所记载的，比如刘伶的“死便埋我”，什么雪夜访戴，等等，应该算是“潇洒”吧。可我立刻又想到，这些名士，表面上潇洒，实际上心中如焚，时时刻刻担心自己的脑袋。有的还终于逃不过去，嵇康就是一个著名的例子。

写到这里，我的思维活动又逼迫我把“潇洒”，也像糊涂一样，分为两类：一真一假。六朝人的潇洒是装出来的，因而是假的。

这些事情已经“俱往矣”，不大容易了解清楚。我举一个现代的例子。20世纪30年代，我在清华读书的时候，一位教授（姑隐其名）总想充当一下名士，潇洒一番。冬天，他穿上锦缎棉袍，下面穿的是锦缎棉裤，用两条彩色丝带把棉裤紧紧地系在腿的下部。头上头发也故意不梳得油光发亮。他就这样飘飘然走进课堂，顾影自怜，大概十分满意。在学生们眼中，他这种矫揉造作的潇洒，却是丑态可掬，辜负了他一番苦心。

同这位教授唱对台戏的——当然不是有意的——是俞平伯先生。有一天，平伯先生把脑袋剃了个精光，高视阔步，昂然从城内的住处出来，走进了清华园。园中几千人中这是唯一的一个精光的脑袋，见者无不骇怪，指指点点，窃窃私议，而平伯先生则全然置之不理，照样登上讲台，高声朗诵宋代名词，摇头晃脑，怡然自得。朗诵完了，连声高呼："好！好！就是好！"此外再没有别的话说。古人说"是真名士自风流"。同那位教英文的教授一比，谁是真风流，谁是假风流；谁是真潇洒，谁是假潇洒，昭然呈现于光天化日之下。

这一个小例子，并没有什么深文奥义，只不过是想辨真伪而已。

为什么人们提倡糊涂一点，潇洒一点呢？我个人觉得，这能提高人们的"和为贵"的精神，大大地有利于安定团结。

写到这里，这一篇短文可以说是已经写完了。但是，我还想加上一点我个人的想法。

当前，我国举国上下，争分夺秒，奋发图强，巩固我们的政治，发展我们的经济，期能在预期的时间内建成名副其实的小康社会。哪里容得半点糊涂、半点潇洒！但是，我们中国人一向是按照辩证法的规律行动的。古人说："文武之道，一张一弛。"有张无弛不行，有弛无张也不行。张弛结合，斯乃正道。提倡糊涂一点，潇洒一点，正是为了达到这个目的的。

# 难得糊涂

清代郑板桥提出来，亦书写出来的“难得糊涂”四个大字，在中国，真可以说是家喻户晓，尽人皆知的。一直到今天，两百多年过去了，但在人们的文章里、讲话里，以及嘴中常用的口语中，这四个字还经常出现，而且都耳熟能详。

我也是难得糊涂党的成员。

不过，在最近几个月中，在经过了一场大病之后，我的脑筋有点开了窍。我逐渐发现，糊涂有真假之分，要区别对待，不能眉毛胡子一把抓。

什么叫真糊涂，而什么又叫假糊涂呢?

用不着做理论上的论证，只举几个小事例就足以说明了。例子就从郑板桥举起。

郑板桥生在清代乾隆年间，所谓康乾盛世的下一半。所谓盛世历代都有，实际上是一块其大无垠的遮羞布。在这块布下面，一切都照常进行。只是外寇来得少，人民作乱者寡，大部分人能勉强吃饱肚子，“不识不知，顺帝之则”了。最高统治者的宫廷斗争，仍然是血腥淋漓，外面小民是不会知道的。历代的统治者都喜欢没有头脑没有思想的人，有这两个条件的只是士这个阶层。所以士一直是历代统治者的眼中钉，可离开他们又不行。于是胡萝卜与大棒并举。少部分争取到皇帝帮闲或帮忙的人，大致已成定局。等而下之，一大批士都只有一条向上爬的路——科举制度。成功与否，完全看自己的运气。翻一翻《儒林外史》，就能洞悉一切。但同时皇帝也多以莫须有的罪名大兴文字狱，杀鸡给猴看。统治者就这样以软硬兼施的手法，统治天下。看来大家都比较满意。但是我认为，这是真糊涂，如影随形，就在自己身上，并不“难得”。

我的结论是：真糊涂不难得，真糊涂是愉快的，是幸福的。

此事古已有之，历代如此。楚辞所谓“举世皆浊我独清，众人皆醉我独醒”。所谓“醉”，就是我说的糊涂。

可世界上还偏有郑板桥这样的人，虽然人数极少极少，但毕竟是有的。他们为天地留了点正气。他已经考中了进士。据清代的一本笔记上说，由于他的书法不是台阁体，没能点上翰林，只能外放当一名知县，“七品官耳”。他在山东潍县做了一任县太爷，又偏有良心，同情小民疾苦，有在潍县衙斋里所作的诗为证。结果是上官逼、同僚挤，他忍受不了，只好丢掉乌纱帽，到扬州当八怪去了。他一生诗书画中都有一种愤懑不平之气，有如司马迁的《史记》。他倒霉就倒在世人皆醉而他独醒，也就是世人皆真糊涂而他独必须装糊涂、假糊涂。

我的结论是：假糊涂才真难得，假糊涂是痛苦，是灾难。

现在说到我自己。

我初进301医院的时候，始终认为自己患的不过是癣疥之疾。隔壁房间里主治大夫正与北大校长商议发出病危通知，我这里却仍然嬉皮笑脸，大说其笑话。住医院里的四十六天，我始终没有危急感。现在想起来，真正后怕。原因就在，我是真糊涂，极不难得，极为愉快。

我虔心默祷上苍，今后再也不要让真糊涂进入我身，我宁愿一生背负假糊涂这一个十字架。

2002年12月2日在301医院于大夫护士

嘈杂声中写成，亦一快事也。

# 知足知不足

曾见冰心老人为别人题座右铭："知足知不足，有为有不为。"言简意赅，寻味无穷。特写短文两篇，稍加诠释。先讲知足知不足。

中国有一句老话："知足常乐。"为大家所遵奉。什么叫"知足"呢？还是先查一下字典吧。《现代汉语词典》说："知足，满足于已经得到的（指生活、愿望等）。"如果每个人都能满足于已经得到的东西，则社会必能安定，天下必能太平，这个道理是显而易见的。可是社会上总会有一些人不安分守己，癞蛤蟆想吃天鹅肉。这样的人往往要栽大跟头的。对他们来说，"知足常乐"这句话就成了灵丹妙药。

但是，知足或者不知足也要分场合的。在旧社会，穷人吃草根树皮，阔人吃燕窝鱼翅。在这样的场合下，你劝穷人知足，能劝得动吗？正相反，应当鼓励他们不能知足，要起来斗争。这样的不知足是正当的，是有重大意义的，它能伸张社会正义，能推动人类社会前进。

除了场合以外，知足还有一个分（fèn）的问题。什么叫分？笼统言之，就是适当的限度。人们常说的“安分”“非分”等等，指的就是限度。这个限度也是极难掌握的，是因人而异、因地而异的。勉强找一个标准的话，那就是“约定俗成”。我想，冰心老人之所以写这一句话，其意不过是劝人少存非分之想而已。

至于知不足，在汉文中虽然字面上相同，其含义则有差别。这里所谓“不足”，指的是“不足之处”“不够完美的地方”。这句话同“自知之明”有联系。

自古以来，中国就有一句老话：“人贵有自知之明。”这一句话暗示给我们，有自知之明并不容易，否则这一句话就用不着说了。事实上也确实如此。就拿现在来说，我所见到的人，大都自我感觉良好。专以学界而论，有的人并没有读几本书，却不知天高地厚，以天才自居，靠自己一点小聪明——这能算得上聪明吗？——狂傲恣睢，骂尽天下一切文人，大有用一管毛锥横扫六合之概，令明眼人感到既可笑又可怜。这种人往往没有什么出息。因为，又有一句中国老话：“学如逆水行舟，不进则退。”还有一句中国老话：“学海无涯。”说的都是真理。但在这些人眼中，他们已经穷了学海之源，往前再没有路了，进步是没有必要的。他们除了自我欣赏之外，还能有什么出息呢？

古代希腊人也认为自知之明是可贵的，所以语重心长地说出了："要了解你自己！"中国同希腊相距万里，可竟说了几乎是一模一样的话，可见这些话是普遍的真理。中外几千年的思想史和科学史，也都证明了一个事实：只有知不足的人才能为人类文化做出贡献。

# 有为有不为

“为”，就是“做”。应该做的事，必须去做，这就是“有为”。不应该做的事必不能做，这就是“有不为”。

在这里，关键是“应该”二字。什么叫“应该”呢？这有点像仁义的“义”字。韩愈给“义”字下的定义是“行而宜之之谓义”。“义”就是“宜”，而“宜”就是“合适”，也就是“应该”，但问题仍然没有解决。要想从哲学上，从伦理学上，说清楚这个问题，恐怕要写上一篇长篇论文，甚至一部大书。我没有这个能力，也认为根本无此必要。我觉得，只要诉诸一般人都能够有的良知良能，就能分辨清是非善恶了，就能知道什么事应该做，什么事不应该做了。

中国古人说：“勿以善小而不为，勿以恶小而为之。”可见善恶是有大小之别的，应该不应该也是有大小之别的，并不是都在一个水平上。什么叫大，什么叫小呢？这里也用不着烦琐的论证，只需动一动脑筋，睁开眼睛看一看社会，也就够了。

小恶、小善，在日常生活中随时可见。比如，在公共汽车上给老人和病人让座。能让，算是小善；不能让，也只能算是小恶，够不上大逆不道。然而，从那些一看到有老人或病人上车就立即装出闭目养神的样子的人身上，不也能由小见大看出了社会道德的水平吗？

至于大善大恶，目前社会中也可以看到，但在历史上却看得更清楚。比如宋代的文天祥。他为元军所掳，如果他想活下去，屈膝投敌就行了，不但能活，而且还能有大官做，最多是在身后被列入“贰臣传”，“身后是非谁管得”，管那么多干吗呀。然而他却高赋《正气歌》，从容就义，留下英名万古传，至今还在激励着我们的爱国热情。

通过上面举的一个小恶的例子和一个大善的例子，我们大概对大小善和大小恶能够得到一个笼统的概念了。凡是对国家有利、对人民有利、对人类发展前途有利的事情就是大善，反之就是大恶。凡是对处理人际关系有利、对保持社会安定团结有利的事情可以称之为小善，反之就是小恶。大小之间有时难以区别，这只不过是一个大体的轮廓而已。

大小善和大小恶有时候是有联系的。俗话说：“千里之堤，溃于蚁穴。”拿眼前常常提到的贪污行为而论，往往是先贪污少量的财物，心里还有点打鼓。但是，一旦得逞，尝到甜头，又没被人发现，于是胆子越来越大，贪污的数量也越来越多，终至于一发不可收拾，最后受到法律的制裁，悔之晚矣。也有个别的识时务者，迷途知返，就是所谓浪子回头者，然而难矣哉！

我的希望很简单，我希望每个人都能有为有不为。一旦“为”错了，就毅然回头。

# 我最喜爱的书

我在下面介绍的只限于中国文学作品。外国文学作品不在其中。我的专业书籍也不包括在里面，因为太冷僻。

## （一）司马迁《史记》

《史记》这一部书，很多人都认为它既是一部伟大的史籍，又是一部伟大的文学作品。我个人同意这个看法。平常所称的《二十四史》中，尽管水平参差不齐，但是哪一部也不能望《史记》之项背。《史记》之所以能达到这个水平，司马迁的天才当然是重要原因，但是他的遭遇起的作用似乎更大。他无端受了宫刑，以致郁闷激愤之情溢满胸中，发而为文，句句皆带悲愤。他在《报任少卿书》中已有充分的表露。

## （二）《世说新语》

这不是一部史书，也不是某一个文学家和诗人的总集，而只是一部由许多颇短的小故事编纂而成的奇书。有些篇只有短短几句话，连小故事也算不上。每一篇几乎都有几句或一句隽语，表面简单淳朴，内容却深奥异常，令人回味无穷。六朝和稍前的一个时期内，社会动乱，出了许多看来脾气相当古怪的人物，外似放诞，内实怀忧。他们的举动与常人不同。此书记录了他们的言行，短短几句话，而栩栩如生，令人难忘。

## （三）陶渊明的诗

有人称陶渊明为“田园诗人”。笼统言之，这个称号是恰当的。他的诗确实与田园有关。“采菊东篱下，悠然见南山”，这样的名句几乎是家喻户晓的。从思想内容上来看，陶渊明颇近道家，中心是纯任自然。从文体上来看，他的诗简易淳朴，毫无雕饰，与当时流行的镂金错彩的骈文迥异其趣。因此，在当时以及以后的一段时间内，对他的诗的评价并不高，在《诗品》中，仅列为中品。但是，时间越后，评价越高，最终成为中国伟大诗人之一。

## （四）李白的诗

李白是中国文学史上最伟大的天才之一，这一点是谁都承认的。杜甫对他的诗给予了最高的评价："白也诗无敌，飘然思不群。清新庾开府，俊逸鲍参军。"李白的诗风飘逸豪放。根据我个人的感受，读他的诗，只要一开始，你就很难停住，必须读下去。原因我认为是，李白的诗一气流转，这一股"气"不可抗御，让你非把诗读完不行。这在别的诗人作品中，是很难遇到的现象。在唐代，以及以后的一千多年中，对李白的诗几乎只有赞誉，而无批评。

## （五）杜甫的诗

杜甫也是一个伟大的诗人，千余年来，李杜并称。但是二人的创作风格却迥乎不同：李是飘逸豪放，而杜则是沉郁顿挫。从使用的格律上，也可以看出二人的不同。七律在李白集中比较少见，而在杜甫集中则颇多。摆脱七律的束缚，李白是没有枷锁跳舞；杜甫善于使用七律，则是戴着枷锁跳舞，二人的舞都达到了极高的水平。在文学批评史上，杜甫颇受到一些人的指摘，而对李白则绝无仅有。

## （六）南唐后主李煜的词

后主词传留下来的仅有三十多首，可分为前后两期：前期仍在江南当小皇帝，后期则已降宋。后期词不多，但是篇篇都是杰作，纯用白描，不作雕饰，一个典故也不用，话几乎都是平常的白话，老妪能解；然而意境却哀婉凄凉，千百年来打动了千百万人的心。在词史上巍然成一大家，受到了文艺批评家的赞赏。但是，对王国维在《人间词话》中赞美后主有佛祖的胸怀，我却至今尚不能解。

## （七）苏轼的诗文词

中国古代赞誉文人有“三绝”之说。三绝者，诗、书、画三个方面皆能达到极高水平之谓也，苏轼至少可以说已达到了五绝：诗、书、画、文、词。因此，我们可以说，苏轼是中国文学史和艺术史上最全面的伟大天才。论诗，他为宋代一大家。论文，他是唐宋八大家之一，笔墨凝重，大气磅礴。论书，他是宋代苏、黄、米、蔡四大家之首。论词，他摆脱了婉约派的传统，创豪放派，与辛弃疾并称。

## （八）纳兰性德的词

宋代以后，中国词的创作到了清代又掀起了一个新的高潮。名家辈出，风格不同，又都能各极其妙，实属难能可贵。在这群灿若列星的词家中，我独独喜爱纳兰性德。他是大学士明珠的儿子，生长于荣华富贵中，然而却胸怀愁思，流溢于楮墨之间。这一点我至今还难以得到满意的解释。从艺术性方面来看，他的词可以说是已经达到了完美的境界。

## （九）吴敬梓的《儒林外史》

胡适之先生给予《儒林外史》极高的评价。诗人冯至也酷爱此书。我自己也是极为喜爱《儒林外史》的。

此书的思想内容是反科举制度，昭然可见，用不着细说，它的特点在艺术性上。吴敬梓惜墨如金，从不作冗长的描述。书中人物众多，各有特性，作者只讲一个小故事，或用短短几句话，活脱脱一个人就仿佛站在我们眼前，栩栩如生。这种特技极为罕见。

## （十）曹雪芹的《红楼梦》

在古今中外众多的长篇小说中，《红楼梦》是一颗璀璨的明珠，是状元。中国其他长篇小说都没能成为“学”，而“红学”则是显学。内容描述的是一个大家族的衰微的过程。本书特异之处也在它的艺术性上。书中人物众多，男女老幼，主子奴才，五行八作，应有尽有。作者有时只用寥寥数语而人物就活灵活现，让读者永远难忘。读这样一部书，主要是欣赏它的高超的艺术手法。那些把它政治化的无稽之谈，都是不可取的。

# 对我影响最大的几本书

我是一个最枯燥乏味的人，枯燥到什么嗜好都没有。我自比是一棵只有枝干并无绿叶更无花朵的树。

如果读书也能算是一个嗜好的话，我的唯一嗜好就是读书。

我读的书可谓多而杂，经、史、子、集都涉猎过一点，但极肤浅，小学、中学阶段，最爱读的是“闲书”（没有用的书），比如《彭公案》《施公案》《洪公传》《三侠五义》《小五义》《东周列国志》《说岳》《说唐》，等等，读得如醉似痴。《红楼梦》等古典小说是以后才读的。读这样的书是好是坏呢？从我叔父眼中来看，是坏。但是，我却认为是好，至少在写作方面是有帮助的。

至于哪几部书对我影响最大，几十年来我一贯认为是两位大师的著作：在德国是亨利希·吕德斯，我老师的老师；在中国是陈寅恪先生。两个人都是考据大师，方法缜密到神奇的程度，从中也可以看出我个人兴趣之所在。我禀性板滞，不喜欢玄之又玄的哲学。我喜欢能摸得着看得见的东西，而考据正合吾意。

吕德斯是世界公认的梵学大师。研究范围颇广，对印度的古代碑铭有独到深入的研究。印度每有新碑铭发现而又无法读通时，大家就说："到德国去找吕德斯去！"可见吕德斯权威之高。印度两大史诗之一的《摩诃婆罗多》从核心部分起，滚雪球似的一直滚到后来成型的大书，其间共经历了七八百年。谁都知道其中有不少层次，但没有一个人说得清楚。弄清层次问题的又是吕德斯。在佛教研究方面，他主张有一个"原始佛典"（Urkanon），是用古代半摩揭陀语写成的，我个人认为这是千真万确的事；欧美一些学者不同意，却又拿不出半点可信的证据。吕德斯著作极多，中短篇论文集为一书的《古代印度语文论丛》，是我一生受影响最大的著作之一。这书对别人来说，可能是极为枯燥的，但是，对我来说却是一本极为有味、极有灵感的书，读之如饮醍醐。

在中国，影响我最大的书是陈寅恪先生的著作，特别是《寒柳堂集》《金明馆丛稿》。寅恪先生的考据方法同吕德斯先生基本上是一致的，不说空话，无证不信。二人有异曲同工之妙。我常想，寅恪先生从一个不大的切入口切入，如剥春笋，每剥一层，都是信而有征，让你非跟着他走不行，剥到最后，露出核心，也就是得到结论，让你恍然大悟：原来如此，你没有法子不信服。寅恪先生考证不避琐细，但绝不是为考证而考证，小中见大，其中往往含着极大的问题。比如，他考证杨玉环是否以处女入宫。这个问题确极猥琐，不登大雅之堂。无怪一个学者说：这太 Trivial（微不足道）了。焉知寅恪先生是想研究李唐皇族的家风。在这个问题上，汉族与少数民族看法是不一样的。寅恪先生是从看似细微的问题入手探讨民族问题和文化问题，由小及大，使自己的立论坚实可靠。看来这位说那样话的学者是根本不懂历史的。

在一次闲谈时，寅恪先生问我，《梁高僧传》卷2《佛图澄传》中载有铃铛的声音：“秀支替戾冈，仆谷劬秃当”，是哪一种语言？原文说是羯语，不知何所指？我到今天也回答不出来。由此可见寅恪先生读书之细心，注意之广泛。他学风谨严，在他的著作中到处可以给人以启发。读他的文章，简直是一种最高的享受。读到兴会淋漓时，真想浮一大白。

中德这两位大师有师徒关系，寅恪先生曾受学于吕德斯先生。这两位大师又同受战争之害，吕德斯生平致力于 Molānavarga 之研究，几十年来批注不断。二战时手稿被毁。寅恪师生平致力于读《世说新语》，几十年来眉注累累。日寇入侵，逃往云南，此书丢失于云南。假如这两部书能流传下来，对梵学、国学将是无比重要之贡献。然而先后毁失，为之奈何！

# 丢书之痛

我教了一辈子书，从中学教到大学，从中国教到外国，以书为命，嗜书成癖，积七八十年之积累，到现在已积书数万册，在燕园中成为藏书状元。

想当年十六七岁时，在济南北园白鹤庄读高中，家里穷，我更穷，但仍然省吃俭用，节约出将近一个月的伙食钱，写信到日本丸善书店，用“代金引换”的方式，订购了一本英国作家吉卜林的短篇小说，跋涉三十余里，到商埠邮局去取书，书到手中，如获至宝，当时的欢悦至今仿佛仍蕴涵于胸中。

后来到了清华大学，我的经济情况略有改进，因为爬格子爬出了点名堂，可以拿到稿费了，但是，总体来看，仍然是十分拮据的。可我积习难除，仍然节约出一个月的饭费，到东交民巷一个德国书店订购了一部德国诗人薛德林的全集，这是我手边最宝贵的东西，爱之如心头肉。

到了德国以后，经济每况愈下。格子无从爬起，津贴数目奇低。每月除了房租饮食之外，所余无几。但在极端困难的十年中，我仍然省吃俭用，积聚了数百册西文专业书。回国以后，托德国友人，历尽艰辛，从哥廷根运回北京，我当然珍如拱璧了。

在中华人民共和国成立前的三年内，我在北京琉璃厂和东安市场结识了不少书肆主人。同隆福寺修绠堂经理孙助廉更是往来甚密，成为好友。我的一些旧书，多半是从他那里得到的。十年内乱以后，天日重明，但古籍已经破坏，焚烧殆尽，旧日搜书之乐，已不可再得，只能在新书上打主意。

年来因种种原因，我自己买书不多，而受赠之书，则源源不绝。数年之间，已塞满了七间房子。以我这样一个书呆子，坐拥书城，焉得不乐！虽南面王不易矣。

然而，天底下闪光的东西，不都是金子。万万没有想到，我这一座看起来固若金汤的书城竟也有了塌陷之处。我过于相信别人，引狼入室，最近搬移书籍，才发现丢书惨重。一般单本书，丢了还容易补上。然而，《王力全集》丢了四本，《朱光潜全集》丢了三本，《宗白华全集》丢了两本，叫我到哪里去配！这当头一棒使我大梦初醒，然而已经晚了。当今世风不良，人心叵测，斯文中人竟会有这种行为。我已望九之年，竟还要对世道纷纭从幼儿园学起，不亦大可哀哉！孔乙己先生说：偷书不算是偷。对此我不敢苟同，我要同他“商榷”的。

我之所以写这一篇短文，是因为我想到，“夜光杯”的读者中嗜书者必不在少数，如果还没有我这种经历，请赶快以我为鉴，在你的书房门口高悬一块木牌，上书四个大字：“闲人免进”。

# 我的书斋

最近身体不太好。内外夹攻，头绪纷繁，我这已届耄耋之年的神经有点吃不消了。于是下定决心，暂且封笔。乔福山同志打来电话，约我写点什么。我遵照自己的决心，婉转拒绝。但一听这题目是《我的书斋》，于我心有戚戚焉，立即精神振奋，暂停决心，拿起笔来。

我确实有个书斋，我十分喜爱我的书斋，这个书斋是相当大的，大小房间，加上过厅、厨房，还有封了顶的阳台；大大小小，共有八个单元。册数从来没有统计过，总有几万册吧。在北大教授中，“藏书状元”我恐怕是当之无愧的。而且在梵文和西文书籍中，有一些堪称海内孤本。我从来不以藏书家自命，然而坐拥如此大的书城，心里能不沾沾自喜吗？

我的藏书都像是我的朋友，而且是密友。我虽然对它们并不是每一本都认识，它们中的每一本却都认识我。我每走进我的书斋，书籍们立即活跃起来，我仿佛能听到它们向我问好的声音，我仿佛看到它们向我招手的情景，倘若有人问我，书籍的嘴在什么地方？而手又在什么地方呢？我只能说："你的根器太浅，努力修持吧。有朝一日，你会明白的。"

我兀坐在书城中，忘记了尘世的一切不愉快的事情，怡然自得。以世界之广，宇宙之大，此时却仿佛只有我和我的书友存在。窗外粼粼碧水，丝丝垂柳，阳光照在玉兰花的肥大的绿叶子上，这都是我平常最喜爱的东西，现在也都视而不见了。连平常我喜欢听的鸟鸣声"光棍儿好过"，也听而不闻了。

我的书友每一本都蕴涵着无量的智慧。我只读过其中的一小部分。这智慧我是能深深体会到的。没有读过的那一些，好像也不甘落后，它们不知道是施展一种什么神秘的力量，把自己的智慧放了出来，像波浪似的涌向我来。可惜我还没有修炼到能有"天眼通"和"天耳通"的水平，我还无法接受这些智慧之流。如果能接受的话，我将成为世界上古往今来最聪明的人。我自己也去努力修持吧。

我的书友有时候也让我窘态毕露。我并不是一个不爱清洁和不守秩序的人，但是，因为事情头绪太多，脑袋里考虑的学术问题和写作问题也不少，而且每天都收到大量的寄来的书籍和报纸、杂志以及信件，转瞬之间就摞成一摞。在这样的情况下，如果我需要一本书，往往是遍寻不得。"只在此屋中，书深不知处"，急得满头大汗也是枉然，只好到图书馆去借，等我把文章写好，把书送还图书馆后，无意之间，在一摞书中，竟找到了我原来要找的书，“得来全不费工夫”，然而晚了，工夫早已费过了，我啼笑皆非，无可奈何。等到用另一本书时，再重演一次这出喜剧。我知道，我要寻找的书友，看到我急得那般模样，会大声给我打招呼的，但是喊破了嗓子也无济于事，我还没有修持到能听懂书的语言的水平。我还要加倍努力去修持。我有信心将来一定能获得真正的“天眼通”和“天耳通”。只要我想要哪一本书，哪一本书就会自己报出所在之处，我一伸手，便可拿到，如探囊取物。这样一来，文思就会像泉水般地喷涌，我的笔变成了生花妙笔，写出来的文章会成为天下之至文——到了那时，我的书斋里会充满了没有声音的声音，布满了没有形象的形象，我同我的书友们能够自由地互通思想，交流感情。我的书斋会成为宇宙间第一神奇的书斋，岂不猗欤休哉！

我盼望有这样一个书斋。

# 藏书与读书

有一个平凡的真理，直到耄耋之年，我才顿悟：中国是世界上最喜藏书和读书的国家。

什么叫书？我没有能力，也不愿意去下定义。我们姑且从孔老夫子谈起吧。他老人家读《易》，至于韦编三绝，可见用力之勤。当时还没有纸，文章是用漆写在竹简上面的，竹简用皮条拴起来，就成了书。翻起来很不方便，读起来也有困难。我国古时有一句话，叫作学富五车，说一个人肚子里有五车书，可见学问之大。这指的是用纸做成的书，如果是竹简，则五车也装不了多少部书。

后来发明了纸。这一来写书方便多了，但是还没有发明印刷术，藏书和读书都要用手抄，这当然也不容易。如果一个人抄的话，一辈子也抄不了多少书。可是这丝毫也阻挡不住藏书和读书者的热情。我们古籍中不知有多少藏书和读书的故事，也可以叫作佳话。我们浩如烟海的古籍，以及古籍中寄托的文化之所以能够流传下来，历千年而不衰，我们不能不感谢这些爱藏书和读书的先民。

后来我们又发明了印刷术。有了纸，又能印刷，书籍流传方便多了。从这时起，古籍中关于藏书和读书的佳话，更多了起来。宋版、元版、明版的书籍被视为珍品。历代都有一些藏书家，什么绛云楼、天一阁、铁琴铜剑楼、海源阁，等等，说也说不完。有的已经消失，有的至今仍在，为我们新社会的建设服务。我们不能不感激这些藏书的祖先。

至于专门读书的人，历代记载更多。也还有一些关于读书的佳话，什么“囊萤映雪”之类。有人做过试验，无论萤和雪能不能亮到让人能读书的程度，在这一则佳话中所蕴含的鼓励人读书的热情则是大家都能感觉到的。还有一些鼓励人读书的话和描绘读书乐趣的诗句。“书中自有颜如玉”之类的话，是大家都熟悉的，说这种话的人的“活思想”是非常不高明的，不会得到大多数人的赞赏。关于“四时读书乐”一类的诗，也是大家所熟悉的。可惜我童而习之，至今老朽昏聩，只记住了一句：“绿满窗前草不除”，这样的读书情趣也是颇能令人向往的。此外如红袖添香夜读书之类的读书情趣，代表另一种趣味。据鲁迅先生说，连大学问家刘半农也向往，可见确有动人之处了。雪夜闭门读禁书代表的情趣又自不同，又是“雪夜”，又是“禁书”，不是也颇有人向往吗？

这样藏书和读书的风气，其他国家不能说一点没有，但是据浅见所及，实在是远远不能同我国相比。因此我才悟出了“中国是世界上最爱藏书和读书的国家”这一条简明而意义深远的真理。中国古代光辉灿烂的文化有极大一部分是通过书籍流传下来的。到了今天，我们全体中华儿女如何对待这个问题，实际上是每个人都回避不掉的。我们必须认真继承这个世界上比较突出的优秀传统，要读书，读好书。只有这样，我们才能上无愧于先民，下造福于子孙万代。

# 才、学、识

我认为，要想从事科学研究工作，应该在四个方面下功夫：一、理论；二、知识面；三、外语；四、汉文。唐代刘知几主张，治史学要有才、学、识。

我现在勉强套用一下，理论属识，知识面属学，外语和汉文属才，我在下面分别谈一谈。

## 理论

现在一讲理论，我们往往想到马克思主义。这样想，不能说不正确。但是，必须注意几点。一、马克思主义随时代而发展，绝非僵化不变的教条。二、不要把马克思主义说得太神妙，令人望而生畏，对它可以批评，也可以反驳。我个人认为，马克思主义的精髓就是唯物主义和辩证法。唯物主义就是实事求是。把黄的说成是黄的，是唯物主义。把黄的说成是黑的，是唯心主义。事情就是如此简单明了。哲学家们有权利去作深奥的阐述，我辈外行，大可不必。至于辩证法，也可以作如是观。看问题不要孤立，不要僵死，要注意多方面的联系，在事物运动中把握规律，如此而已。我这种幼儿园水平的理解，也许更接近事实真相。

除了马克思主义以外，古今中外一些所谓唯心主义哲学家的著作，他们的思维方式和推理方式，也要认真学习。我有一个奇怪的想法：百分之百的唯物主义哲学家和百分之百的唯心主义哲学家，都是没有的。这就和真空一样，绝对的真空在地球上是没有的。中国古话说："智者千虑，必有一失。"就是这个意思。因此，所谓唯心主义哲学家也有不少东西值得我们学习的。我们千万不要像过去那样把十分复杂的问题简单化和教条化，把唯心主义的标签一贴，就"奥伏赫变"。

## 知识面

要求知识面广，大概没有人反对。因为，不管你探究的范围多么窄狭，多么专门，只有在知识广博的基础上，你的眼光才能放远，你的研究才能深入。这样说已经近于常识，不必再作过多的论证了。我想在这里强调一点，这就是，我们从事人文科学和社会科学研究的人，应该学一点科学技术知识，能够精通一门自然科学，那就更好。今天学术发展的总趋势是，学科界线越来越混同起来，边缘学科和交叉学科越来越多。再像过去那样，死守学科阵地，鸡犬之声相闻，老死不相往来，已经完全不合时宜了。此外，对西方当前流行的各种学术流派，不管你认为多么离奇荒诞，都必须加以研究，至少也应该了解其轮廓，不能简单地盲从或拒绝。

## 外语

外语的重要性，尽人皆知。若再详细论证，恐成蛇足。我在这里只想强调一点：从今天的世界情势来看，外语中最重要的是英语，它已经成为名副其实的世界语。这种语言，我们必须熟练掌握，不但要能读、能译，而且要能听、能说、能写。今天写学术论文，如只用汉语，则不能出国门一步，不能同世界各国的同行交流。如不能听说英语，则无法参加国际学术会议。情况就是如此地咄咄逼人，我们不能不认真严肃地加以考虑。

## 汉语

我在这里提出汉语来，也许有人认为是非常异议可怪之论。“我还不能说汉语吗？”“我还不能写汉文吗？”是的，你能说，也能写。然而仔细一观察，我们就不能不承认，我们今天的汉语水平是非常成问题的。每天出版的报章杂志，只要稍一注意，就能发现别字、病句。我现在越来越感到，真要想写一篇准确、鲜明、生动的文章，绝非轻而易举。要能做到这一步，还必须认真下点功夫。我甚至想到，汉语掌握到一定程度，想再前进一步，比学习外语还难。只有承认这一个事实，我们的汉语水平才能提高，别字、病句才能减少。

我在上面讲了四个方面的要求。其实这些话都属于老生常谈，都平淡无奇。然而真理不往往就寓于平淡无奇之中吗？这同我在上面引鲁迅先生讲的笑话中的“勤捉”一样，看似平淡，实则最切实可行，而且立竿见影。我想到这样平凡的真理，不敢自秘，便写了出来，其意不过如野叟献曝而已。

# 写文章

当前中国散文界有一种论调，说什么散文妙就妙在一个“散”字上。散者，松松散散之谓也。意思是提笔就写，不需要构思，不需要推敲，不需要锤炼字句，不需要斟酌结构，愿意怎样写就怎样写，愿意写到哪里就写到哪里。理论如此，实践也是如此。这样的“散”文充斥于一些报刊中，滔滔者天下皆是矣。

我爬了一辈子格子，虽无功劳，也有苦劳；成绩不大，教训不少。窃以为并非如此容易。现在文人们都慨叹文章不值钱。如果文章都像这样的话，我看不值钱倒是天公地道。宋朝的吕蒙正让皂君到玉皇驾前去告御状：“玉皇若问人间事，为道文章不值钱。”如果指的是这样的文章，这可以说是刁民诬告。

从中国过去的笔记和诗话一类的书中可以看到，中国过去的文人，特别是诗人和词人，十分重视修辞。这样的例子不胜枚举。杜甫的“语不惊人死不休”，是人所共知的。王安石的“春风又绿江南岸”中的“绿”字，是诗人经过几度考虑才选出来的。王国维把这种炼字的工作同他的文艺理想“境界”挂上了钩。他说：“词以境界为最上。”什么叫“境界”呢？同炼字有关是可以肯定的。他说：“‘红杏枝头春意闹’，著一‘闹’字而境界全出。”“闹”字难道不是炼出来的吗？

这情况又与汉语难分词类的特点有关。别的国家情况不完全是这样。

上面讲的是诗词。散文怎样呢？我认为，虽然程度不同，这情况也是存在的。关于欧阳修推敲文章词句的故事，过去笔记小说多有记载。我现在从《霏雪录》中抄一段：

> 前辈文章大家，为文不惜改窜。今之学力浅浅者反以不改为高。欧公每为文，既成必自窜易，至有不留初本一字者。其为文章，则书而粘之屋壁，出入观省。至尺牍单简亦必立稿，其精审如此。每一篇出，士大夫皆传写讽诵。唯睹其浑然天成，莫究斧凿之痕也。

这对我们今天，无疑是一面镜子。

# 在清华大学念书的时候

我少无大志，从来没有想到做什么学者。中国古代许多英雄，根据正史的记载，都颇有一些豪言壮语，什么“大丈夫当如是也！”什么“彼可取而代也！”又是什么“燕雀安知鸿鹄之志哉？”真正掷地作金石声，令我十分敬佩，可我自己不是那种人。

在我读中学的时候，像我这种从刚能吃饱饭的家庭出身的人，唯一的目的和希望就是——用当时流行的口头语来说——能抢到一只“饭碗”。当时社会上只有三个地方能生产“铁饭碗”：一个是邮政局，一个是铁路局，一个是盐务稽核所。这三处地方都掌握在不同国家的帝国主义分子手中。在那半殖民地社会里，“老外”是上帝。不管社会多么动荡不安，不管“城头”多么“变幻大王旗”，“老外”是谁也不敢碰的。他们生产的“饭碗”是“铁”的，砸不破，摔不碎。只要一碗在手，好好干活，不违“洋”命，则终生会有饭吃，无忧无虑，成为羲皇上人。

我的家庭也希望我在高中毕业后能抢到这样一只“铁饭碗”。我不敢有违严命，高中毕业后曾报考邮政局。若考取后，可以当一名邮务生。如果勤勤恳恳，不出娄子，干上十年二十年，也可能熬到一个邮务佐，算是邮局里的一个芝麻绿豆大的小官了，就这样混上一辈子，平平安安，无风无浪。幸乎？不幸乎？我没有考上。大概面试的“老外”看我不像那样一块料，于是我名落孙山了。在这样的情况下，我才报考了大学。北大和清华都录取了我。我同当时众多的青年一样，也想出国去学习，目的只在“镀金”，并不是想当什么学者。“镀金”之后，容易抢到一只饭碗，如此而已。在出国方面，我以为清华条件优于北大，所以舍后者而取前者。后来证明，我这一宝算是押中了。这是后事，暂且不提。

清华是当时两大名牌大学之一，前身叫留美预科学堂，是专门培养青年到美国去学习的。留美若干年镀过了金以后，回国后多为大学教授，有的还做了大官。在这些人里面究竟出了多少真正的学者，没有人做过统计，我不敢瞎说。同时并存的清华国学研究院，是一所很奇特的机构，仿佛是西装革履中一袭长袍马褂，非常不协调。然而在这个不起眼的机构里却有名闻宇内的四大导师：梁启超、王国维、陈寅恪、赵元任。另外有一名年轻的讲师李济，后来也成了大师，担任了台湾省“中央研究院”的院长。这个国学研究院，与其说它是一所现代化的学堂，毋宁说它是一所旧日的书院。一切现代化学校必不可少的烦琐的规章制度，这里似乎都没有。师生直接联系，师了解生，生了解师，真正做到了循循善诱，因材施教。虽然只办了几年，梁、王两位大师一去世，立即解体，然而所创造的业绩却是非同小可。我不确切知道究竟毕业了多少人，估计只有几十个人，但几乎全都成了教授，其中有若干位还成了学术界的著名人物。听史学界的朋友说，中国20世纪30年代后形成了一个学术派别，名叫“吾师派”，大概是由某些人写文章常说的“吾师梁任公”“吾师王静安”“吾师陈寅恪”等衍变而来的。从这一件小事也可以看到清华国学研究院在学术界影响之大。

吾生也晚，没有能亲逢国学研究院的全盛时期。我于1930年入清华，留美预备学堂和国学研究院都已不再存在，清华改成了国立清华大学。清华有一个特点：新生投考时用不着填上报考的系名，录取后，再由学生自己决定入哪一个系；读上一阵，觉得不恰当，还可以转系。转系在其他一些大学中极为困难——比如说现在的北京大学，但在当时的清华，却真易如反掌。可是根据我的经验：世上万事万物都具有双重性。没有入系的选择自由，很不舒服；现在有了入系的选择自由，反而更不舒服。为了这个问题，我还真伤了点脑筋。系科盈目，左右掂量，好像都有点吸引力，究竟选择哪一个系呢？我一时好像变成了莎翁剧中的 Hamlet 碰到了 To be or not to be–That is the question。我是从文科高中毕业的，按理说，文科的系对自己更适宜。然而我却忽然一度异想天开，想入数学系，真是“可笑不自量”。经过长时间的考虑，我决定入西洋文学系（后改名外国语文系）。这一件事也证明我“少无大志”，我并没有明确的志向，想当哪一门学科的专家。

当时的清华大学的西洋文学系，在全国各大学中是响当当的名牌。原因据说是由于外国教授多，讲课当然都用英文，连中国教授讲课有时也用英文。用英文讲课，这可真不得了呀！只是这一条就能够振聋发聩，于是就名满天下了。我当时未始不在被振发之列，又同我那虚无缥缈的出国梦联系起来，我就当机立断，选了西洋文学系。

从1930年到现在，67个年头已经过去了。所有的当年的老师都已经去世了。最后去世的一位是后来转到北大来的美国的温德先生，去世时已经活过了100岁。我现在想根据我在清华学习4年的印象，对西洋文学系做一点评价，谈一谈我个人的一点看法。我想先从古希腊找一张护身符贴到自己身上：“吾爱吾师，吾尤爱真理。”有了这一张护身符，我就可以心安理得，能够畅所欲言了。

我想简略地实事求是地对西洋文学系的教授阵容作一点分析。我说“实事求是”，至少我认为是实事求是，难免有不同的意见，这就是平常所谓的“仁者见仁，智者见智”了。我先从系主任王文显教授谈起。他的英文极好，能用英文写剧本，没怎么听他说过中国话。他是莎士比亚研究的专家，有一本用英文写成的有关莎翁研究的讲义，似乎从来没有出版过。他隔年开一次莎士比亚的课，在堂上念讲义，一句闲话也没有。下课铃一摇，合上讲义走人。多少年来，都是如此。讲义是否随时修改，不得而知。据老学生说，讲义基本上不做改动。他究竟有多大学问，我不敢瞎说。他留给学生最深的印象是他充当冰球裁判时那种脚踏溜冰鞋似乎极不熟练的战战兢兢如履薄冰的神态。

现在我来介绍温德教授。他是美国人，怎样到清华来的，我不清楚。他教欧洲文艺复兴文学和第三年法语。他终身未娶，死在中国。据说他读的书很多，但没见他写过任何学术文章。学生中流传着有关他的许多轶闻趣事。他说，在世界上所有的宗教中，他最喜爱的是伊斯兰教，因为伊斯兰教的“天堂”很符合他的口味。学生中流传的轶闻之一就是：他身上穿着500块大洋买来的大衣（当时东交民巷外国裁缝店的玻璃橱窗中摆出一块呢料，大书“仅此一块”。被某一位冤大头买走后，第二天又摆出同样一块，仍然大书“仅此一块”。价钱比平常同样的呢料要贵上5至10倍），腋下夹着10块钱一册的《万人丛书》（*Everyman's Library*）（某一国的老外名叫Vetch，在北京饭店租了一间铺面，专售西书。他把原有的标价剪掉，然后抬高四五倍的价钱卖掉），眼睛上戴着用80块大洋配好但把镜片装反了的眼镜，徜徉在水木清华的林荫大道上，昂首阔步，醉眼蒙眬。

现在介绍翟孟生教授。他也是美国人，教西洋文学史。听说他原是清华留美预备学堂的理化教员。后来学堂撤销，改为大学，他就留在西洋文学系。他大概是颇为勤奋，确有著作，而且是厚厚的大大的巨册，在商务印书馆出版，书名叫 *A Survey of European Literature*。读了可以对欧洲文学得到一个完整的概念。但是，书中错误颇多，特别是在叙述某一部名作的故事内容中，时有张冠李戴之处。学生们推测，翟老师在写作此书时，手头有一部现成的欧洲文学史，又有一本 *Story Book*，讲一段文学发展的历史事实；遇到名著，则查一查 *Story Book*，没有时间和可能尽读原作，因此名著内容印象不深，稍一疏忽，便出讹误。不是行家出身，这种情况实在是难以避免的。我们不应苛责翟孟生老师。

现在介绍吴可读教授。他是英国人，讲授中世纪文学。他既无著作，也不写讲义。上课时他顺口讲，我们顺手记。究竟学到了些什么东西，我早已忘到九霄云外去了。他还讲授当代长篇小说一课。他共选了5部书，其中包括当时才出版不太久但已赫赫有名的《尤利西斯》和《追忆逝水年华》。此外还有托马斯·哈代的《还乡》，吴尔芙和劳伦斯各一部。第一二部谁也不敢说完全看懂。我只觉迷离模糊，不知所云。根据现在的研究水平来看，我们的吴老师恐怕也未必能够全部透彻地了解。

现在介绍毕莲教授。她是美国人。我也不清楚她是怎样到清华来的。听说她在美国教过中小学。她在清华讲授中世纪英语，也是一无著作，二无讲义。她的拿手好戏是能背诵英国大诗人 Chaucer 的 *Canterbury Tales* 开头的几段。听老同学说，每逢新生上她的课，她就背诵那几段，背得滚瓜烂熟，先给学生一个下马威。以后呢？以后就再也没有什么新花样了。年轻的学生们喜欢品头论足，说些开玩笑的话。我们说：程咬金还能舞上三板斧，我们的毕老师却只能砍上一板斧。

下面介绍两位德国教授。第一位是石坦安，讲授第三年德语。不知道他的专长何在，只是教书非常认真，颇得学生的喜爱。此外我对他便一无所知了。第二位是艾克，字锷风。他算是我的业师，他教我第四年德文，并指导我的学士论文。他在德国拿到过博士学位，主修的好像是艺术史。他精通希腊文和拉丁文，偏爱德国古典派的诗歌，对于其名最初隐而不彰后来却又大彰的诗人薛德林（Holderlin）情有独钟，经常提到他。艾克先生教书并不认真，也不愿费力。有一次我们几个学生请他用德文讲授，不用英文。他便用最快的速度讲了一通，最后问我们："Verstehen Sie etwas davon？"（你们听懂了什么吗？）我们瞠目结舌，敬谨答曰："No！"从此天下太平，再也没有人敢提用德文讲授的事。他学问是有的，曾著有一部厚厚的《宝塔》，是用英文写的，利用了很丰富的资料和图片，专门讲中国的塔。这一部书在国外汉学界颇有一些名气。

他的另外一部专著是研究中国明代家具的，附了很多图表，篇幅也相当多。由此可见他的研究兴趣之所在。他工资极高，孤身一人，租赁了当时辅仁大学附近的一座王府，他就住在银安殿上，雇了几个听差和厨师。他收藏了很多中国古代名贵字画，坐拥画城，享受王者之乐。1946年，我回到北京时，他仍在清华任教。此时他已成了家，夫人是一位中国女画家，年龄比他小一半，年轻貌美。他们夫妇请我吃过烤肉。北京一解放，他们就流落到夏威夷。艾锷风老师久已谢世，他的夫人还健在。

我在上面提到过，我的学士论文是在艾锷风老师指导下写成的，是用英文写的，题目是“The Early Poems of F. Holderlin”。英文原稿已经遗失，只保留下来了一份中文译文。一看这题目，就能知道是受到了艾先生的影响。现在回忆起来，我当时的德文水平不可能真正看懂薛德林的并不容易懂的诗句。当然，要说一点都不懂，那也不是事实。反正是半懂半不懂，囫囵吞枣，参考了几部《德国文学史》，写成了这一篇论文，分数是E（excellent，优）。我年轻时并不缺少幻想力，这是一篇幻想力加学术探讨写成的论文。本章的题目是“学术研究的发轫阶段”。如果这就算学术研究的话，说它是“发轫”，也未尝不可。但是，这个“轫”“发”得并不辉煌，里面并没有什么“天才的火花”。

现在再介绍西洋文学系的老师，先介绍吴宓（字雨僧）教授。他是美国留学生，是美国人文主义大师白璧德的弟子，在国内不遗余力地宣传自己老师的学说。他反对白话文，更反对白话文学。他联合了一些志同道合者，创办了《学衡》杂志，文章一律是文言。他自己也用文言写诗，后来出版了《吴宓诗集》。在中国文坛上，他属于右倾保守集团，没有什么影响。他给我们讲授两门课：一门是“英国浪漫诗人”，一门是“中西诗之比较”。在美国他入的是比较文学系。在中国，他是提倡比较文学的先驱者之一。但是，他在这方面的文章却几乎不见。就以我为例，“比较文学”这个概念当时并没有形成。如果真有文章的话，他并不缺少发表的地方，《学衡》和天津《大公报·文学副刊》都掌握在他手中。留给我印象最深的只是他那些连篇累牍的关于白璧德人文主义的论述文章。在“英国浪漫诗人”这一堂课上，我记得最清楚的是他让我们背诵那些浪漫诗人的诗句，有时候要背得很长很长。理论讲授我一点也回忆不起来了。在“中西诗之比较”这一堂课上，除了讲点西方的诗和中国的古诗之外，关于理论我的回忆中也是一片空白。反之，最难忘的却是：他把自己一些新写成的旧诗也铅印成讲义，在堂上散发。他那有名的《空轩诗》就是在这种情况下发到我们手中的。雨僧先生生性耿直，古貌古心，却流传着许多“绯闻”。他似乎爱过追求过不少女士，最著名的一个是毛彦文。他曾有一首诗，开头两句是：“吴宓苦爱〇〇〇，三洲人士共惊闻。”隐含在三个〇里面的人名，用押韵的方式呼之欲出。“三洲”指的是亚、欧、美。这虽是诗人的夸大，知道的人确实不少，这却是事实。他的《空轩诗》被学生在小报《清华周刊》上改写为打油诗，给他开了一个不大不小的玩笑。第一首的头两句被译成了“一见亚北貌似花，顺着秫秸往上爬”。“亚北”者，指一个姓欧阳的女生。关于这一件事，我曾在发表在香港《大公报·文学副刊》上的一篇谈叶公超先生的散文中写到过，这里不再重复。回头仍然讲吴先生的“中西诗之比较”这一门课。为这一门课我曾写过一篇论文，题目忘记了，是师命或者自愿，我也忘记了。内容依稀记得是把陶渊明同一位英国浪漫诗人相比较，当然不会比出什么东西来的。我最近几年颇在一些文章和谈话中，对比较文学的“无限可比性”有所指责。x 和 y，任何两个诗人或其他作家都可以硬拉过来一比，有人称之为“拉郎配”，是一个很形象的说法。焉知六十多年前自己就是一个“拉郎配”者或始作俑者。自己向天上吐的唾沫最终还是落到自己脸上，岂不尴尬也哉！然而这个事实我却无法否认。如果这样的文章也能算科学研究的“发轫”的话，我的发轫起点实在是很低的。但是，话又说了回来，在西洋文学系教授群中，讲真有学问的，雨僧先生算是一个。

下面介绍叶崇智（公超）教授。他教我们第一年英语，用的课本是英国女作家 Jane Austen 的《傲慢与偏见》。他的教学法非常离奇，一不讲授，二不解释，而是按照学生的座次——我先补充一句，学生的座次是并不固定的——从第一排右手起，每一个学生念一段，依次念下去。念多么长？好像也并没有一定之规，他一声令下：Stop！于是就 stop 了。他问学生："有问题没有？"如果没有，就是邻座的第二个学生念下去。有一次，一个同学提了一个问题，他大声喝道："查字典去！"一声狮子吼，全堂愕然、肃然，屋里静得能听到彼此的呼吸声。从此天下太平，再没有人提任何问题了。就这样过了一年。公超先生英文非常好，对英国散文大概是很有研究的。可惜他惜墨如金，从来没见他写过任何文章。

在文坛上，公超先生大概属于新月派一系。他曾主编过——或者帮助编过一个纯文学杂志《学文》。我曾写过一篇散文《年》，送给了他。他给予这篇文章极高的评价，说我写的不是小思想、小感情，而是"人类普遍的意识"。他立即将文章送《学文》发表。这实出我望外，欣然自喜，颇有受宠若惊之感。为了表示自己的感激之情，兼怀有巴结之意，我写了一篇《我是怎样写起文章来的？》送呈先生。然而，这次却大出我意料，狠狠地碰了一个钉子。他把我叫了去，铁青着脸，把原稿掷给了我，大声说道："我一个字都没有看！"我一时目瞪口呆，赶快拿着文章井路大吉。个中原因我至今不解。难道这样的文章只有成了名的作家才配得上去写吗？此文原稿已经佚失，我自己是自我感觉极为良好的。平心而论，我在清华4年，只写过几篇散文：《年》《黄昏》《寂寞》《枸杞树》，一直到今天，还是一片赞美声。清夜扪心，这样的文章我今天无论如何也写不出来了。我一生从不敢以作家自居，而只以学术研究者自命。然而具有讽刺意味的是：如果说我的学术研究起点很低的话，我的散文创作的起点应该说是不低的。

公超先生虽然一篇文章也不写，但是，他并非懒于动脑筋的人。有一次，他告诉我们几个同学，他正考虑一个问题：在中国古代诗歌中人的感觉——或者只是诗人的感觉的转换问题。他举了一句唐诗："静听松风寒。"最初只是用耳朵听，然而后来却变成了躯体的感受"寒"。虽然后来没见有文章写出，却表示他在考虑一些文艺理论的问题。当时教授与学生之间有明显的鸿沟：教授工资高，社会地位高，存在决定意识，由此就形成了"教授架子"这一个词儿。我们学生只是一群有待于到社会上去抢一只饭碗的碌碌青年。我们同教授们不大来往，路上见了面，也是望望然而去之，不敢用代替西方"早安""晚安"一类的致敬词儿的"国礼"："你吃饭了吗？""你到哪里去呀？"去向教授们表示敬意。公超先生后来当了大官。关于这一件事，我同我的一位师弟——一位著名的诗人有不同的看法。我曾在香港《大公报·文学副刊》上发表过的一篇文章中提到此事。此文上面已提到。

现在再介绍一位不能算是主要教授的外国女教授，她是德国人华兰德小姐，讲授法语。她满头银发，闪闪发光，恐怕已经有了一把子年纪，终身未婚。中国人习惯称之为"老姑娘”。也许正因为她是“老姑娘”，所以脾气有点变态。用医生的话说，可能就是迫害狂。她教一年级法语，像是教初小一年级的学生。后来我领略到的那种德国外语教学方法，她一点都没有。极简单的句子，翻来覆去地教，令人从内心深处厌恶。她脾气却极坏，又极怪，每堂课都在骂人。如果学生的卷子答得极其正确，让她无辫子可抓，她就越发生气，气得简直浑身发抖，面红耳赤，开口骂人，语无伦次。结果是把80%的学生全骂走了，只剩下我们五六个不怕骂的学生。我们商量“教训”她一下。有一天，在课堂上，我们一齐站起来，对她狠狠地顶撞了一番。大出我们所料，她屈服了。从此以后，天下太平，再也没有看到她撒野骂人了。她住在当时燕京大学南面军机处的一座大院子里，同一个美国“老姑娘”相依为命。二人合伙吃饭，轮流每人管一个月的伙食。在这一个月中，不管伙食的那一位就百般挑剔，恶毒咒骂。到了下个月，人变换了位置，骂者与被骂者也颠倒了过来。总之是每月每天必吵。然而二人却谁也离不开谁，好像吵架已经成了生活的必不可缺的内容。

我在上面介绍了清华西洋文学系的大概情况，绝没有一句谎言。中国古话：为尊者讳，为贤者讳。这道理我不是不懂。但是为了真理，我不能用撒谎来讳，我只能据实直说。我也绝不是说，西洋文学系一无是处。这个系能出像钱锺书和万家宝（曹禺）这样大师级的人物，必然有它的道理。我在这里无法详细推究了。

专就我个人而论，专从学术研究发轫这个角度上来看，我认为，我在清华四年，有两门课对我影响最大：一门是旁听而又因时间冲突没能听全的历史系陈寅恪先生的“佛经翻译文学”，一门是中文系朱光潜先生的“文艺心理学”，是一门选修课。这两门不属于西洋文学系的课程，我可万没有想到会对我终生产生了深刻而悠久的影响，绝非本系的任何课程所能相比于万一。陈先生上课时让每个学生都买一本《六祖坛经》。我曾到今天的美术馆后面的某一座大寺庙里去购买此书。先生上课时，任何废话都不说，先在黑板上抄写资料，把黑板抄得满满的，然后再根据所抄的资料进行讲解分析；对一般人都不注意的地方提出崭新的见解，令人顿生石破天惊之感，仿佛酷暑饮冰，凉意遍体，茅塞顿开。听他讲课，简直是最高最纯的享受。这同他写文章的做法如出一辙。当时我对他的学术论文已经读了一些，比如《四声三问》，等等。每每还同几个同学到原物理楼南边王静安先生纪念碑前，共同阅读陈寅恪撰写的碑文，觉得文体与流俗不同，我们戏说这是“同光体”。有时在路上碰到先生腋下夹着一个黄布书包，走到什么地方去上课，步履稳重，目不斜视，学生们都投以极其尊重的目光。

朱孟实（光潜）先生是北大的教授，在清华兼课。当时他才从欧洲学成归来。他讲“文艺心理学”，其实也就是美学。他的著作《文艺心理学》还没有出版，也没有讲义，他只是口讲，我们笔记。孟实先生的口才并不好，他不属于能言善辩一流，而且还似乎有点怕学生，讲课时眼睛总是往上翻，看着天花板上的某一个地方，不敢瞪着眼睛看学生。可他一句废话也不说，慢条斯理，操着安徽乡音很重的蓝青官话，讲着并不太容易理解的深奥玄虚的美学道理，句句仿佛都能钻入学生心中。他显然同鲁迅先生所说的那一类，在外国把老子或庄子写成论文让洋人吓了一跳，回国后却偏又讲康德、黑格尔的教授，完全不可相提并论。他深通西方哲学和当时在西方流行的美学流派，而对中国旧的诗词又极娴熟。所以在课堂上引东证西或引西证东，触类旁通，头头是道，毫无扞格牵强之处。我觉得，这才是真正的比较文学，比较诗学。这样的本领，在当时是凤毛麟角，到了今天，也不多见。他讲的许多理论，我终生难忘，比如 Lipps 的“感情移入说”，到现在我还认为是真理，不能更动。

陈、朱二师的这两门课，使我终生受用不尽。虽然我当时还没有敢梦想当什么学者，然而这两门课的内容和精神却已在潜移默化中融入了我的内心深处。如果说我的所谓“学术研究”真有一个待“发”的“轫”的话，那个“轫”就隐藏在这两门课里面。

# 温馨的回忆

一想到清华图书馆，一股温馨的暖流便立即油然涌上心头。

在清华园念过书的人，谁也不会忘记两馆：一个是体育馆，一个就是图书馆。

专就图书馆而论，在当时一直到今天，他在中国大学中绝对是一流的。光是那一座楼房建筑，就能令人神往。淡红色的墙上，高大的玻璃窗上，爬满了绿叶葳蕤的爬山虎。中华人民共和国成立后，曾加以扩建，建筑面积增加了很多。但是，整个建筑庄重典雅的色调，一点也没有遭到破坏。与前面的雄伟的古希腊建筑风格的大礼堂，形成了双峰并峙的局面，一点也不显得有任何逊色。

至于馆内藏书之多，插架之丰富，更是闻名遐迩。不但能为本校师生服务，而且还能为外校，甚至外国的学者提供稀有的资料。根据我的回忆，馆员人数并不多，但是效率极高，而且极有礼貌，有问必答，借书也非常方便。当时清华学生宿舍是相当宽敞的，一间居住俩人，每人一张书桌。在屋里读书也是很惬意的。但是，我们还是愿意到图书馆去，那里更安静，而且参考书极为齐全。书香飘满了整个阅览大厅，每个人说话走路都是静悄悄的。人一走进去，立即为书香所迷，进入角色。

我在校时，有一位馆员毕树棠老先生，胸罗万卷，对馆内藏书极为熟悉，听他娓娓道来，如数家珍。学生们乐意同他谈天，看样子他也乐意同青年们侃大山，是一个极受尊敬和欢迎的人。1946年，我出国十多年以后，又回到北京，是在北京大学工作。我打听清华的人，据说毕老先生还健在，我十分兴奋，几次想到清华园去会一会老友，但都因事未果，后来听说他已故去，痛失同这位鲁殿灵光见面的机会，抱恨终天了。

书籍是人类文化和智慧的最重要的载体。世界各国、各地，只要有文字、有书籍的地方，书籍就必然承担起这个十分重要的责任。没有书籍，人类文化的发展，人类社会的进步，就会受到极大的影响，遇到极大的障碍，延缓前进的步伐。而图书馆就是储存这些重要载体的地方。在人类历史上，世界上各个国家，中国的各个朝代，几乎都有类似今天图书馆的设备，这是人类文化之所以能够代代传承下来的重要原因。我们对图书馆必须给予最高的赞扬。

清华大学，包括留美预备学堂和国学研究院在内，建校八十年以来，颇出了一些卓有建树、蜚声士林的学者和作家。其中原因很多。但是，校歌中说的："西山苍苍，东海茫茫；吾校庄严，巍然中央。"这是形象的说法，说得很玄远，其意不过是说，清华园有灵气。园中的水木清华、荷塘月色等等，都是灵气之所钟。有这样有灵气的地方，又有全国一流的学生，有一些全国一流的教授，再加上有这样一个图书馆，焉得不培养出一些优秀人才呢？

我一想到清华图书馆，就有一种温馨的回忆，我永远不会忘记清华图书馆。

# 我和北大图书馆

我对北大图书馆有一种特殊的感情，这种感情潜伏在我的内心深处，从来没有明确地意识到过。最近图书馆的领导同志要我写一篇讲图书馆的文章，我连考虑都没有，立即一口答应。但我立刻感到有点吃惊。我现在事情还是非常多的，抽点时间，并非易事。为什么竟立即答应下来了呢？如果不是心中早就蕴藏着这样一种感情的话，能出现这种情况吗？

山有根，水有源，我这种感情的根源由来已久了。

1946年，我从欧洲回国。去国将近十一年，在落叶满长安（长安街也）的深秋季节回到了北平，在北大工作，内心感情的波动是难以形容的。既兴奋，又寂寞；既愉快，又惆怅。然而我立刻就到了一个可以安身立命的地方，这就是北大图书馆。当时我单身住在红楼，我的办公室（东语系办公室）是在灰楼。图书馆就介乎其中。承当时图书馆的领导特别垂青，在图书馆里给了我一间研究室，在楼下左侧。窗外是到灰楼去的必由之路。经常有人走过，不能说是很清静。但是在图书馆这一面，却是清静异常。我的研究室左右，也都是教授研究室，当然室各有主，但是颇少见人来。所以走廊里静如古寺，真是念书写作的好地方。我能在奔波数万里扰攘十几年，有时梦想得到一张一尺见方的书桌而渺不可得的情况下，居然有了一间窗明几净的研究室，简直如坐天堂，如享天福了。当时我真想咬一下自己的手，看一看自己是否是做梦。

研究室的真正要害还不在窗明几净——这也是必要的——有没有足够的书。在这一点上，我也得到了意外的满足。图书馆的领导允许我从书库里提一部分必要的书，放在我的研究室里，供随时查用。我当时是东语系的主任，虽然系非常小，没有多少学生，但是，麻雀虽小，五脏俱全，仍然有一些会要开，一些公要办，所以也并不太闲。可是我一有机会，就遁入我的研究室去，“躲进小楼成一统”，这地方是我的天下。我一进屋，就能进入角色，潜心默读，坐拥书城，其乐实在是不足为外人道也。我回国以后，由于资料缺乏，在国外时的研究工作无法进行，只能有多大碗，吃多少饭，找一些可以发挥自己的长处而又有利于国计民生的题目，来进行研究。北大图书馆藏书甲全国大学，我需要的资料基本上能找得到，因此还能够写出一些东西来。如果换一个地方，我必如车辙中的鲋鱼那样，什么书也看不到，什么文章也写不出，不但学业上不能进步，长此以往，必将索我于鲍鱼之肆了。

作为全国最高学府的北京大学，我们有悠久的爱国主义的革命历史传统，有实事求是的学术传统，这些都是难能可贵的。但是，我认为，一个第一流的大学，必须有第一流的设备、第一流的图书、第一流的教师、第一流的学者和第一流的管理。五个第一流，缺一不可。我们北大可以说是具备这五个第一流的。因此，我们有充分的基础，可以来弘扬祖国的优秀文化，为我国四化建设培养德才兼备的人才，对外为祖国争光，对内为人民立功，仰不愧于天，俯不怍于地，充满信心地走向光辉的未来。

在这五个第一流中，第一流的图书更显得特别突出。北大图书馆是全国大学图书馆的翘楚。这是世人之公言，非我一个之私言。我们为此应该感到骄傲，感到幸福。

但是，我们全校师生员工却不能躺在这个骄傲上、这个幸福上睡大觉。我们必须努力学习，努力工作，像爱护自己的眼球一样，爱护北大，爱护北大的一草一木、一山一石，爱护我们的图书馆。我们图书馆的藏书盈架充栋，然而我们应该知道，一部一册来之不易，一页一张得之维艰。我们全体北大人必须十分珍惜爱护。这样，我们的图书馆才能有长久的生命，我们的骄傲与幸福才有坚实的基础。愿与全校同仁共勉之。

# 两行写在泥土地上的字

夜里有雷阵雨，转瞬即停。“薄云疏雨不成泥”，门外荷塘岸边，绿草坪畔，没有积水，也没有成泥，土地只是湿漉漉的。一切同平常一样，没有什么特异之处。

我早晨出门，想到外面呼吸点新鲜空气，这也同平常一样，并没有什么特异之处。然而，我的眼睛一亮，蓦地瞥见塘边泥土地上有一行用树枝写成的字：

季老好　九八级日语

回头在临窗玉兰花前的泥土地上也有一行字：

来访　九八级日语

我一时懵然，莫名其妙。还不到一瞬间，我恍然大悟：

九八级是今年的新生。今天上午，全校召开迎新大会。下午，东方学系召开迎新大会。在两大盛会之前，这一群（我不知道准确数目）从未谋面的十七八九岁男女大孩子们，先到我家来，带给我无法用言语形容的这一番深情厚谊。但他们恐怕是怕打扰我，便想出了这一个惊人的匪夷所思的办法，用树枝把他们的深情写在了泥土地上。他们估计我会看到的，便悄然离开了我的家门。

我果然看到他们留下的字了。我现在已经望九之年，我走过的桥比这一帮大孩子走过的路还要长，我吃过的盐比他们吃过的面还要多，自谓已经达到了“悲欢离合总无情”的境界。然而，今天，我一看到这两行写在泥土地上的字，我却真正动了感情，眼泪一下子涌出了眼眶，双双落到了泥土地上。

我是一个平凡的人，生平靠自己那一点勤奋，做出了一点微不足道的成绩，对此我并没有多大信心。独独对于青年，我却有自己一套看法。我认为，我们中年人或老年人，不应当一过了青年阶段，就忘记了自己当年穿开裆裤的样子，好像自己一下生就老成持重，对青年总是横挑鼻子竖挑眼。我们应当努力理解青年，同情青年，帮助青年，爱护青年。不能要求他们总是四平八稳，总是温良恭俭让。我相信，中国青年都是爱国的，爱真理的。即使有什么“逾矩”的地方，也只能耐心加以劝说，惩罚是万不得已而为之的。一个国家，一个民族，如果对自己的青年失掉了信心，那它就失掉了希望，失掉了前途。

我常常这样想，也努力这样做。在风和日丽时是这样，在阴霾蔽天时也是这样。这要不要冒一点风险呢？要的。但我人微言轻，人小力薄，除了手中的一支圆珠笔以外，就只是嘴里那三寸不烂之舌，除了这样做以外，也没有别的办法。

大概就由于这些情况，再加上我的一些所谓文章，时常出现在报纸杂志上，有的甚至被选入中学教科书，于是普天下青年男女颇有知道我的姓名的。青年们容易轻信，他们认为报纸杂志上所说的都是真实的，就轻易对我产生了一种好感，一种情意。我现在几乎每天都能收到全国各地，甚至穷乡僻壤、边远地区，青年们的来信，大中小学生都有。他们大概认为我无所不能，无所不通，而又颇为值得信赖，向我提出各种各样的问题，有的简直石破天惊；有的向我倾诉衷情。我想，有的事情他们对自己的父母也未必肯讲的，比如想轻生自杀之类，他们却肯对我讲。我读到这些书信，感动不已。我已经到了风烛残年，对人生看得透而又透，只等造化小儿给我的生命画上句号。然而这些素昧平生的男女大孩子的信，却给我重新注入了生命的活力。苏东坡的词说："谁道人生无再少？门前流水尚能西。休将白发唱黄鸡。"我确实有"再少"之感了。这一切我都要感谢这些男女大孩子们。

东方学系九八级日语专业的新生，一定就属于我在这里所说的男女大孩子们。他（她）们在五湖四海的什么中学里，读过我写的什么文章，听到过关于我的一些传闻，脑海里留下了我的影子。所以，一进燕园，赶在开学之前，就迫不及待地把自己那一份情意，用他们自己发明出来的也许从来还没有被别人使用过的方式，送到了我的家门来，惊出了我的两行老泪。我连他们的身影都没有看到，我看到的只是清塘里面的荷叶。此时虽已是初秋，却依然绿叶擎天，水影映日，满塘一片浓绿。回头看到窗前那一棵玉兰，也是翠叶满枝，一片浓绿。绿是生命的颜色，绿是青春的颜色，绿是希望的颜色，绿是活力的颜色。这一群男女大孩子正处在平常人们所说的绿色年华中。荷叶和玉兰所象征的正是他们。我想，他们一定已经看到了绿色的荷叶和绿色的玉兰。他们的影子一定已经倒映在荷塘的清水中。虽然是转瞬即逝，连他们自己也未必注意到。可他们与这一片浓绿真可以说是相得益彰，溢满了活力，充满了希望，将来左右这个世界的，决定人类前途的正是这一群年轻的男女大孩子们。他们真正让我“再少”，他们在这方面的力量绝不亚于我在上面提到的那些全国各地青年的来信。我虔心默祷——虽然我并不相信——造物主能从我眼前的八十七岁中抹掉七十年，把我变成一个十七的少年，使我同他们一起学习，一起娱乐，共同分享普天下的凉热。

# 第四章　情思

# 听雨

从一大早就下起雨来。下雨，本来不是什么稀罕事儿，但这是春雨，俗话说："春雨贵似油。"而且又在罕见的大旱之中，其珍贵就可想而知了。

"润物细无声"，春雨本来是声音极小极小的，小到了"无"的程度。但是，我现在坐在隔成了一间小房子的阳台上，顶上有块大铁皮。楼上滴下来的檐溜就打在这铁皮上，打出声音来，于是就不"细无声"了。按常理说，我坐在那里，同一种死文字拼命，本来应该需要极静极静的环境，极静极静的心情，才能安下心来，进入角色，来解读这天书般的玩意儿。这种雨敲铁皮的声音应该是极为讨厌的，是必欲去之而后快的。

然而，事实却正相反。我静静地坐在那里，听到头顶上的雨滴声，此时有声胜无声，我心里感到无量的喜悦，仿佛饮了仙露，吸了醍醐，大有飘飘欲仙之概了。这声音时慢时急，时高时低，时响时沉，时断时续，有时如金声玉振，有时如黄钟大吕，有时如大珠小珠落玉盘，有时如红珊白瑚沉海里，有时如弹素琴，有时如舞霹雳，有时如百鸟争鸣，有时如兔落鹘起，我浮想联翩，不能自已，心花怒放，风生笔底。死文字仿佛活了起来，我也仿佛又溢满了青春活力。我平生很少有这样的精神境界，更难为外人道也。

在中国，听雨本来是雅人的事。我虽然自认还不是完全的俗人，但能否就算是雅人，却还很难说。我大概是介乎雅俗之间的一种动物吧。中国古代诗词中，关于听雨的作品是颇有一些的。顺便说上一句：外国诗词中似乎少见。我的朋友章用回忆表弟的诗中有："频梦春池添秀句，每闻夜雨忆联床。"是颇有一点诗意的。连《红楼梦》中的林妹妹都喜欢李义山的"留得残荷听雨声"之句。最有名的一首听雨的词当然是宋蒋捷的《虞美人》，词不长，我索性抄它一下：

少年听雨歌楼上，
红烛昏罗帐。
壮年听雨客舟中，
江阔云低，
断雁叶西风。
而今听雨僧庐下，
鬓已星星也。

悲欢离合总无情，

一任阶前点滴到天明。

蒋捷听雨时的心情，是颇为复杂的。他是用听雨这一件事来概括自己的一生的，从少年、壮年一直到老年，达到了“悲欢离合总无情”的境界。但是，古今对老的概念，有悬殊。他是“鬓已星星也”，有一些白发，看来最老也不过五十岁左右。用今天的眼光看，他不过是介乎中老之间，用我自己比起来，我已经到了望九之年，鬓边早已不是“星星也”，顶上已是“童山濯濯”了。要讲达到“悲欢离合总无情”的境界，我比他有资格。我已经能够“纵浪大化中，不喜亦不惧”了。

可我为什么今天听雨竟也兴高采烈呢？这里面并没有多少雅味，我在这里完全是一个“俗人”。我想到的主要是麦子，是那辽阔原野上的青青的麦苗。我生在乡下，虽然六岁就离开，谈不上干什么农活，但是我拾过麦子，捡过豆子，割过青草，掰过高粱叶。我血管里流的是农民的血，一直到今天垂暮之年，毕生对农民和农村怀着深厚的感情。农民最高希望是多打粮食。天一旱，就威胁着庄稼的成长。即使我长期住在城里，下雨一少，我就望云霓，自谓焦急之情，绝不下于农民。北方春天，十年九旱。今年似乎又旱得邪行。我天天听天气预报，时时观察天上的云气。忧心如焚，徒唤奈何。在梦中也看到的是细雨蒙蒙。

今天早晨，我的梦竟实现了。我坐在这长宽不过几尺的阳台上，听到头顶上的雨声，不禁神驰千里，心旷神怡。在大大小小高高低低，有的方正有的歪斜的麦田里，每一个叶片都仿佛张开了小嘴，尽情地吮吸着甜甜的雨滴，有如天降甘露，本来有点黄萎的，现在变青了。本来是青的，现在更青了。宇宙间凭空添了一片温馨，一片祥和。

我的心又收了回来，收回到了燕园，收回到了我楼旁的小山上，收回到了门前的荷塘内。我最爱的二月兰正在开着花。它们拼命从泥土中挣扎出来，顶住了干旱，无可奈何地开出了红色的、白色的小花，颜色如故，而鲜亮无踪，看了给人以孤苦伶仃的感觉。在荷塘中，冬眠刚醒的荷花，正准备力量向水面冲击。水当然是不缺的。但是，细雨滴在水面上，画成了一个个的小圆圈，方逝方生，方生方逝。这本来是人类中的诗人所欣赏的东西，小荷花看了也高兴起来，劲头更大了，肯定会很快地钻出水面。

我的心又收近了一层，收到了这个阳台上，收到了自己的腔子里，头顶上叮当如故，我的心情怡悦有加。但我时时担心，它会突然停下来。我潜心默祷，祝愿雨声长久响下去，响下去，永远也不停。

# 野火

天寒风急，风沙击面，镐下如雨，地坚如石。北梁子上正展开一场挖坑田的大战。这地方是一个山冈，四面都没有屏障。从八达岭上扫下来的狂风以惊人的力量和速度扑向这里，把人们吹得像水上的浮萍。而挖坑的活儿也十分艰苦。地面上松松的一层浮土，几镐刨下去，就露出了胶泥。这玩意儿是软硬不吃，一镐刨上仿佛是块硬橡皮，只显出一点浅浅的镐痕，却掉不下多少来。刨不了几下，人们的手就给震出了血，有的人连虎口都给震裂了。

往年在这数九寒天，人们早已停了地里的活儿，待在家里的热炕头上，搓搓棒子，干些轻活儿，等着过春节吃饺子了。最多也不过是到山上去打上几次柴，准备过春节的时候烧。这当然也不是什么重活儿。真没有想到，今年在这样的时候，在这样的天气中，来到这样一个地方，干这样扎手的活儿。

可是，那过去的老皇历一点也没有影响他们的情绪，他们个个精神抖擞，干劲冲天。在飞沙走石中，他们沉着，勇猛，身上的热气顶住了寒气，手下的镐声压住了风声。一团热烈紧张的气氛直冲九霄。

蓦地，不知是谁喊了一声：

“野火！”

是的，是野火。在远处的山麓上腾起一股浓烟，被大风吹得摇摇晃晃。最初并不大，但很快就扩散开来，有的地方还隐隐约约地露出了火苗。在烟火特别浓厚的地方，影影绰绰地看到有人在努力扑打。但是风助火势，火仗风威，被烧的地面越来越大。没有着火的地方是一片枯黄色，着过了火则是一片黑色。仿佛有人在那里铺开一张黑色的地毯，地毯边上镶着金边。只见金边迅速地扩大，转眼半个山麓就给这地毯铺满了。

这当然引起人们的注意。人们边刨地，边瞭望，指指点点，交换着意见。一个人说：

“这火下了山冈了。”

过了一会儿，又有人说：

“这火爬上另一个山冈了。”

再隔一会儿，又有人说：

“这火快到山沟了。”

他们以为沟会把火挡住，所以谁也没有动，仍然是边刨地，边瞭望，指指点点，交换着意见。

忽然，不知谁喊了一声：“火已经过了山沟！”大家立刻一愣。原来过了沟就是一片苹果园。野火烧山草，这是比较常见的事。但是，让野火烧掉人民的财富，却是不允许的。大家几乎是在同一秒钟内，丢下手中的铁镐，扛起铁锹，向着野火，飞奔而去。

地势是忽高忽低崎岖不平的，还不知道有多少山沟，多少沙滩。地边上沟边上又长满了葛针，浑身是刺，在那里等候着人们。衣服碰上，会被撕破；手碰上，会被扎伤。可是这一群扛铁锹的人，却不管这一切，他们像是空中的飞将，跨涧越沟，来到了着火的地方。

这时候的风至少有七八级，这个山麓又正在风口上。狂风以雷霆万钧之力从山口里蹿出来，从山冈上呼啸而过。疾风卷烈火，烈火焚枯草，一片黄色的草地转眼就变成了一片黑。你看到草尖上一点火、草茎上一点火、草根上一点火，一刹那就聚拢起来，形成一团火。你看到脚下一点火、身边一点火，一刹那就跑出去老远，像海滩上退潮那样，刚才在脚底下，冷不防就退了回去，要追也追不上。看样子，野火一定想把山冈烧遍，把苹果树烧光。可是人们并没有被它吓住，一定不让它过沟。有人用铁锹扑打，有人用衣服扑打，有人甚至用自己的手脚扑打，衣服烧着了，鞋子烧破了，手烧伤了，脸烧黑了。但是，野火再快，也不如人的腿快；风再硬，也不如人的心硬。大片的野火终于被扑灭了，只是无可奈何地冒着轻烟。

大家擦了擦脸上的黑灰，披上了烧破的衣服，扛起铁锹，谈笑风生地走回北梁子。没有一个人想到自己所受的损失：工分减少了，衣服撕破了，身体受伤了。他们也没有感到，这是什么了不起的事情。他们似乎认为，这是很自然的，很平常的，像每天吃饭睡觉那样平常。

这时候，风更大了，天更冷了，飞沙更多了。但是，在雨点般的铁锹的飞落下，胶泥却似乎变得软了起来，几锹就刨出一个坑来。成排成排的坑迅速地出现在田地上，好像有意要显示农民的英雄气概。同我共同劳动的这些农民，我应该说是非常熟悉的。我知道他们的姓名、爱好，也曾在他们家里吃过饭。平常日子我并没有感觉到他们身上有什么特异之处。可是今天，他们的形象在我眼内高大了起来。我想到毛主席的一句诗："遍地英雄下夕烟"。我眼前站着这样一群老实朴素的农民，不正是"遍地英雄"吗？

# 雾

浓雾又升起来了。

近几天以来，我早晨起床后第一件事就是推开窗子，欣赏外面的大雾。

我从来没有喜欢过雾。为什么现在忽然喜欢起来了呢？这其中有一点因缘。前天在飞机上，当飞临西藏上空时，机组人员说，加德满都现在正弥漫着浓雾，能见度只有一百米，飞机降落怕有困难，加德满都方面让我们飞得慢一点。我当时一方面有点担心，害怕如果浓雾不消，我们将降落何方？另一方面，我还有点好奇：加德满都也会有浓雾吗？但是，浓雾还是消了，我们的飞机按时降落在尼泊尔首都机场，场上阳光普照。

因此，我就对雾产生了好奇心和兴趣。

抵达加德满都的第二天凌晨，我一起床，推开窗子，外面是大雾弥天。昨天下午我们从加德满都的大街上看到城北面崇山峻岭，层峦叠嶂，个个都戴着一顶顶的白帽子，这些都是万古雪峰，在阳光下闪出了耀眼的银光。这是我生平第一次看到这种景象，我简直像小孩子一般地喜悦。现在大雾遮蔽了一切，连那些万古雪峰也隐没不见，一点影子也不给留下。旅馆后面的那几棵参天古树，在平常时候，高枝直刺入晴空，现在只留下淡淡的黑影，衬着白色的大雾，宛如一张中国古代的画。昨天抵达旅馆下车时，我看到一个尼泊尔妇女背着一筐红砖，倒在一大堆砖上。现在我看到一个男子，手里拿着一堆红红的东西。我以为他拿的也是红砖，但是当他走得近了一点时，我才发现那一堆红红的东西簌簌抖动，原来是一束束红色的鲜花。我不禁自己笑了起来。

正当我失神落魄地自己暗笑的时候，忽然听到不知从哪里传来了咕咕的叫声。浓雾虽然遮蔽了形象，但是却遮蔽不住声音。我知道，这是鸽子的声音。当我倾耳细听时，又不知从哪里传来了阵阵的犬吠声。这都是我意想不到的情景。我万万没有想到，我在加德满都学会了喜欢的两种动物：鸽子和狗，竟同时都在浓雾中出现了。难道浓雾竟成了我在这个美丽的山城里学会欣赏的第三件东西吗？

世界上，喜欢雾的人似乎是并不多的。英国伦敦的大雾是颇有一点名气的。有一些作家写散文，写小说来描绘伦敦的雾，我们读起来觉得韵味无穷。对于尼泊尔文学我所知甚少，我不知道，是否也有尼泊尔作家专门写加德满都的雾。但是，不管是在伦敦，还是在加德满都，明目张胆大声赞美浓雾的人，恐怕是不会多的，其中原因我不甚了了，我也没有那种闲情逸致去钻研探讨。我现在在这高山王国的首都来对浓雾大唱赞歌，也颇出自己的意料。过去我不但没有赞美过雾，而且也没有认真去观察过雾。我眼前是由赞美而达到观察，由观察而加深了赞美。雾能把一切东西：美的、丑的、可爱的、不可爱的，都给罩上一层或厚或薄的轻纱，让清楚的东西模糊起来，从而带来了另外一种美，一种在光天化日之下看不到的美，一种朦胧的美，一种模糊的美。

一些时候以前，当我第一次听到模糊数学这个名词的时候，我曾说过几句怪话：“数学比任何科学都更要求清晰，要求准确，怎么还能有什么模糊数学呢？”后来我读了一些介绍文章，逐渐了解了模糊数学的内容。我一反从前的想法，觉得模糊数学真是一个了不起的发现。在人类社会中，在日常生活中，在社会科学和自然科学中，有着大量模糊的东西。无论如何也无法否认这些东西的模糊性。承认这个事实，对研究学术和制定政策等都是有好处的。

在大自然中怎样呢？在大自然中模糊不清的东西更多。连审美观念也不例外。有很多东西，在很多时候，朦胧模糊的东西反而更显得美。月下观景，雾中看花，不是别有一番情趣在心头吗？在这里，观赏者有更多的自由，自己让自己的幻想插上翅膀，上天下地，纵横六合，神驰于无何有之乡，情注于自己制造的幻象之中；你想它是什么样子，它立刻就成了什么样子，比那些一清见底、纤毫不遗的东西要好得多。而且绝对一清见底、纤毫不遗的东西，在大自然中是根本不存在的。

我的幻想飞腾，忽然想到了这一切。我自诧是神来之笔，我简直陶醉在这些幻象中了。这时窗外的雾仍然稠密厚重，它似乎了解了我的心情，感激我对它的赞扬。它无法说话，只是呈现出更加美妙更加神秘的面貌，弥漫于天地之间。

# 三个小女孩

我生平有一桩往事：一些孩子无缘无故地喜欢我，爱我。我也无缘无故地喜欢这些孩子，爱这些孩子。如果我以糖果饼饵相诱，引得小孩子喜欢我，那是司空见惯，平平常常，根本算不上什么“怪事”。但是，对我来说，情况却绝对不是这样。我同这些孩子都是邂逅相遇，都是第一次见面，我语不惊人，貌不压众，不过是普普通通，不修边幅，常常被人误认为是学校的老工人。这样一个人能引起天真无邪、毫无功利目的、二三岁以至十一二岁的孩子的欢心，其中道理，我解释不通，我相信，也没有别人能解释通，包括赞天地之化育的哲学家们在内。

我说这是一桩“怪事”，不是恰如其分吗？不说它是“怪事”，又能说它是什么呢？

大约在20世纪50年代，当时老祖和德华还没有搬到北京来。我暑假回济南探亲。我的家在南关佛山街。我们家住西屋和北屋，南屋住的是一家姓田的木匠。他有一儿二女，小女儿名叫华子，我们把这个小名又进一步变为爱称："华华儿。"她大概只有两岁，路走不稳，走起来晃晃荡荡，两条小腿十分吃力，话也说不全。按辈分，她应该叫我"大爷"，但是华华还发不出两个字的音，她把"大爷"简化为"爷"。一见了我，就摇摇晃晃，跑了过来，满嘴"爷""爷"不停地喊着。走到我跟前，一下子抱住了我的腿，仿佛有无限的乐趣。她妈喊她，她置之不理，勉强抱走，她就哭着奋力挣脱。有时候，我在北屋睡午觉，只觉得周围鸦雀无声，阒静幽雅。"北堂夏睡足"，一枕黄粱，猛一睁眼：一个小东西站在我的身旁，大气不出。一见我醒来，立即"爷""爷"叫个不停，不知道她已经等了多久了。我此时真是万感集心，连忙抱起小东西，连声叫着"华华儿"。有一次我出门办事，回来走到大门口，华华妈正把她抱在怀里，她说，她想试一试华华，看她怎么办。然而奇迹出现了：华华一看到我，立即用惊人的力量，从妈妈怀里挣脱出来，举起小手，要我抱她。她妈妈说，她早就想到有这种可能，却没有想到华华挣脱的力量竟是这样惊人的大。大家都大笑不止，然而我却在笑中想流眼泪。有一年，老祖和德华来京小住，后来听同院的人说，在上着锁的西屋门前，天天有两个小动物在那里蹲守：一个是一只猫，一个是已经长到三四岁的华华。"可怜小儿女，不解忆长安。"华华大概还不知道什么北京，不知道什么别离。天天去蹲守，她那天真稚嫩的心灵里，不知是什么滋味，望眼欲穿而不见伊人。她的失望，她的寂寞，大概她自己也说不出，只能意会而不能言传了。

上面是华华的故事，下面再讲吴双的故事。

20世纪80年代的某一年，我应邀赴上海外国语大学去访问。我的学生吴永年教授十分热情地招待我。学校领导陪我参观，永年带了他的妻子和女儿吴双来见我。吴双有六七岁光景，是一个秀美、文静、活泼、伶俐的小女孩。我们是第一次见面，最初她还有点腼腆，叫了一声“爷爷”以后，低下头，不敢看我。但是，我们在校园中走了没有多久，她悄悄地走过来，挽住我的右臂，扶我走路，一直偎依在我的身旁，她爸爸妈妈都有点吃惊，有点不理解。我当然更是吃惊，更是不理解。一直等到我们参观完了图书馆和许多大楼，吴双总是寸步不离地挽住我的右臂，一直到我们不得不离开学校，不得不同吴双和她爸爸妈妈分手为止，吴双眼睛中流露出依恋又颇有一点凄凉的眼神。从此，我们就结成了相差六七十岁的忘年交。她用幼稚却认真秀美的小字写信给我。我给永年写信，也总忘不了吴双。我始终不知道，我有什么地方值得这样一个聪明可爱的小女孩眷恋？

上面是吴双的故事，现在轮到未未了。未未是一个十二岁的小女孩，姓贾，爸爸曾是延边大学出版社的社长，学国文出身，刚强、正直、干练，是一个绝不会阿谀奉承的硬汉子。母亲王文宏，曾是延边大学中文系副教授，性格与丈夫迥乎不同，多愁、善感、温柔、淳朴、感情充沛，用我的话来说，就是：感情超过了需要。她不相信天底下还有坏人，她是个才女，写诗，写小说，在延边地区颇有点名气，研究的专行是美学、文艺理论与禅学，是一个极有前途的女青年学者。十年前，我在北大通过刘烜教授的介绍，认识了她。去年秋季她又以访问学者的名义重返北大，算是投到了我的门下。一年以来，学习十分勤奋。我对美学和禅学，虽然也看过一些书，并且有些想法和看法，写成了文章，但实际上是“野狐谈禅”，成不了正道的。蒙她不弃，从我受学，使得我经常觳觫不安，如芒刺在背。也许我那一些内行人绝不会说的石破天惊的奇谈怪论，对她有了点用处？连这一点我也是没有自信的。

由于她母亲在北大学习，未未曾于寒假时来北大一次，她父亲也陪来了。第一次见面，我发现未未同别的年龄差不多的女孩不一样。面貌秀美，逗人喜爱，却有点苍白。个子不矮，却有点弱不禁风。不大说话，说话也是慢声细语。文宏说她是娇生惯养惯了，有点自我撒娇。但我看不像。总之，第一次见面，这个东北长白山下来的小女孩，对我成了个谜。我约了几位朋友，请她全家吃饭。吃饭的时候，她依然是少言寡语。但是，等到出门步行回北大的时候，却出现了出我意料的事情。我身居师座，兼又老迈，文宏便从左边扶住我的左臂搀扶着我。说老实话，我虽老态龙钟，却还不到非让人搀扶不行的地步。文宏这一番心意我却不能拒绝，索性倚老卖老，任她搀扶，倘若再递给我一个龙头拐杖，那就很有点旧戏台上佘太君或者国画大师齐白石的派头了。然而，正当我在心中暗暗觉得好笑的时候，未未却一步抢上前来，抓住了我的右臂来搀扶住我，并且示意她母亲放松抓我左臂的手，仿佛搀扶我是她的专利，不许别人插手。她这一举动，我确实没有想到。然而，事情既然发生——由它去吧！

过了不久，未未就回到了延吉。适逢今年是我八十五岁生日，文宏在北大虽已结业，却专门留下来为我祝寿。她把丈夫和女儿都请到北京来，同一些在我身边工作了多年的朋友，为我设寿宴。最后一天，出于玉洁的建议，我们一起共有十六人之多，来到了圆明园。圆明园我早就熟悉，六七十年前，当我还在清华大学读书的时候，晚饭后，常常同几个同学步行到圆明园来散步。此时圆明园已破落不堪，满园野草丛生，狐鼠出没，“西风残照，清家废宫”，我指的是西洋楼遗址。当年何等辉煌，而今只剩下几个汉白玉雕成的古希腊式的宫门，也都已残缺不全。“牧童打碎了龙碑帽”，虽然不见得真有牧童，然而情景之凄凉、寂寞，恐怕与当年的明故宫也差不多了。我们当时还都很年轻，不大容易发思古之幽情，不过爱其地方幽静，来散散步而已。

中华人民共和国成立后，北大移来燕园，我住的楼房，仅与圆明园有一条马路之隔。登上楼旁小山，遥望圆明园之一角绿树蓊郁，时涉遐想。今天竟然身临其境，早已面目全非，让我连连吃惊，仿佛美国作家 Washington Irving 笔下的 Rip Van Winkei“山中方七日，世上几千年”，等他回到家乡的时候，连自己的曾孙都成了老爷爷，没有人认识他了。现在我已不认识圆明园了，圆明园当然也不会认识我。园内游人摩肩接踵，多如过江之鲫。而商人们又竞奇斗妍，各出奇招，想出了种种的门道，使得游人如痴如醉。我们当然也不会例外，痛痛快快地畅游了半天，福海泛舟，饭店盛宴。我的“西洋楼”却如蓬莱三山，不知隐藏在何方了？

第二天是文宏全家回延吉的日子。一大早，文宏就带了未未来向我辞行。我上面已经说到，文宏是感情极为充沛的人，虽是暂时别离，她恐怕也会受不了。小萧为此曾在事前建议过：临别时，谁也不许流眼泪。在许多人心目中，我是一个怪人，对人呆板冷漠，但是，真正了解我的人却给我送了一个绰号：“铁皮暖瓶”，外面冰冷而内心极热。我自己觉得，这个比喻道出了一部分真理，但是，我现在已届望九之年，我走过阳关大道，也走过独木小桥，天使和撒旦都对我垂青过。一生磨炼，已把我磨成了一个“世故老人”，于必要时，我能够运用一个世故老人的禅定之力，把自己的感情控制住。年轻人，道行不高的人，恐怕难以做到这一点的。

现在，未未和她妈妈就坐在我的眼前。我口中念念有词，调动我的定力来拴住自己的感情，满面含笑，大讲苏东坡的词："月有阴晴圆缺，人有悲欢离合，此事古难全。"又引用俗语："千里搭长棚，没有不散的筵席。"自谓"口若悬河泻水，滔滔不绝"，然而，言者谆谆，而听者藐藐。文宏大概为了遵守对小萧的诺言，泪珠只停留在眼眶中，间或也滴下两滴。而未未却不懂什么诺言，不会有什么定力，坐在床边上，一语不发，泪珠仿佛断了线似的流个不停。我那八十多年的定力有点动摇了，我心里有点发慌，连忙强打精神，含泪微笑，送她母女出门。一走上门前的路，未未好像再也忍不住了，一把抓住了我的胳臂，伏在我怀里，哭了起来。热泪透过了我的衬衣，透过了我的皮肤，热意一直滴到我的心头。我忍住眼泪，捧起未未的脸，说："好孩子！不要难过！我们还会见面的！"未未说："爷爷！我会给你写信的！"我此时的心情，连才尚未尽的江郎也是写不出来的，他那名垂千古的《别赋》中，就找不到对类似我现在的心情的描绘，何况我这样本来无才可尽的俗人呢？我挽着未未的胳臂，送她们母女过了楼西曲径通幽的小桥，又忽然临时顿悟：唐朝人送别有灞桥折柳的故事。我连忙走到湖边，从一棵垂柳上折下了一条柳枝，递到文宏手中。我一直看她母女俩折过小山，向我招手，直等到连消逝的背影也看不到的时候，才慢慢地走回家来。此时，我再不需要我那劳什子定力，索性让眼泪流个痛快。

三个女孩的故事就讲完了。

还不到两岁的华华为什么对我有这样深的感情，我百思不得其解。

五六岁第一次见面的吴双，为什么对我有这样深的感情，我千思不得其解。

十二岁下学期才上初中的未未，为什么对我有这样深的感情，我万思不得其解。

然而这都是事实，我没有半个字的虚构。我一生能遇到这样三个小女孩，就算是不虚此生了。

到今天，华华已经超过四十岁。按正常的生活秩序，她早应该“绿叶成荫”了，不知道她是否还记得我这“爷”。

吴双恐大学已经毕业了，因为我同她父亲始终有联系，她一定还会记得我这样一位“北京爷爷”的。

至于未未，我们离别才几天。我相信，她会遵守自己的诺言给我写信的。而且她父亲常来北京，她母亲也有可能再到北京学习、进修。我们这一次分别，仅仅不过是为下一次会面创造条件而已。

像奇迹一般，在八十多年内，我遇到了这样三个小女孩，是我平生一大乐事，一桩怪事，但是人们常说，普天之下，没有无缘无故的爱。可是我这“缘”何在？我这“故”又何在呢？佛家讲因缘，我们老百姓讲“缘分”。虽然我不信佛，从来也不迷信，但是我只能相信“缘分”了。在我走到那个长满了野百合花的地方之前，这三个同我有着说不出是怎样来的缘分的小姑娘，将永远留在我的记忆中，保留一点甜美，保留一点幸福，给我孤寂的晚年涂上点有活力的色彩。

# 一双长满老茧的手

有谁没有手呢？每个人都有两只手。手，已经平凡到让人不再常常感觉到它的存在了。

然而，一天黄昏，当我乘公共汽车从城里回家的时候，一双长满了老茧的手却强烈地引起了我的注意。我最初只是坐在那里，看着一张晚报。在有意无意之间，我的眼光偶尔一滑，正巧落在一位老妇人的一双长满老茧的手上。我的心立刻震动了一下，眼光不由得就顺着这双手向上看去：先看到两手之间的一个胀得圆圆的布包；然后看到一件洗得挺干净的褪了色的蓝布褂子；再往上是一张饱经风霜布满了皱纹的脸，长着一双和善慈祥的眼睛；最后是包在头上的白手巾，银丝般的白发从里面披散下来。这一切都给了我极好的印象。但是给我印象最深的还是那一双长满了老茧的手，它像吸铁石一般吸住了我的眼光。

老妇人正在同一位青年学生谈话，她谈到她是从乡下来看她在北京读书的儿子的，谈到乡下年成的好坏，谈到来到这里人生地疏，感谢青年对她的帮助。听着她的话，我不由得深深地陷入回忆中，几十年的往事蓦地涌上心头。

在故乡的初秋，秋庄稼早已经熟透了，一望无际的大平原上长满了谷子、高粱、老玉米、黄豆、绿豆等，郁郁苍苍，一片绿色，里面点缀着一片片的金黄和星星点点的浅红和深红。虽然暑热还没有退尽，秋的气息已经弥漫大地了。

我当时只有五六岁，高粱比我的身子高一倍还多。我走进高粱地，就像是走进大森林，只能从密叶的间隙看到上面的蓝天。我天天早晨在朝露未退的时候到这里来擗高粱叶。叶子上的露水像一颗颗的珍珠，闪出淡白的光。把眼睛凑上去仔细看，竟能在里面看到自己的缩得像一粒芝麻那样小的面影，心里感到十分新鲜有趣。老玉米也比我高得多，必须踮起脚才能摘到棒子。谷子同我差不多高，现在都成熟了，风一吹，就涌起一片金浪。只有黄豆和绿豆比我矮，我走在里面，觉得很爽朗，一点也不闷气，颇有趾高气扬之概。

因此，我就最喜欢帮助大人在豆子地里干活。我当时除了跟大奶奶去玩以外，总是整天缠住母亲，她走到哪里，我跟到哪里。有时候，在做午饭以前，她到地里去摘绿豆荚，好把豆粒剥出来，拿回家去煮午饭。我也跟了来。这时候正接近中午，天高云淡，蝉声四起，蝈蝈儿也爬上高枝，纵声欢唱，空气中飘浮着一股淡淡的草香和泥土的香味。太阳晒到身上，虽然还有点热，但带给人暖烘烘的舒服的感觉，不像盛夏那样令人难以忍受了。

在这时候，我的兴致是十分高的。我跟在母亲身后，跑来跑去。捉到一只蚱蜢，要拿给她看一看；掐到一朵野花，也要拿给她看一看。棒子上长了乌霉，我觉得奇怪，一定问母亲为什么；有的豆荚生得短而粗，也要追问原因。总之，这一片豆子地就是我的乐园，我说话像百灵鸟，跑起来像羚羊，腿和嘴一刻也不停。干起活来，更是全神贯注，总想用最高的速度摘下最多的绿豆荚来。但是，一检查成绩，却未免令人气短：母亲的筐子里已经满了，而自己的呢，连一半还不到哩。在失望之余，就细心加以观察和研究。不久，我就发现，这里面也并没有什么奥妙，关键就在母亲那一双长满了老茧的手上。

这一双手看起来很粗，由于多年劳动，上面长满了老茧，可是摘起豆荚来，却显得十分灵巧迅速。这是我以前没有注意到的事情。在我小小的心灵里不禁有点困惑。我注视着它，久久不愿意把眼光移开。

我当时岁数还小，经历的事情不多。我还没能把许多同我的生活有密切联系的事情都同这一双手联系起来，譬如说做饭、洗衣服、打水、种菜、养猪、喂鸡，如此等等。我当然更没能读到“慈母手中线，游子身上衣”这样的诗句。但是，从那以后，这一双长满了老茧的手却在我的心里占据了一个重要的地位，留下了一个不可磨灭的印象。

后来大了几岁，我离开母亲，到了城里跟叔父去念书，代替母亲照顾我的生活的是王妈，她也是一位老人。

她原来也是乡下人，干了半辈子庄稼活。后来丈夫死了，儿子又逃荒到关外去，二十年来，音讯全无。她孤苦伶仃，一个人在乡里活不下去，只好到城里来谋生。我叔父就把她请到我们家里来帮忙。做饭、洗衣服、扫地、擦桌子，家里那一些琐琐碎碎的活全给她一个人包下来了。

王妈除了从早到晚干那一些刻板工作以外，每年还有一些带季节性的工作。每到夏末秋初，正当夜来香开花的时候，她就搓麻线，准备纳鞋底，给我们做鞋。干这活都是在晚上。这时候，大家都吃过了晚饭，坐在院子里乘凉，在星光下，黑暗中，随意说着闲话。我仰面躺在席子上，透过海棠树的杂乱枝叶的空隙，看到夜空里眨着眼的星星。大而圆的蜘蛛网的影子隐隐约约地印在灰暗的天幕上。不时有一颗流星在天空中飞过，拖着长长的火焰尾巴，只是那么一闪，就消逝到黑暗里去。一切都是这样静。在寂静中，夜来香正散发着浓烈的香气。

这正是王妈搓麻线的时候。干这个活本来是听不到多少声音的。然而现在那揉搓的声音却听得清清楚楚。这就不能不引起我的注意了。我转过身来，侧着身子躺在那里，借着从窗子里流出来的微弱的灯光，看着她搓。最令我吃惊的是她那一双手，上面也长满了老茧。这一双手看上去拙笨得很，十个指头又短又粗，像是一些老干树枝子。但是，在这时候，它却显得异常灵巧美丽。那些杂乱无章的麻在它的摆布下，服服帖帖，要长就长，要短就短，一点也不敢违抗。这使我感到十分有趣。这一双手左旋右转，只见它搓呀搓呀，一刻也不停，仿佛想把夜来香的香气也都搓进麻线里似的。

这样一双手我是熟悉的，它同母亲的那一双手是多么相像呀。我总想多看上几眼。看着看着，不知道在什么时候，竟沉沉睡去了。到了深夜，王妈就把我抱到屋里去，同她睡在一张床上。半夜醒来，还听到她手里拿着大芭蕉扇给我赶蚊子。在蒙蒙眬眬中，扇子的声音听起来好像是从很远很远的地方传来似的。

去年秋天，我随着学校里的一些同志到附近乡村里一个人民公社去参加劳动。同样是秋天，但是这秋天同我五六岁时在家乡摘绿豆荚时的秋天大不一样。天仿佛特别蓝，草和泥土也仿佛特别香，人的心情当然也就特别舒畅了——因此，我们干活都特别带劲。人民公社的同志们知道我们这一群白面书生干不了什么重活，只让我们砍老玉米秸。但是，就算是砍老玉米秸吧，我们干起来，仍然是缩手缩脚，一点也不利落。于是一位老大娘就走上前来，热心地教我们：怎样抓玉米杆，怎样下刀砍。在这时候，我注意到，她也有一双长满了老茧的手。我虽然同她素昧平生，但是她这一双手就生动地具体地说明了她的历史。我用不着再探询她的姓名、身世，还有她现在在公社所担负的职务。我一看到这一双手，一想到母亲和王妈的同样的手，我对她的感情就油然而生，而且肃然起敬，再说什么别的话，似乎就是多余的了。

就这样，在公共汽车行驶声中，我的回忆围绕着一双长满了老茧的手连成一条线，从几十年前，一直牵到现在，集中到坐在我眼前的这一位老妇人的手上。这回忆像是一团丝，愈抽愈细，愈抽愈多。它甜蜜而痛苦，错乱而清晰。在我一生中给我印象最深的三双长满了老茧的手，现在似乎重叠起来化成一双手了。它在我眼前不停地晃动，体积愈来愈扩大，形象愈来愈清晰。

这时候，老妇人同青年学生似乎发生了什么争执。我抬头一看：老妇人正从包袱里掏出来了两个煮鸡蛋，硬往青年学生手里塞，青年学生无论如何也不接受。两个人你推我让，正在争执得不可开交的时候，公共汽车到了站，蓦地停住了。青年学生就扶了老妇人走下车去。我透过玻璃窗，看到青年学生用手扶着老妇人的一只胳臂，慢慢地向前走去。我久久注视着他俩逐渐消失的背影。我虽然仍坐在公共汽车上，但是我的心却仿佛离我而去。

# 两个乞丐

时间已经过去了七十多年，但是两个乞丐的影像总还生动地储存在我的记忆里，时间越久，越显得明晰。我说不出理由。

我小的时候，家里贫无立锥之地，没有办法，六岁就离开家乡和父母，到济南去投靠叔父。记得我到了不久，就搬了家，新家是在南关佛山街。此时我正上小学。在上学的路上，有时候会在南关一带，圩子门内外，城门内外，碰到一个老乞丐，是个老头，头发胡子全雪样的白，蓬蓬松松，像是深秋的芦花。偏偏脸色有点发红。现在想来，这绝不会是由于营养过度，体内积存的胆固醇表露到脸上来。他连肚子都填不饱，哪里会有什么佳肴美食可吃呢？这恐怕是一种什么病态。他双目失明，右手拿一根长竹竿，用来探路；左手拿一只破碗，当然是准备接受施舍的。他好像是无法找到施主的大门，没有法子，只有亮开嗓子，在长街上哀号。他那种动人心魄的哀号声，同嘈杂的市声搅混在一起，在车水马龙中，嘹亮清澈，好像上面的天空，下面的大地都在颤动。唤来的是几个小制钱和半块窝窝头。

像这样的乞丐，当年到处都有。最初并没有引起我的注意。可是久而久之，我对他注意了。我说不出理由。我忽然在内心里对他油然起了一点同情之感。我没有见到过祖父，我不知道祖父之爱是什么样子。别人的爱，我享受得也不多。母亲是十分爱我的，可惜我享受的时间太短太短了。我是一个孤寂的孩子。难道在我那幼稚孤寂的心灵里在这个老丐身上顿时看到祖父的影子了吗？我喜欢在路上碰到他，我喜欢听他的哀号声。到了后来，我竟自己忍住饥饿，把每天从家里拿到的买早点用的几个小制钱，统统递到他的手里，才心安理得，算是了了一天的心事，否则就好像缺了点什么。当我的小手碰到他那粗黑得像树皮一般的手时，我心里说不出是什么滋味：怜悯、喜爱、同情、好奇混搅在一起，最终得到的是极大的欣慰。虽然饿着肚子，也觉得其乐无穷了。他从我的手里接过那几个还带着我的体温的小制钱时，难道不会感到极大的欣慰，觉得人世间还有那么一点温暖吗？

这样大概过了没有几年，我忽然听不到他的哀叫声了。我觉得生活中缺了点什么。我放学以后，手里仍然捏着几个沾满了手汗的制钱，沿着他常走动的那几条街巷，瞪大了眼睛看，伸长了耳朵听。好几天下来，既不闻声，也不见人。长街上依然车水马龙，这老丐却哪里去了呢？我感到凄凉，感到孤寂。好几天心神不安。从此这个老乞丐就从我眼里消逝，永远永远地消逝了。

差不多在同时，或者稍后一点，我又遇到了另一个老乞丐，仅有一点不同之处：这是一个老太婆。她的头发还没有全白，但蓬乱如秋后的杂草。面色黧黑，满是皱纹，一点也没有老头那样的红润。她右手持一根短棍。因为她也是双目失明，棍子是用来探路的。不知为什么，她能找到施主的家门。我第一次见到她，就是在我家的二门外面。她从不在大街上叫喊，而是在门口高喊："爷爷！奶奶！可怜可怜我吧！"也许是因为，她到我们家来，从不会空手离开的，她对我们家产生了感情；所以，隔上一段时间，她总会来一次的。我们成了熟人。

据她自己说，她住在南圩子门外乱葬岗子上的一个破坟洞里。里面是否还有棺材，她没有说。反正她瞎着一双眼，即使有棺材，她也看不见。即使真有鬼，对她这个盲人也是毫无办法的。多么狰狞恐怖的形象，她也是眼不见，心不怕。这是一种什么样的日子，我今天回想起来，都有点觉得毛骨悚然。

不知道为什么，她竟然还有闲情逸致来种扁豆。她不知从哪里弄了点扁豆种子，就栽在坟洞外面的空地上，不时浇点水。到了夏天，扁豆是不会关心主人是否是盲人的，一到时候，它就开花结果。这个老乞丐把扁豆摘下来，装到一个破竹筐子里，拄上了拐棍，摸摸索索来到我家二门外面，照例地喊上几声。我连忙赶出来，看到扁豆，碧绿如翡翠，新鲜似带露，我一时吃惊得说不出话来。我当时还不到十岁，虽有感情，绝不会有现在这样复杂、曲折。我不会想象，这个老婆子怎样在什么都看不到的情况下，刨土、下种、浇水、采摘。这真是一首绝妙好诗的题目。可是限于年龄，对这一些我都木然懵然。只觉得这件事颇有点不寻常而已。扁豆并不是什么名贵的东西，然而老乞丐心中有我们一家，从她手中接过来的扁豆便非常非常不寻常了。这一点我当时朦朦胧胧似乎感觉到了，这扁豆的滋味也随之大变。在我一生中，在那以前我从没有吃过那样好吃的扁豆，在那以后也从未有过。我于是真正喜欢上了这一个老年的乞丐。

然而好景不长，这样也没有过上几年。有一年夏天，正是扁豆开花结果的时候，我天天盼望在二门外面看到那个头发蓬乱鹑衣百结的老乞丐。然而却是天天失望，我又感到凄凉，感到孤寂，又是好几天心神不宁。从此这一个老太婆同上面说的那一个老头子一样，在我眼前消逝了，永远永远地消逝了。

到了今天，时间已经过去了七十多年。我的年龄恐怕早已超过了当年这两个乞丐的年龄。不知道是为什么我又突然想起了他俩。我说不出理由。不管我表面上多么冷，我内心里是充满了炽热的感情的。但是当时我涉世未久，或者还根本不算涉世，人间沧桑，世态炎凉，我一概不懂。我的感情是幼稚而淳朴的，没有后来那一些不切实际的非常浪漫的想法。两位老丐在绝对孤寂凄凉中离开人世的情景，我想都没有想过。在当年那种社会里，人的心都是非常硬的，几乎人人都有一副铁石心肠，否则你就无法活下去。老行幼效，我那时的心，不管有多少感情，大概比现在要硬多了。唯其因为我的心硬，我才能够活到今天的耄耋之年。事情不正是这样子吗？

我现在已经走到了快让别人回忆自己的时候了。这两个老丐在我回忆中保留的时间也不会太久了。今天即使还有像我当年那样心软情富的孩子，但是人间已经换过，再也不会有那样的乞丐供他们回忆了。在我以后，恐怕再也不会出现我这样的人了。我心甘情愿地成为有这样回忆的最后一个人。

# 一条老狗

自己也不知道是什么原因，我总会不时想起一条老狗来。在过去七十年的漫长的时间内，不管我是在国内，还是在国外，不管我是在亚洲、在欧洲、在非洲，一闭眼睛，就会不时有一条老狗的影子在我眼前晃动，背景是在一个破破烂烂篱笆门前，后面是绿苇丛生的大坑，透过苇丛的疏隙处，闪亮出一片水光。

这究竟是怎么一回事呢？

无论用多么夸大的词句，也绝不能说这一条老狗是逗人喜爱的。它只不过是一条最普普通通的狗，毛色棕红，灰暗，上面沾满了碎草和泥土，在乡村群狗当中，无论如何也显不出一点特异之处，既不凶猛，又不魁梧。然而，就是这样一条不起眼儿的狗却揪住了我的心，一揪就是七十年。

因此，话必须从七十年前说起。当时我还是一个不谙世事的毛头小伙子，正在清华大学读西洋文学系二年级。能够进入清华园，是我平生最满意的事情，日子过得十分惬意。然而，好景不长。有一天，是在秋天，我忽然接到从济南家中打来的电报，只是四个字：“母病速归。”我仿佛是劈头挨了一棒，头脑昏迷了半天。我立即买好了车票，登上开往济南的火车。

我当时的处境是，我住在济南叔父家中，这里就是我的家，而我母亲却住在清平官庄的老家里。整整十四年前，我六岁的那一年，也就是1917年，我离开了故乡，也就是离开了母亲，到济南叔父处去上学。我上一辈共有十一位叔伯兄弟，而男孩却只有我一个。济南的叔父也只有一个女孩，于是，在表面上我就成了一个宝贝蛋。然而真正从心眼里爱我的只有母亲一人，别人不过是把我看成能够传宗接代的工具而已。这一层道理一个六岁的孩子是无法理解的。可是离开母亲的痛苦我却是理解得又深又透的。到了济南后第一夜，我生平第一次不在母亲怀抱里睡觉，而是孤身一个人躺在一张小床上，我无论如何也睡不着，我一直哭了半夜。这是怎么一回事呀！为什么把我弄到这里来了呢？“可怜小儿女，未解忆长安。”母亲当时的心情，我还不会去猜想。现在追忆起来，她一定会是肝肠寸断，痛哭绝不止半夜。现在，这已成了一个万古之谜，永远也不会解开了。

从此我就过上了寄人篱下的生活。我不能说，叔父和婶母不喜欢我，但是，我唯一被喜欢的资格就是，我是一个男孩。不是亲生的孩子同自己亲生的孩子感情必然有所不同，这是人之常情，用不着掩饰，更用不着美化。我在感情方面不是一个麻木的人，一些细微末节，我体会极深。常言道，没娘的孩子最痛苦。我虽有娘，却似无娘，这痛苦我感受得极深。我是多么想念我故乡里的娘呀！然而，天地间除了母亲一个人外有谁真能了解我的心情我的痛苦呢？因此，我半夜醒来一个人偷偷地在被窝里吞声饮泣的情况就越来越多了。

在整整十四年中，我总共回过三次老家。第一次是在我上小学的时候，为了奔大奶奶之丧而回家的。大奶奶并不是我的亲奶奶，但是从小就对我疼爱异常。如今她离开了我们，我必须回家，这似乎是天经地义的事情。这一次我在家只住了几天，母亲异常高兴，自在意中。第二次回家是在我上中学的时候，原因是父亲卧病。叔父亲自请假回家，看自己共过患难的亲哥哥。这次在家住的时间也不长。我每天坐着牛车，带上一包点心，到离开我们村相当远的一个大地主兼中医的村里去请他，到我家来给父亲看病，看完再用牛车送他回去。路是土路，坑洼不平，牛车走在上面，颠颠簸簸，来回两趟，要用去差不多一整天的时间，至于医疗效果如何呢？那只有天晓得了。反正父亲的病没有好，也没有变坏。叔父和我的时间都是有限的，我们只好先回济南了。过了没有多久，父亲终于走了。一叔到济南来接我回家。这是我第三次回家，同第一次一样，专为奔丧。在家里埋葬了父亲，又住了几天。现在家里只剩下了母亲和二妹两个人。家里失掉了男主人，一个妇道人家怎样过那种只有半亩地的穷日子，母亲的心情怎样，我只有十一二岁，当时是难以理解的。但是，我仍然必须离开她到济南去继续上学。在这样万般无奈的情况下，但凡母亲还有不管是多么小的力量，她也绝不会放我走的。可是，她连一丝一毫的力量也没有。她一字不识，一辈子连个名字都没有能够取上，做了一辈子“季赵氏”。到了今天，父亲一走，她怎样活下去呢？她能给我饭吃吗？不能的，绝不能的。母亲心内的痛苦和忧愁，连我都感觉到了。最后，她只能眼睁睁地看着自己最亲爱的孩子离开了自己，走了，走了。谁会知道，这是她最后一次看到自己的儿子呢？谁会知道，这也是我最后一次见到母亲呢？

回到济南以后，我由小学而初中，而初中而高中，由高中而到北京来上大学，在长达八年的过程中，我由一个混混沌沌的小孩子变成了一个青年人，知识增加了一些，对人生了解得也多了不少。对母亲当然仍然是不断想念的。但在暗中饮泣的次数少了，想的是一些切切实实的问题和办法。我梦想，再过两年，我大学一毕业，由于出身一个名牌大学，抢一只饭碗是不成问题的。到了那时候，自己手头有了钱，我将首先把母亲迎至济南。她才四十来岁，今后享福的日子多着哩。

可是我这一个奇妙如意的美梦竟被一张“母病速归”的电报打了个支离破碎。我现在坐在火车上，心惊肉跳，忐忑难安。哈姆莱特问的是 to be or not to be，我问的是母亲是病了，还是走了。我没有法子求签占卜，可我又偏想知道个究竟，我于是自己想出了一套占卜的办法。我闭上眼睛，如果一睁眼我能看到一根电线杆，那母亲就是病了；如果看不到，就是走了。当时火车速度极慢，从北京到济南要走十四五个小时。就在这样长的时间内，我闭眼又睁眼反复了不知多少次。有时能看到电线杆，则心中一喜。有时又看不到，心中则一惧。到头来也没能得出一个肯定的结果。我到了济南。

到了家中，我才知道，母亲不是病了，而是走了。这消息对我真如五雷轰顶，我昏迷了半晌，躺在床上哭了一天，水米不曾沾牙。悔恨像大毒蛇直刺入我的心窝。在长达八年的时间内，难道你就不能在任何一个暑假内抽出几天时间回家看一看母亲吗？二妹在前几年也从家乡来到了济南，家中只剩下母亲一个人，孤苦伶仃，形单影只，而且又缺吃少喝，她日子是怎么过的呀！你的良心和理智哪里去了？你连想都不想一下吗？你还能算得上是一个人吗？我痛悔自责，找不到一点能原谅自己的地方。我一度曾想到自杀，追随母亲于地下。但是，母亲还没有埋葬，不能立即实行。在极度痛苦中我胡乱诌了一副挽联：

一别竟八载，多少次倚闾怅望，眼泪和血流，迢迢玉宇，高处寒否？

为母子一场，只留得面影迷离，入梦浑难辨，茫茫苍天，此恨曷极！

对仗谈不上，只不过想聊表我的心情而已。

叔父婶母看着苗头不对，怕真出现什么问题，派马家二舅陪我还乡奔丧。到了家里，母亲已经成殓，棺材就停放在屋子中间。只隔一层薄薄的棺材板，我竟不能再见母亲一面，我与她竟是人天悬隔矣。我此时如万箭钻心，痛苦难忍，想一头撞死在母亲棺材上，被别人死力拽住，昏迷了半天，才醒转过来。抬头看屋中的情况，真正是家徒四壁，除了几只破椅子和一只破箱子以外，什么都没有。在这样的环境中，母亲这八年的日子是怎样过的，不是一清二楚了吗？我又不禁悲从中来，痛哭了一场。

现在家中已经没了女主人，也就是说，没有了任何人。白天我到村内二大爷家里去吃饭，讨论母亲的安葬事宜。晚上则由二大爷亲自送我回家。那时村里不但没有电灯，连煤油灯也没有。家家都点豆油灯，用棉花条搓成灯捻，只不过是有点微弱的亮光而已。有人劝我，晚上就睡在二大爷家里，我执意不肯。让我再陪母亲住上几天吧。在茫茫百年中，我在母亲身边只住过六年多，现在仅仅剩下了几天，再不陪就真正抱恨终天了。于是，二大爷就亲自提一个小灯笼送我回家。此时，万籁俱寂，宇宙笼罩在一片黑暗中，只有天上的星星在眨眼，仿佛闪出一丝光芒。全村没有一点亮光，没有一点声音。透过大坑里芦苇的疏隙闪出一点水光。走近破篱笆门时，门旁地上有一团黑东西，细看才知道是一条老狗，静静地卧在那里。狗们有没有思想，我说不准，但感情的确是有的。这一条老狗几天来大概是陷入困惑中，天天喂我的女主人怎么忽然不见了？它白天到村里什么地方偷一点东西吃，立即回到家里来，静静地卧在篱笆门旁。见了我这个小伙子，它似乎感到我也是这家的主人，同女主人有点什么关系，因此见到了我并不咬我，有时候还摇摇尾巴，表示亲昵。那一天晚上我看到的就是这一条老狗。

我孤身一个人走进屋内，屋中停放着母亲的棺材。我躺在里面一间屋子里的大土炕上，炕上到处是跳蚤，它们勇猛地向我发动进攻。我本来就毫无睡意，跳蚤的干扰更加使我难以入睡了。我此时孤身一人陪伴着一具棺材。我是不是害怕呢？不，一点也不。虽然是可怕的棺材，但里面躺的人却是我的母亲。她永远爱她的儿子，是人，是鬼，都绝不会改变的。

正在这时候，在黑暗中外面走进来一个人，听声音是对门的宁大叔。在母亲生前，他帮助母亲种地，干一些重活，我对他真是感激不尽。他一进屋就高声说：“你娘叫你哩！”我大吃一惊：母亲怎么会叫我呢？原来宁大婶撞客了，撞着的正是我母亲。我赶快起身，走到宁家。在平时这种事情我是绝对不会相信的。此时我却是心慌意乱了。只听从宁大婶嘴里叫了一声：“喜子呀！娘想你啊！”我虽然头脑清醒，然而却泪流满面。娘的声音，我八年没有听到了。这一次如果是从母亲嘴里说出来的，那有多好啊！然而却是从宁大婶嘴里，但是听上去确实像母亲当年的声音。我信呢，还是不信呢，你不信能行吗？我糊里糊涂地如醉似痴地走了回来。在篱笆门口，地上黑黢黢的一团，是那一条忠诚的老狗。

我又躺在炕上，无论如何也睡不着了，两只眼睛望着黑暗，仿佛能感到自己的眼睛在发亮。我想了很多很多，八年来从来没有想到的事，现在全想到了。父亲死了以后，济南的经济资助几乎完全断绝，母亲就靠那半亩地维持生活，她能吃得饱吗？她一定是天天夜里躺在我现在躺的这一个土炕上想她的儿子，然而儿子却音信全无。她不识字，我写信也无用。听说她曾对人说过："如果我知道一去不回头的话，我无论如何也不会放他走的！"这一点我为什么过去一点也没有想到过呢？古人说："树欲静而风不止，子欲养而亲不待。"现在这两句话正应在我的身上，我亲自感受到了。然而晚了，晚了，逝去的时光不能再追回了！"长夜漫漫何时旦？"我盼天赶快亮。然而，我立刻又想到，我只是一次度过这样痛苦的漫漫长夜，母亲却度过了将近三千次。这是多么可怕的一段时间啊！在长夜中，全村没有一点灯光，没有一点声音，黑暗仿佛凝结成为固体，只有一个人还瞪大了眼睛在玄想，想的是自己的儿子。伴随她的寂寥的只有一个动物，就是篱笆门外静卧的那一条老狗。想到这里，我无论如何也不敢再想下去了；如果再想下去的话，我不知道会出现什么样的情况。

母亲的丧事处理完，又是我离开故乡的时候了。临离开那一座破房子时，我一眼就看到那一条老狗仍然忠诚地趴在篱笆门口，见了我，它似乎预感到我要离开了，它站了起来，走到我跟前，在我腿上擦来擦去，对着我尾巴直摇。我一下子泪流满面，我知道这是我们的永别，我俯下身，抱住了它的头，亲了一口。我很想把它抱回济南，但那是绝对办不到的。我只好一步三回首地离开了那里，眼泪向肚子里流。

到现在这一幕已经过去了七十年。我总是不时想到这一条老狗。女主人没了，少主人也离开了，它每天到村内找点东西吃，究竟能够找多久呢？我相信，它绝不会离开那个篱笆门口的，它会永远趴在那里的，尽管脑袋里也会充满了疑问。它究竟趴了多久，我不知道，也许最终是饿死的。我相信，就是饿死，它也会死在那个破篱笆门口，后面是大坑里透过苇丛闪出来的水光。

我从来不信什么轮回转生，但是，我现在宁愿信上一次。我已经九十岁了，来日苦短了。等到我离开这个世界以后，我会在天上或者地下什么地方与母亲相会，趴在她脚下的仍然是这一条老狗。

# 老猫

老猫虎子蜷曲在玻璃窗外窗台上一个角落里，缩着脖子，眯着眼睛，浑身一片寂寞、凄清、孤独、无助的神情。

外面正下着小雨，雨丝一缕一缕地向下飘落，像是珍珠帘子。时令虽已是初秋，但是隔着雨帘，还能看到紧靠窗子的小土山上丛草依然碧绿，毫无要变黄的样子。在万绿丛中赫然露出一朵鲜艳的红花。古诗“万绿丛中一点红”，大概就是这般光景吧。这一朵小花如火似燃，照亮了浑茫的雨天。

我从小就喜爱小动物。同小动物在一起，别有一番滋味。它们天真无邪，率性而行；有吃抢吃，有喝抢喝；不会说谎，不会推诿；受到惩罚，忍痛挨打；一转眼间，照偷不误。同它们在一起，我心里感到怡然，坦然，安然，欣然；不像同人在一起那样，应对进退、谨小慎微，斟酌词句、保持距离，感到异常的别扭。

十四年前，我养的第一只猫，就是这个虎子。刚到我家来的时候，比老鼠大不了多少。蜷曲在窄狭的室内窗台上，活动的空间好像富富有余。它并没有什么特点，仅是一只最平常的狸猫，身上有虎皮斑纹，颜色不黑不黄，并不美观。但是异于常猫的地方也有，它有两只炯炯有神的眼睛，两眼一睁，还真虎虎有虎气，因此起名叫虎子。它脾气也确实暴烈如虎。它从来不怕任何人。谁要想打它，不管是用鸡毛掸子，还是用竹竿，它从不回避，而是向前进攻，声色俱厉。得罪过它的人，它永世不忘。我的外孙打过一次，从此结仇。只要他到我家来，隔着玻璃窗子，一见人影，它就做好准备，向前进攻，爪牙并举，吼声震耳。他没有办法，在家中走动，都要手持竹竿，以防万一，否则寸步难行。有一次，一位老同志来看我，他显然是非常喜欢猫的。一见虎子，嘴里连声说着："我身上有猫味，猫不会咬我的。"他伸手想去抚摩它，可万万没有想到，我们虎子不懂什么猫味，回头就是一口。这位老同志大惊失色。总之，到了后来，虎子无人不咬，只有我们家三个主人除外，它的"咬声"颇能耸人听闻了。

但是，要说这就是虎子的全面，那也是不正确的。除了暴烈咬人以外，它还有另外一面，这就是温柔敦厚的一面。我举一个小例子。虎子来我们家以后的第三年，我又要了一只小猫。这是一只混种的波斯猫，浑身雪白，毛很长，但在额头上有一小片黑黄相间的花纹。我们家人管这只猫叫洋猫，起名咪咪；虎子则被尊为土猫。这只猫的脾气同虎子完全相反：

胆小、怕人，从来没有咬过人。只有在外面跑的时候，才露出一点儿野性。它只要有机会溜出大门，但见它长毛尾巴一摆，像一溜烟似的立即蹿入小山的树丛中，半天不回家。这两只猫并没有血缘关系。但是，不知道是由于什么原因，一进门，虎子就把咪咪看作是自己的亲生女儿。它自己本来没有什么奶，却坚决要给咪咪喂奶，把咪咪搂在怀里，让它咂自己的干奶头，它眯着眼睛，仿佛在享着天福。我在吃饭的时候，有时丢点儿鸡骨头、鱼刺，这等于猫们的燕窝、鱼翅。但是，虎子却只蹲在旁边，瞅着咪咪一只猫吃，从来不同它争食。有时还"咪噢"上两声，好像是在说："吃吧，孩子！安安静静地吃吧！"有时候，不管是春夏还是秋冬，虎子会从西边的小山上逮一些小动物，麻雀、蚱蜢、蝉、蛐蛐之类，用嘴叼着，蹲在家门口，嘴里发出一种怪声。这是猫语，屋里的咪咪，不管是睡还是醒，耸耳一听，立即跑到门后，馋涎欲滴，等着吃母亲带来的佳肴，大快朵颐。我们家人看到这样母子亲爱的情景，都由衷地感动，一致把虎子称作"义猫"。有一年，小咪咪生了两个小猫。大概是初做母亲，没有经验，正如我们圣人所说的那样："未有学养子而后嫁者也。"人们能很快学会，而猫们则不行。咪咪丢下小猫不管，虎子却大忙特忙起来，觉不睡，饭不吃，日日夜夜把小猫搂在怀里。但小猫是要吃奶的，而奶正是虎子所缺的。于是小猫暴躁不安，虎子眉头一皱，计上心来，叼起小猫，到处追着咪咪，要它给小猫喂奶。还真像一个姥姥样子，但是小咪咪并不领情，依旧不给小猫喂奶。有几天的时间，虎子不吃不喝，瞪着两只闪闪发光的眼睛，嘴里叼着小猫，从这屋赶到那屋；一转眼又赶了回来。小猫大概真是受不了啦，便辞别了这个世界。

我看了这一出猫家庭里的悲剧又是喜剧，实在是爱莫能助，惋惜了很久。

我同虎子和咪咪都有深厚的感情。每天晚上，它们俩抢着到我床上去睡觉。在冬天，我在棉被上面特别铺上了一块布，供它们躺卧。我有时候半夜里醒来，神志一清醒，觉得有什么东西重重地压在我身上，一股暖气仿佛透过了两层棉被，扑到我的双腿上。我知道，小猫睡得正香，即使我的双腿由于僵卧时间过久，又酸又痛，但我总是强忍着，绝不动一动双腿，免得惊了小猫的轻梦。它此时也许正梦着捉住了一只耗子。只要我的腿一动，它这耗子就吃不成了，岂非大煞风景吗？

这样过了几年，小咪咪大概有八九岁了。虎子比它大三岁，十一二岁的光景，依然威风凛凛，脾气暴烈如故，见人就咬，大有死不改悔的神气。而小咪咪则出我意料地露出了下世的光景，常常到处小便，桌子上，椅子上，沙发上，无处不便。如果到医院里去检查的话，大夫在列举的病情中一定会有一条的：小便失禁。最让我心烦的是，它偏偏看上了我桌子上的稿纸。我正写着什么文章，然而它却根本不管这一套，跳上去，屁股往下一蹲，一泡猫尿流在上面，还闪着微弱的光。

说我不急，那不是真的。我心里真急，但是，我谨遵我的一条戒律：绝不打小猫一掌，在任何情况之下，也不打它。此时，我赶快把稿纸拿起来，抖掉了上面的猫尿，等它自己干。心里又好气，又好笑，真是哭笑不得。家人对我的嘲笑，我置若罔闻，“全等秋风过耳边”。

我不信任何宗教，也不皈依任何神灵。但是，此时我却有点儿想迷信一下。我期望会有奇迹出现，让咪咪的病情好转。可世界上是没有什么奇迹的，咪咪的病一天一天地严重起来。它不想回家，喜欢在房外荷塘边上石头缝里待着，或者藏在小山的树木丛里。它再也不在夜里睡在我的被子上了。每当我半夜里醒来，觉得棉被上轻飘飘的，我惘然若有所失，甚至有点儿悲伤了。我每天凌晨起来，第一件事情就是拿着手电到房外塘边山上去找咪咪。它浑身雪白，是很容易找到的。在薄暗中，我眼前白白地一闪，我就知道是咪咪。见了我，“咪噢”一声，起身向我走来。我把它抱回家，给它东西吃，它似乎根本没有口味。我看了直想流泪。有一次，我拖着疲惫的身子，走几里路，到海淀的肉店里去买猪肝和牛肉。拿回来，喂给咪咪，它一闻，似乎有点儿想吃的样子，但肉一沾唇，它立即又把头缩回去，闭上眼睛，不闻不问了。

有一天傍晚，我看咪咪神情很不妙，我预感要发生什么事情。我唤它，它不肯进屋。我把它抱到篱笆以内，窗台下面。我端来两只碗，一只盛吃的，一只盛水。我拍了拍它的脑袋，它偎依着我，“咪噢”叫了两声，便闭上了眼睛。我放心进屋睡觉。第二天凌晨，我一睁眼，三步并作一步，手里拿着手电，到外面去看。哎呀不好！两碗全在，猫影顿杳。我心里非常难过，说不出是什么滋味。我手持手电找遍了塘边，山上，树后，草丛，深沟，石缝。有时候，眼前白光一闪。“是咪咪！”我狂喜。走近一看，是一张白纸。我嗒然若丧，心头仿佛被挖掉了点儿什么。“屋前屋后搜之遍，几处茫茫皆不见。”从此我就失掉了咪咪，它从我的生命中消逝了，永远永远地消逝了。我简直像是失掉了一个好友，一个亲人。至今回想起来，我内心里还颤抖不止。

在我心情最沉重的时候，有一些通达世事的好心人告诉我，猫们有一种特殊的本领，能知道自己什么时候寿终。到了此时此刻，它们绝不待在主人家里，让主人看到死猫，感到心烦，或感到悲伤。它们总是逃了出去，到一个最僻静、最难找的角落里，地沟里，山洞里，树丛里，等候最后时刻的到来。因此，养猫的人大都在家里看不见死猫的尸体。只要自己的猫老了，病了，出去几天不回来，他们就知道，它已经离开了人世，不让举行遗体告别的仪式，永远永远不再回来了。

我听了以后，憬然若有所悟。我不是哲学家，也不是宗教家，但却读过不少哲学家和宗教家谈论生死大事的文章。这些文章多半有非常精辟的见解，闪耀着智慧的光芒，我也想努力从中学习一些有关生死的真理。结果却是毫无所得。那些文章中，除了说教以外，几乎没有什么有用的东西。大半都是老生常谈，不能解决什么实际问题，没能给我留下深刻的印象。现在看来，倒是猫们临终时的所作所为，即使仅仅是出于本能吧，却给了我很大的启发。人们难道就不应该向猫们学习这一点经验吗？有生必有死，这是自然规律，谁都逃不过。中国历史上的赫赫有名的人物，秦皇、汉武，还有唐宗，想方设法，千方百计，想求得长生不老。到头来仍然是竹篮子打水一场空，只落得黄土一抔，“西风残照汉家陵阙”。我辈平民百姓又何必煞费苦心呢？

一个人早死几个小时，或者晚死几个小时，甚至几天，实在是无所谓的小事，绝影响不了地球的转动，社会的前进。再退一步想，现在有些思想开明的人士，不想长生不老，不想在大地上再留黄土一抔，甚至开明到不要遗体告别，不要开追悼会。但是仍会给后人留下一些麻烦：登报，发讣告，还要打电话四处通知，总得忙上一阵。何不学一学猫们呢？它们这样处理生死大事，干得何等干净利索呀！一点儿痕迹也不留，走了，走了，永远地走了，让这花花世界的人们不见猫尸，用不着落泪，照旧做着花花世界的梦。

我忽然联想到我多次看过的敦煌壁画上的西方净土变。所谓“净土”，指的就是我们常说的天堂、乐园，是许多宗教信徒烧香念佛，查经祷告，甚至实行苦行，折磨自己，梦寐以求想到达的地方。据说在那里可以享受天福，得到人世间万万得不到的快乐。我看了壁画上画的房子、街道、树木、花草，以及大人、小孩，林林总总，觉得十分热闹。可我觉得没有什么出奇之处。只有一件事给我留下了永不磨灭的印象，那就是，那里的人们都是笑口常开，没有一个人愁眉苦脸，他们的日子大概过得都很惬意。不像在我们人间有这样许多不如意的事情，有时候办点儿事，还要找后门，钻空子。在他们的商店里——净土里面还实行市场经济吗？他们还用得着商店吗？——售货员大概都很和气，不给人白眼，不训斥“上帝”，不扎堆闲侃，不给人钉子碰。这样的天堂乐园，我也真是心向往之的。但是给我印象最深，使我最为吃惊或者羡慕的还是他们对待要死的人的态度。

那里的人，大概同人世间的猫们差不多，能预先知道自己寿终的时刻。到了此时，要死的老嬷嬷或者老头，健步如飞地走在前面，身后簇拥着自己的子子孙孙、至亲好友，个个喜笑颜开，全无悲戚的神态，仿佛是去参加什么喜事一般，一直把老人送进坟墓。后事如何，壁画不是电影，是不能动的。然而画到这个程序，以后的事尽在不言中。如果一定要画上填土封坟，反而似乎是多此一举了。我觉得，净土中的人们给我们人类争了光。他们这一手比猫们又漂亮多了。知道必死，而又兴高采烈，多么豁达！多么聪明！猫们能做得到吗？这证明，净土里的人们真正参透了人生奥秘，真正参透了自然规律。人为万物之灵，他们为我们人类在同猫们对比之下真真增了光！真不愧是净土！

上面我胡思乱想得太远了，还是回到我们人世间来吧。我坦白承认，我对人生的奥秘参透得还不够，我对自然规律参透得也还不够。我仍然十分怀念我的咪咪。我心里仿佛有一个空白，非填起来不行。我一定要找一只同咪咪一模一样的白色波斯猫。后来果然朋友又送来了一只，浑身长毛，洁白如雪，两只眼睛全是绿的，亮晶晶像两块绿宝石。为了纪念死去的咪咪，我仍然为它命名“咪咪”，见了它，就像见到老咪咪一样。过了大约又有一年的光景，友人又送了我一只据说是纯种的波斯猫，两只眼睛颜色不同，一黄一蓝。在太阳光下，黄的特别黄，蓝的特别蓝，像两颗黄蓝宝石，闪闪发光，竞妍争艳。这只猫特别调皮，简直是胆大无边，然而也因此就更特别可爱。这一下子又忙坏了虎子，它认为这两只小猫都是自己的亲生女儿，硬逼着它们吮吸自己那干瘪的奶头。只要它走出去，不知在什么地方弄到了小鸟、蚱蜢之类，就带回家来，给两只小猫吃。好久没有听到的“咪噢”唤小猫的声音，现在又听到了。我心里漾起了一丝丝甜意。这大大地减轻了我对老咪咪的怀念。

可是岁月不饶人，也不会饶猫的。这一只“土猫”虎子已经活到十四岁。据通达世情的人们说，猫的十四岁，就等于人的八九十岁。这样一来，我自己不是成了虎子的同龄“人”了吗？这个虎子却也真怪。有时候，颇现出一些老相。两只炯炯有神的眼睛里忽然被一层薄膜蒙了起来；嘴里流出了哈喇子，胡子上都沾得亮晶晶的；不大想往屋里来，日日夜夜趴在阳台上蜂窝煤堆上，不吃，不喝。我有了老咪咪的经验，知道它快不行了。我也跑到海淀，去买来牛肉和猪肝，想让它不要饿着肚子离开这个世界。我随时准备着：第二天早晨一睁眼，虎子不见了。结果虎子并没有这样干。我天天凌晨第一件事就是来看虎子；隔着窗子，依然黑乎乎的一团，卧在那里。我心里感到安慰。有时候，它也起来走动了。我在本文开头时写的就是去年深秋一个下雨天我隔窗看到的虎子的情况。

到了今天，半年又过去了。虎子不但没有走，而且顽健胜昔，仍然是天天出去。有时候在晚上，窗外的布帘子的一角蓦地被掀了起来，一个丑角似的三花脸一闪。我便知道，这是虎子回来了，连忙开门，放它进来。大概同某一些老年人一样——不是所有的老年人——到了暮年就改恶向善，虎子的脾气大大地改变了。几乎再也不咬人了。我早晨摸黑起床，写作看书累了，常常到门外湖边山下去走一走。此时，我冷不防脚下忽然踢着了一团软乎乎的东西。这是虎子。它在夜里不知道在什么地方待了一夜，现在看到了我，一下子蹿了出来，用身子蹭我的腿，在我身前和身后转悠。它跟着我，亦步亦趋，我走到哪里，它就跟到哪里，寸步不离。我有时故意爬上小山，以为它不会跟来了，然而一回头，虎子正跟在身后。猫是从来不跟人散步的，只有狗才这样干。有时候碰到过路的人，他们见了这情景，都大为吃惊。“你看猫跟着主人散步哩！”他们说，露出满脸惊奇的神色。最近一个时期，虎子似乎更精力旺盛了，它返老还童了。有时候竟带一个它重孙辈的小公猫到我们家阳台上来。“今夜我们相识。”虎子用不着介绍就相识了。看样子，虎子一去不复返的日子遥遥无期了。我成了拥有三只猫的家庭的主人。

我养了十几年猫，前后共有四只。猫们向人们学习什么，我不通猫语，无法询问。我作为一个人却确实向猫学习了一些有用的东西。上面讲过的对处理死亡的办法，就是一个例子。我自己毕竟年纪已经很大了，常常想到死的问题。鲁迅五十多岁就想到了，我真是瞠乎后矣。人生必有死，这是无法抗御的。而且我还认为，死也是好事情。如果世界上的人都不死，连我们的轩辕老祖和孔老夫子今天依然峨冠博带，坐着奔驰车，到天安门去遛弯儿，你想人类世界会成一个什么样子！人是百代的过客，总是要走过去的，这绝不会影响地球的转动和人类社会的进步。每一代人都只是一场没有终点的长途接力赛的一环。前不见古人，后不见来者，是宇宙常规。人老了要死，像在净土里那样，应该算是一件喜事。老人跑完了自己的一棒，把棒交给后人，自己要休息了，这是正常的。不管快慢，他们总算跑完了一棒，总算对人类的进步做出了贡献，总算尽上了自己的天职。年老了要退休，这是身体精神状况所决定的，不是哪个人能改变的。老人们会不会感到寂寞呢？我认为，会的。但是我却觉得，这寂寞是顺乎自然的，从伦理的高度来看，甚至是应该的。

我始终主张，老年人应该为青年人活着，而不是相反。青年人有接力棒在手，世界是他们的，未来是他们的，希望是他们的。吾辈老年人的天职是尽上自己仅存的精力，帮助他们前进，必要时要躺在地上，让他们踏着自己的躯体前进，前进。如果由于害怕寂寞而学习《红楼梦》里的贾母，让一家人都围着自己转，这不但是办不到的，而且从人类前途利益来看是犯罪的行为。我说这些话，也许有人怀疑，我是不是碰到了什么不如意的事，才说出这样令某些人骇怪的话来。不，不，绝不。我现在身体顽健，家庭和睦，在社会上广有朋友，每天照样读书、写作、会客、开会不辍。我没有不如意的事情，也没有感到寂寞。不过自己毕竟已逾耄耋之年，面前的路有限了，不免有时候胡思乱想。而且，我同猫们相处久了，觉得它们有些东西确实值得我们学习，我们这些万物之灵应该屈尊一下，学习学习。即使只学到猫们处理死亡大事这一手，我们社会上会减少多少麻烦呀！

“那么，你是不是准备学习呢？”我仿佛听到有人这样质问了。是的，我心里是想学习的。不过也还有些困难。我没有猫的本能，我不知道自己的大限何时来到。而且我还有点儿担心。如果我真正学习了猫，有一天忽然偷偷地溜出了家门，到一个旮旯里、树丛里、山洞里、河沟里，一头钻进去，藏了起来，这样一来，我们人类社会可不像猫社会那样平静，有些人必然认为这是特大新闻，指手画脚，啧啧喳喳。如果是在旧社会里或者在今天的香港等地的话，这必将成为头版头条的爆炸性新闻，不亚于当年的杨乃武和小白菜。我的亲属和朋友也必将派人出去寻找，派的人也许比寻找彭加木的人还要多。这是多么可怕的事呀！因此我就迟疑起来。至于最后究竟何去何从？我正在考虑、推敲、研究。

# 喜鹊窝

我是乡下人。小时候在乡下住过几年。乡下，树多，鸟多，树上的鸟窝多。秋冬之际，树上的叶子落光，抬头就能看到高树顶上的许多鸟窝，宛如一个个的黑色蘑菇。

但是，我同许多乡下人一样，对鸟并不特别感兴趣。我感兴趣的是昆虫中的知了（我们那里读如 jie lie，也就是蝉），在水族中是虾。夏天晚上，在场院里乘凉，在大柳树下，用麦秸点上一把火。赤脚爬上树去，用力一摇晃，知了便像雨点似的纷纷落下。如果嫌热，就跳到苇坑里，在苇丛中伸手一摸，就能摸到一些个儿不小的虾，带着双夹，齐白石画的就是这一种虾。

鸟却不能带给我这样的快乐，我有时甚至还感到厌烦。麻雀整天喳喳乱叫，还偷吃庄稼。乌鸦穿一身黑色的晚礼服，名声一向不好，乡下人总把它同死亡联系起来，“哇！哇！”两声，叫得人身上起鸡皮疙瘩。只有喜鹊沾了“喜”字的光，至少不引起人们的反感。那时候，乡下人饿着肚皮，又不是诗人，哪里会有什么闲情雅兴来欣赏鸟的鸣声呢？连喜鹊“喳，喳”的叫声也不例外。我虽然只有几岁，乡下人的偏见我都具备。只有一件事现在回想起来还能聊以自慰：我从来没有爬上树去掏喜鹊的窝。

后来我到了城里，变成了城里人。初到的时候，我简直像是进入迷宫。这么多人，这么多车，这么多商店，这么多大街小巷。我吃惊得目瞪口呆。有一年，母亲在乡下去世了，我回家奔丧。小时候的大娘、大婶见了我就问：

“寻（读若 xin）了媳妇没有？”

这问题好回答。我敬谨答曰：

“寻了。”

“是一个庄上的吗？”

我一时语塞，知道乡下人没有进过城，他们不知道城里不是村庄。想解释一下。又怕三言两语说不清楚，最终还是弄一个“丈二和尚，摸不着头脑”。我一时灵机一动，采用了鲁迅先生的办法，含混答曰：

“唔！唔！”

谁也不知道“唔，唔”是什么意思。妙就妙在谁也不知道是什么意思。乡下的大娘、大婶不是哲学家，不懂什么逻辑思维，她们不“打破砂锅问到底”。我的口试就算及了格。

这一件小事虽小，它却充分说明了乡下人和城里人的思维和情趣是多么不同。回头再谈鸟儿。城里不是鸟的天堂。除了麻雀以外，别的鸟很少见到。常言道：物以稀为贵。于是城里的鸟就“贵”起来了，城里一些人对鸟也就有了感情。如果碰巧能看到高树顶端上的鸟窝，那简直是一件稀罕事儿。小孩子会在树下面拍手欢跳。

中国古代的诗人，虽然有的出生在乡下，但是科举，当官一定是在城里。既然是诗人，感情定是十分细腻。这种细腻表现在方方面面，也表现在对鸟，特别是对鸟鸣的喜爱上。这样的诗句，用不着去查书，一回想就能够想到一大堆。“鸟鸣山更幽”“月出惊山鸟，时鸣春涧中”“两个黄鹂鸣翠柳，一行白鹭上青天”“荡胸生层云，决眦入归鸟”“人归山郭暗，雁下芦洲白”“微雨霭芳原，春鸠鸣何处”“空山百鸟散还合，万里浮云阴且晴。嘶酸雏雁失群夜，断绝胡儿恋母声。川为静其波，鸟亦罢其鸣”，等等，用不着再多举了。中国古代诗人对鸟和鸟鸣感情之深概可想见了。

只有陶渊明的一句诗，我觉得有点怪。“狗吠深巷中，鸡鸣桑树巅”。鸡飞上树去高声鸣叫，我确实没有见过。“鸡鸣桑树巅”，这一句话颇为突兀。难道晋朝江西的鸡真有飞到桑树顶上去高叫的脾气吗？

不管怎样，中国古代诗人对鸟及其鸣声特别敏感，已是一个彰明昭著的事实。再看一看西方文学，不能不感到其间的差别。西方诗歌中，除了云雀和夜莺外，其他的鸟及其鸣声似乎很少受诗人的垂青。这里面是否也含有很深的审美情趣的差别呢？是否也含有东西方诗人，再扩而大之是一般人之间对大自然的关系的差别呢？姑妄言之。

我绕弯子说了半天，无非是想说中国的城里人对鸟比较有感情而已。我这个由乡下人变为城里人的人，也逐渐爱起鸟来。可惜我半辈子始终是在大城市里转，在中国是如此，在德国和瑞士仍然是如此。空有爱鸟之心，爱的对象却难找到，在心灵深处难免感到惆怅。

一直到四十多年前，我四十多岁了，才从沙滩——真像是一片沙漠——搬到风光旖旎林木蓊郁的燕园里来。这里虽处城市，却似乡村，真正是鸟的天堂。我又能看到鸟了；不是一只，而是成群；不是一种，而是多种；不但看到它们飞，而且听到它们叫；不但看到它们在草地上蹦跳，而且看到高树顶上搭窝。我真是顾而乐之，多年干涸的心灵似乎又注入了一股清泉。

在众多的鸟中，给我印象最深、我最喜爱的还是喜鹊。在我住的楼前，沿着湖畔，有一排高大的垂柳，在马路对面则是一排高耸入云的杨树。楼西和楼后，小山下面，有几棵高大的榆树，小山上有一棵至少有六七百年的古松。可以说我们的楼是处在绿色丛中。我原住在西门洞的二楼上，书房面西，正对着那几棵榆树。一到春天，喜鹊和其他鸟的叫声不停。喜鹊不知道是通过什么方式，大概是既无父母之命，也没有媒妁之言，自由恋爱，结成了情侣，情侣不停地在群树之间穿梭飞行，嘴里往往叼着小树枝，想到什么地方去搭窝。我天天早上最大的乐趣就是看喜鹊们箭似的飞翔，喳喳地欢叫，往往能看上、听上半天。

有一天，完全出我的意料，然而又合乎我的心愿，窗外大榆树上有一团黑色的东西，我豁然开朗：这是喜鹊在搭窝。我现在不用出门就能够看到喜鹊窝了，乐何如之。从此我的眼睛和耳朵完全集中到这一对喜鹊和它们的窝上，其他的鸟鸣声仿佛都不存在了。每次我看书写作疲倦了，就向窗外看一看。一看到喜鹊窝就像郑板桥看到白银那样，“心花怒放，书画皆佳”。我的灵感风起云涌，连记忆力都仿佛是变了样子，大有过目不忘之概了。

光阴流转，转瞬已是春末夏初。窝里的喜鹊小宝宝看样子已经成长起来了。每当刮风下雨，我心里就揪成一团，我很怕它们的窝经受不住风吹雨打。当我看到，不管风多么狂，雨多么骤，那一个黑蘑菇似的窝仍然固若金汤，我的心就放下了。我幻想，此时喜鹊妈妈和喜鹊爸爸正在窝里伸开了翅膀，把小宝宝遮盖得严严实实，喜鹊一家正在做着甜美的梦，梦到燕园风和日丽；梦到燕园花团锦簇；梦到小虫子和小蚱蜢自己飞到窝里来，小宝宝食用不尽；梦到湖光塔影忽然移到了大榆树下面……

这一切原本都是幻影，然而我却泪眼模糊，再也无法幻想下去了。我从小失去了慈母，失去了母爱。一个失去了母爱的人，必然是一个心灵不完整或不正常的人。在七八十年的漫长时期中，不管是什么时候，也不管我是在什么地方，只要提到了失去母爱，失去母亲，我必然立即泪水盈眶。对人是如此，对鸟兽也是如此。中国古人常说“终天之恨”，我这真正是“终天之恨”了，这个恨只能等我离开人世才能消泯，这是无可怀疑的了。中国古诗说：“劝君莫打三春鸟，子在巢中待母归。”真是蔼然仁者之言，我每次暗诵，都会感到心灵震撼的。

但是，天有不测风云，“鸟有旦夕祸福”。正当我为这一家幸福的喜鹊感到幸福而自我陶醉的时候，祸事发生了。一天早上，我坐在书桌前，真是无巧不成书，我一抬头正看到一个小男孩赤脚爬上了那一棵榆树，伸手从喜鹊窝里把喜鹊宝宝掏了出来。掏了几只，我没有看清，不敢瞎说。总之是掏走了。只看这一个小男孩像猿猴一般，转瞬跳下树来，前后也不过几分钟，手里抓着小喜鹊，消逝得无影无踪了。我很想下楼去干预一下，但是一想到在浩劫中我头上戴的那一摞可怕的沉重的帽子，都还在似摘未摘之间，我只能规规矩矩，不敢乱说乱动。如果那一个小男孩是工人的孩子，那岂不成了“阶级报复”了吗！我吃了老虎心、豹子胆，也不敢动一动呀。我只有伏在桌上，暗自啜泣。

完了，完了，一切全完了。喜鹊的美梦消失了，我的美梦也消失了。我从此抑郁不乐，甚至不敢再抬头看窗外的大榆树。喜鹊妈妈和喜鹊爸爸的心情我不得而知。它们痛失爱子，至少也不会比我更好过。一连好几天，我听到窗外这一对喜鹊喳喳哀鸣，绕树千匝，无枝可依。我不忍再抬头看它们。不知什么时候，这一对喜鹊不见了。它们大概是怀着一颗破碎的心，飞到什么地方另起炉灶去了。过了一两年，大榆树上的那一个喜鹊窝，也由于没加维修，鹊去窝空，被风吹得无影无踪了。

我却还并没有死心，那一棵大榆树不行了，我就寄希望于其他树木。喜鹊们选择搭窝的树，不知道是根据什么标准。根据我这个人的标准，我觉得，楼前，楼后，楼左，楼右，许多高大的树都合乎搭窝的标准。我于是就盼望起来，年年盼，月月盼，盼星星，盼月亮，盼得双眼发红光。一到春天，我出门，首先抬头往树上瞧，枝头光秃秃的，什么东西也没有。我有时候真有点发急，甚至有点发狂，我想用眼睛看出一个喜鹊窝来。然而这一切都白搭，都徒然。

今年春天，也就是现在，我走出楼门，偶尔一抬头，我在上面讲的那一棵大榆树上，在光秃秃的枝干中间，又看到一团黑乎乎的东西。连年来我老眼昏花，对眼睛已经失去了自信力，我在惊喜之余，连忙擦了擦眼，又使劲瞪大了眼睛，我明白无误地看到了：是一个新搭成的喜鹊窝。我的高兴是任何语言文字都无法形容的。然而福不单至。过了不久，临湖的一棵高大的垂柳顶上，一对喜鹊又在忙忙碌碌地飞上飞下，嘴里叼着小树枝，正在搭一个窝。这一次的惊喜又远远超过了上一回。难道我今生的华盖运真已经交过了吗？

当年爬树掏喜鹊窝的那一个小男孩，现在早已长成大人了吧。他或许已经留了洋，或者下了海，或者成了“大款”。此事他也许早已忘记了。我潜心默祷，希望不要再出这样一个孩子，希望这两个喜鹊窝能够存在下去，希望在燕园里千百棵大树上都能有这样黑蘑菇似的喜鹊窝，希望在这里，在全中国，在全世界，人与鸟都能和睦融洽像一家人一样生活下去，希望人与鸟共同造成一个和谐的宇宙。

# 月是故乡明

每个人都有个故乡，人人的故乡都有个月亮，人人都爱自己故乡的月亮。事情大概就是这个样子。

但是，如果只有孤零零一个月亮，未免显得有点孤单。因此，在中国古代诗文中，月亮总有什么东西当陪衬，最多的是山和水，什么“山高月小”“三潭印月”，等等，不可胜数。

我的故乡在山东西北部大平原上。我小时候从来没有见过山，也不知山为何物。我曾幻想，山大概是一个圆而粗的柱子吧，顶天立地，好不威风，以后到了济南，才见到山，恍然大悟：山原来是这个样子呀。因此我在故乡里望月，从来不同山联系。像苏东坡说的“月出于东山之上，徘徊于斗牛之间”，完全是我无法想象的。

至于水，我故乡小村却大大地有。几个大苇坑占了小村面积一多半。在我这个小孩子眼中，虽不能像洞庭湖“八月湖水平”那样有气派，但也颇有一点烟波浩渺之势。到夏天黄昏以后，我在坑边场院里躺在地上，数天上的星星。有时候在古柳下面点起篝火，然后上树一摇，成群的知了飞落下来。比白天用嚼烂的麦粒去粘要容易得多。我天天晚上乐此不疲，天天盼望黄昏早早来临。

到了更晚的时候，我走到坑边，抬头看到晴空一轮明月，清光四溢，与水里的那个月亮相映成趣。我当时虽然还不懂什么叫诗兴，但也顾而乐之，心中油然有什么东西在萌动。有时候在坑边玩很久，才回家睡觉。在梦中见到两个月亮叠在一起，清光更加晶莹澄澈。第二天一早起来，到坑边苇子丛里去捡鸭子下的蛋。白白的一闪光，手伸向水中，一摸就是一个蛋。此时更是乐不可支了。

我只在故乡待了六年，以后就离乡背井，漂泊天涯。在济南住了十多年，在北京度过四年，又回到济南待了一年，然后在欧洲住了近十一年，重又回到北京，到现在已经四十多年了。在这期间，我曾到过世界上将近三十个国家，看过许许多多月亮。在风光旖旎的瑞士莱芒湖上，在平沙无垠的非洲大沙漠中，在碧波万顷的大海中，在巍峨雄奇的高山上，我都看到过月亮，这些月亮应该说都是美妙绝伦的，我都异常喜欢。但是，看到它们，我立刻就想到我故乡中那个苇坑上面和水中的那个小月亮。对比之下，无论如何我也感到，这些广阔世界的大月亮，万万比不上我那心爱的小月亮。不管我离开故乡多少万里，我的心立刻就飞来了。我的小月亮，我永远忘不掉你！

我现在年近耄耋。住的朗润园是燕园胜地。此地有茂林修竹，绿水环流，还有几座土山，点缀其间，风光无疑是绝妙的。前几年，我从庐山休养回来，一个同在庐山休养的老朋友来看我。他看到这样的风光，慨然说："你住在这样的好地方，还到庐山去干吗呢！"可见朗润园给人印象之深。此地既然有山，有水，有树，有竹，有花，有鸟，每逢望夜，一轮当空，月光闪耀于碧波之上，上下空蒙，一碧数顷，而且荷香远溢，宿鸟幽鸣，真不能不说是赏月胜地。荷塘月色的奇景，就在我的窗外。不管是谁来到这里，难道还能不顾而乐之吗?

然而，每值这样的良辰美景，我想到的却仍然是故乡苇坑里的那个平凡的小月亮。见月思乡，已经成为我经常的经历。思乡之病，说不上是苦是乐，其中有追忆，有惆怅，有留恋，有惋惜。流光如逝，时不再来。在微苦中实有甜美在。月是故乡明。我什么时候能够再看到我故乡里的月亮呀！我怅望南天，心飞向故里。

# 赋得永久的悔

题目是韩小蕙小姐出的，所以名之曰“赋得”。但文章是我心甘情愿作的，所以不是八股。

我为什么心甘情愿作这样一篇文章呢？一言以蔽之，题目出得好，不但实获我心，而且先获我心：我早就想写这样一篇东西了。

我已经到了望九之年。在过去的七八十年中，从乡下到城里，从国内到国外，从小学、中学、大学到洋研究院，从“志于学”到超过“从心所欲不逾矩”，曲曲折折，坎坎坷坷，既走过阳关大道，也走过独木小桥；既经过“山重水复疑无路”，又看到“柳暗花明又一村”。喜悦与忧伤并驾，失望与希望齐飞，我的经历可谓多矣。要讲后悔之事，那是俯拾即是。要选其中最深切、最真实、最难忘的悔，也就是永久的悔，那也是唾手可得，因为它片刻也没有离开过我的心。

我这永久的悔就是：不该离开故乡，离开母亲。

我出生在鲁西北一个极端贫困的村庄里。我们家是贫中之贫，真可以说是贫无立锥之地。十年内乱中，我自己跳出来反对北大那一位倒行逆施但又炙手可热的“老佛爷”，被她视为眼中钉，必欲除之而后快。她手下的小喽啰们曾两次窜到我的故乡，处心积虑把我“打”成地主，我小时候的一位伙伴指着他们的鼻子，大声说：“如果让整个官庄来诉苦的话，季羡林家是第一家！”

这一句话并没有夸大，他说的是实情。我祖父母早亡，留下了我父亲等三个兄弟，孤苦伶仃，无依无靠。最小的一叔送了人。我父亲和九叔饿得没有办法，只好到别人家的枣林里去捡落到地上的干枣充饥。这当然不是长久之计。最后兄弟俩被逼背井离乡，盲流到济南去谋生。此时他俩也不过十几二十岁。在举目无亲的大城市里，必然是经过千辛万苦，九叔在济南落住了脚。于是我父亲就回到了故乡，说是农民，但又无田可耕。又必然是经过千辛万苦，九叔从济南有时寄点钱回家，父亲赖以生活。不知怎么一来，竟然寻上了媳妇，她就是我的母亲。母亲的娘家姓赵，门当户对，她家穷得同我们家差不多，否则也绝不会结亲。她家里饭都吃不上，哪里有钱、有闲上学。所以我母亲一个字也不识，活了一辈子，连个名字都没有。她家是在另一个庄上，离我们庄五里路。这个五里路就是我母亲毕生所走的最长的距离。

北京大学那一位“老佛爷”要“打”成“地主”的人，也就是我，就出身在这样一个家庭里，就有这样一位母亲。

后来我听说，我们家确实也“阔”过一阵。大概在清末民初，九叔在东三省用口袋里剩下的最后五角钱，买了十分之一的湖北水灾奖券，中了奖。兄弟俩商量，要“富贵而归故乡”，回家扬一下眉，吐一下气。于是把钱运回家，九叔仍然留在城里，乡里的事由父亲一手张罗，他用荒唐离奇的价钱，买了砖瓦，盖了房子。又用荒唐离奇的价钱，置了一块带一口水井的田地。一时兴会淋漓，真正扬眉吐气了。可惜好景不长，我父亲又用荒唐离奇的方式，仿佛宋江一样，豁达大度，招待四方朋友。一转瞬间，盖成的瓦房又拆了卖砖，卖瓦。有水井的田地也改变了主人。全家又回归到原来的情况。我就是在这个时候，在这样的情况下降生到人间来的。

母亲当然亲身经历了这个巨大的变化。可惜，当我同母亲住在一起的时候，我只有几岁，告诉我，我也不懂。所以，我们家这一次陡然上升，又陡然下降，只像是昙花一现，我到现在也不完全明白。这个谜恐怕要成为永恒的谜了。

不管怎样，我们家又恢复到从前那种穷困的情况。后来听人说，我们家那时只有半亩多地。这半亩多地是怎么来的，我也不清楚。一家三口人就靠这半亩多地生活。城里的九叔当然还会给点接济，然而像中湖北水灾奖那样的事儿，一辈子有一次也不算少了。九叔没有多少钱接济他的哥哥了。

家里日子是怎样过的，我年龄太小，说不清楚。反正吃得极坏，这个我是懂得的。按照当时的标准，吃“白的”（指麦子面）最高，其次是吃小米面或棒子面饼子，最次是吃红高粱饼子，颜色是红的，像猪肝一样。“白的”与我们家无缘。“黄的”（小米面或棒子面饼子颜色都是黄的）与我们缘分也不大。终日为伍者只有“红的”。这“红的”又苦又涩，真是难以下咽。但不吃又害饿，我真有点谈“红”色变了。

但是，小孩子也有小孩子的办法。我祖父的堂兄是一个举人，他的夫人我喊她奶奶。他们这一支是有钱有地的。虽然举人死了，但家境依然很好。我这一位大奶奶仍然健在。她的亲孙子早亡，所以把全部的钟爱都倾注到我身上来。她是整个官庄能够吃“白的”的仅有的几个人中之一。她不但自己吃，而且每天都给我留出半个或者四分之一个白面馍馍来。我每天早晨一睁眼，立即跳下炕来向村里跑，我们家住在村外。我跑到大奶奶跟前，清脆甜美地喊上一声：“奶奶！”她立即笑得合不上嘴，把手缩回到肥大的袖子，从口袋里掏出一小块馍馍，递给我，这是我一天最幸福的时刻。

此外，我也偶尔能够吃一点“白的”，这是我自己用劳动换来的。一到夏天麦收季节，我们家根本没有什么麦子可收。对门住的宁家大婶子和大姑——她们家也穷得够呛——就带我到本村或外村富人的地里去“拾麦子”。所谓“拾麦子”就是别家的长工割过麦了，总还会剩下那么一点点麦穗，这些都是不值得一捡的，我们这些穷人就来“拾”。因为剩下的绝不会多，我们拾上半天，也不过拾半篮子，然而对我们来说，这已经是如获至宝了。一定是大婶和大姑对我特别照顾，以一个四五岁、五六岁的孩子，拾上一个夏天，也能拾上十斤八斤麦粒。这些都是母亲亲手搓出来的。为了对我加以奖励，麦季过后，母亲便把麦子磨成面，蒸成馍馍，或贴成白面饼子，让我解馋。我于是就大快朵颐了。

记得有一年，我拾麦子的成绩也许是有点“超常”。到了中秋节——农民嘴里叫“八月十五”——母亲不知从哪里弄了点月饼，给我掰了一块，我就蹲在一块石头旁边，大吃起来。在当时，对我来说，月饼可真是神奇的东西，龙肝凤髓也难以比得上的，我难得吃一次。我当时并没有注意，母亲是否也在吃。现在回想起来，她根本一口也没有吃。不但是月饼，连其他“白的”，母亲从来都没有尝过，都留给我吃了。她大概是毕生就与红色的高粱饼子为伍。到了歉年，连这个也吃不上，那就只有吃野菜了。

至于肉类，吃的回忆似乎是一片空白。我姥娘家隔壁是一家卖煮牛肉的作坊。给农民劳苦耕耘了一辈子的老黄牛，到了老年，耕不动了，几个农民便以极其低的价钱买来，用极其野蛮的办法杀死，把肉煮烂，然后卖掉。老牛肉难煮，实在没有办法，农民就在肉锅里小便一通，这样肉就好烂了。农民心肠好，有了这种情况，就昭告四邻：“今天的肉你们别买！”姥娘家穷，虽然极其疼爱我这个外孙，也只能用土罐子，花几个制钱，装一罐子牛肉汤，聊胜于无。记得有一次，罐子里多了一块牛肚子，这就成了我的专利。我舍不得一气吃掉，就用生了锈的小铁刀，一块一块地割着吃，慢慢地吃。这一块牛肚真可以同月饼媲美了。

“白的”、月饼和牛肚难得，“黄的”怎样呢？“黄的”也同样难得。但是，尽管我只有几岁，我却也想出了办法。到了春、夏、秋三个季节，庄外的草和庄稼都长起来了。我就到庄外去割草，或者到人家高粱地里去擗高粱叶。擗高粱叶，田主不但不禁止，而且还欢迎，因为叶子一擗，通风情况就能改进，高粱长得就能更好，粮食打得就能更多。草和高粱叶都是喂牛用的。我们家穷，从来没有养过牛。我二大爷家是有地的，经常养着两头大牛。我这草和高粱叶就是给它们准备的。每当我这个不到三块豆腐高的孩子背着一大捆草或高粱叶走进二大爷的大门，我心里有所恃而不恐，把草放在牛圈里，赖着不走，总能蹭上一顿“黄的”吃，不会被二大娘“卷”（我们那里的土话，意思是“骂”）出来。到了过年的时候，自己心里觉得，在过去的一年里，自己喂牛立了功，又有了勇气到二大爷家里赖着吃黄面糕。黄面糕是用黄米面加上枣蒸成的。颜色虽黄，却位列“白的”之上，因为一年只在过年时吃一次，物以稀为贵，于是黄面糕就贵了起来。

我上面讲的全是吃的东西。为什么一讲到母亲就讲起吃的东西来了呢？原因并不复杂。第一，我作为一个孩子容易关心吃的东西。第二，所有我在上面提到的好吃的东西，几乎都与母亲无缘。除了“黄的”以外，其余她都不沾边儿。我在她身边只待到六岁，以后两次奔丧回家，待的时间也很短。现在我回忆起来，连母亲的面影都是迷离模糊的，没有一个清晰的轮廓。特别有一点，让我难解而又易解：我无论如何也回忆不起母亲的笑容来，她好像是一辈子都没有笑过。家境贫困，儿子远离，她受尽了苦难，笑容从何而来呢？有一次我回家听对面的宁大婶子告诉我说：“你娘经常说：‘早知道送出去回不来，我无论如何也不会放他走的！’”简短的一句话里面含着多少辛酸、多少悲伤啊！母亲不知有多少日日夜夜，眼望远方，盼望自己的儿子回来啊！然而这个儿子却始终没有归来，一直到母亲离开这个世界。

对于这个情况，我最初懵懵懂懂，理解得并不深刻。到了上高中的时候，自己大了几岁，逐渐理解了。但是自己寄人篱下，经济不能独立，空有雄心壮志，怎奈无法实现，我暗暗地下定了决心，立下了誓愿：一旦大学毕业，自己找到工作，立即迎养母亲，然而没有等到我大学毕业，母亲就离开我走了，永远永远地走了。古人说：“树欲静而风不止，子欲养而亲不待。”这话正应到我身上。我不忍想象母亲临终思念爱子的情况；一想到，我就会心肝俱裂，眼泪盈眶。当我从北平赶回济南，又从济南赶回清平奔丧的时候，看到了母亲的棺材，看到那简陋的屋子，我真想一头撞死在棺材上，随母亲于地下。我后悔，我真后悔，我千不该万不该离开了母亲。世界上无论什么名誉，什么地位，什么幸福，什么尊荣，都比不上待在母亲身边，即使她一个字也不识，即使整天吃“红的”。

这就是我的“永久的悔”。

# 遥远的怀念

唐代的韩愈说：古之学者必有师。师者，所以传道受业解惑也。今之学者亦然。各行各业都必须有老师。师父领进门，修行在个人。虽然修行要靠自己，没有领进门的师父，也是不行的。

我这一生，在过去的六十多年中，曾有过很多领我进门的师父。现在虽已年逾古稀，自己也早已成为人之患（人之患，在好为人师），但是我却越来越多地回忆起过去的老师来。感激之情，在内心深处油然而生。我今天的这一点点知识，有哪一样不归功于我的老师呢？从我上小学起，经过了初中、高中、大学一直到出国留学，我那些老师的面影依次浮现到我眼前来，我仿佛又受了一次他们的教诲。

关于国内的一些老师，我曾断断续续地写过一些怀念的文章。我现在想选一位外国老师，这就是德国的瓦尔德施米特教授。

我于1934年从清华大学西洋文学系毕业，在故乡济南省立高中当了一年国文教员。1935年深秋，我到了德国，在哥廷根大学学习。从1936年春天起，我从瓦尔德施米特教授学习梵文和巴利文。我在清华大学读书时曾旁听过陈寅恪先生的佛经翻译文学。我当时就对梵文发生了兴趣。但那时在国内没有人开梵文课，只好画饼充饥，徒唤奈何。到了哥廷根以后，终于有了学习的机会，我简直是如鱼得水，乐不可支。教授也似乎非常高兴。他当时年纪还很轻，看上去比他的实际年龄更年轻，他刚在哥廷根大学得到一个正教授的讲座。他是研究印度佛教史的专家，专门研究新疆出土的梵文贝叶经残卷。除了梵文和巴利文外，还懂汉文和藏文，对他的研究工作来说，这都是不可缺少的。我一个中国人为什么学习梵文和巴利文，他完全理解。因此，他从来也没有问过我学习的动机和理由。第一学期上梵文课时，班上只有三个学生：一个乡村牧师，一个历史系的学生，第三个就是我。梵文在德国也是冷门，三人成众，有三个学生，教授就似乎很满意了。

教授的教学方法是典型的德国式的。关于德国教外语的方法我曾在几篇文章里都谈到过，我口头对人宣传的次数就更多。我为什么对它如此地偏爱呢？理由很简单：它行之有效。我先讲一讲具体的情况。同其他外语课一样，第一年梵文（正式名称是：为初学者开设的梵文）每周两次，每次两小时。德国大学假期特长特多。每学期上课时间大约只有20周，梵文上课时间共约80小时，应该说是很少的。但是，我们第一学期就学完了全部梵文语法，还念了几百句练习。在世界上已知的语言中，梵文恐怕是语法变化最复杂、最烦琐，词汇量最大的语言。语法规律之细致、之别扭，哪一种语言也比不上。能在短短的80个小时内学完全部语法，是很难想象的。这同德国的外语教学法是分不开的。

第一次上课时，教授领我们念了念字母。我顺便说一句，梵文字母也是非常啰唆的，绝对不像英文字母这样简明，无论如何，第一堂我觉得颇为舒服，没感到有多大压力。我心里满以为就这样舒服下去的。第二次上课就给了我当头一棒。教授对梵文非常复杂的连声规律根本不加讲解。教科书上的阳性名词变化规律他也不讲。一下子就读起书后面附上的练习来。这些练习都是一句句的话，是从印度梵文典籍中选出来的。梵文基本上是一种死文字，不像学习现代语言那样一开始先学习一些同生活有关的简单的句子：什么我吃饭、我睡觉，等等。梵文练习题里面的句子多少都脱离现代实际，理解起来颇不容易。教授要我读练习句子，字母有些还面生可疑，语法概念更是一点儿也没有。读得结结巴巴，译得莫名其妙，急得头上冒汗，心中发火。下了课以后，就拼命预习。一句只有五六个字的练习，要查连声，查语法，往往要做一两个小时。准备两小时的课，往往要用上一两天的时间。我自己觉得，个人的主观能动性真正是充分调动起来了。过了一段时间，自己也逐渐适应了这种学习方法，头上的汗越出越少了，心里的火越发越小了。我尝到了甜头。

除了梵文和巴利文以外，我在德国还开始学习了几种别的外语。教学方法都是这个样子。相传19世纪德国一位语言学家说过这样的话：拿学游泳来打个比方，我教外语就是把学生带到游泳池旁，一下子把他们推下水去。如果他们淹不死，游泳就学会了。这只是一个比方，但是也可以看出其中的道理。虽然有点儿夸大，但道理不能说是没有的。在“文化大革命”中，我自己跳出来，成了某一派革命群众的眼中钉、肉中刺，被打翻在地，踏上了一千只脚，批判得淋漓尽致。我宣传过德国的外语教学法，成为大罪状之首，说是宣传德国法西斯思想。当时一些革命小将的批判发言，百分之九十九点九是胡说八道，他们根本不知道，这种教学法兴起时，连希特勒的爸爸都还没有出世哩！我是死不悔改的顽固分子，今天我仍然觉得这种教学法能充分调动学生的积极性，尽早独立自主地亲口尝一尝梨子，是行之有效的。

这就是瓦尔德施米特教授留给我的第一个也是最深的一个印象。从那以后，一直到1939年第二次世界大战爆发，他被征从军为止，我每一学期都必选教授的课。我在课堂上（高年级的课叫作习弥那尔）读过印度古代的史诗、剧本，读过巴利文，解读过中国新疆出土的梵文贝叶经残卷。他要求学生极为严格，梵文语法中那些古里古怪的规律都必须认真掌握，绝不允许有半点儿马虎和粗心大意，连一个字母他也绝不放过。学习近代语言，语法没有那样繁复，有时候用不着死记，只要多读一些书，慢慢地也就学通了，但是梵文却绝对不行。梵文语法规律有时候近似数学，必须细心地认真对付。教授在这一方面是十分认真的。后来我自己教学生了。我完全以教授为榜样，对学生要求严格。等到我的学生当了老师的时候，他们也都没有丢掉这一套谨严细致的教学方法。教授的教泽真可谓无远弗届，流到中国来，还流了几代。我也总算对得起我的老师了。

瓦尔德施米特教授的专门研究范围是新疆出土的梵文贝叶经。在这一方面，他是蜚声世界的权威。他的老师是德国的梵文大家吕德斯教授，也是以学风谨严著称的。教授的博士论文以及取得在大学授课资格的论文，都是关于新疆贝叶经的。这两本厚厚的大书，里面的材料异常丰富，处理材料的方式极端细致谨严。一张张的图表，一行行的统计数字，看上去令人眼花缭乱，令人头脑昏眩。我一向虽然不能算是一个马大哈，但是也从没有想到写科学研究论文竟然必须这样琐细。两部大书好几百页，竟然没有一个错字，连标点符号，还有那些稀奇古怪的特写字母或符号，也都是个个确实无误，这实在不能不令人感到吃惊。德国人一向以彻底性自诩。我的教授忠诚地保留了德国的优良传统，留给我的印象让我终生难忘，终生受用不尽。

但是给我教育最大的还是我写博士论文的过程。按德国规定，一个想获得博士学位的学生必须念三个系：一个主系和两个副系。我的主系是梵文和巴利文，两个副系是斯拉夫语文系和英国语文系。指导博士论文的教授，德国学生戏称之为博士父亲。怎样才能找到博士父亲呢？这要由教授和学生两个方面来决定。学生往往经过在几个大学中获得的实践经验，最后决定留在某一个大学跟某一个教授做博士论文。德国教授在大学里至高无上，他说了算，往往有很大的架子，不大肯收博士生，害怕学生将来出息不大，辱没了自己的名声。越是名教授，收徒弟的条件越高。往往经过几个学期的习弥那尔，教授真正觉得孺子可教，他才点头收徒，并给他博士论文题目。

对我来讲，我好像是没有经过那样漫长而复杂的过程。第四学期念完，教授就主动问我要不要一个论文题目。我听了当然是受宠若惊，立刻表示愿意。他说，他早就有一个题目《〈大事〉伽陀中限定动词的变化》，问我接受不接受。我那时候对梵文所知极少，根本没有选择题目的能力，便满口答应。题目就这样定了下来。佛典《大事》是用所谓混合梵文写成的，既非梵文，也非巴利文，更非一般的俗语，是一种乱七八糟杂凑起来的语言。这种语言对研究印度佛教史、印度语言发展史等都是很重要的。我一生对这种语言感兴趣，其基础就是当时打下的。

题目定下来以后，我一方面继续参加教授的习弥那尔，听英文系和斯拉夫语文系的课，另一方面就开始读法国学者塞那校订的《大事》，一共厚厚的三大本，我真是争分夺秒，开电灯以继晷，恒兀兀以穷年。我把每一个动词形式都做成卡片，还要查看大量的图书杂志，忙得不可开交。此时国际环境和生活环境越来越恶劣。吃的东西越来越少，不但黄油和肉几乎绝迹，面包和土豆也仅够每天需要量的三分之一至四分之一；黄油和面包都掺了假，吃下肚去，咕咕直叫。德国人是非常讲究礼貌的，但在当时，在电影院里，屁声相应，习以为常。天上还有英美的飞机，天天飞越哥廷根上空，谁也不知道，什么时候会有炸弹落下，心里终日危惧不安。在自己的祖国，日本军国主义者奸淫掳掠，杀人如麻。烽火连三年，家书抵亿金。我是根本收不到家书的，家里的妻子老小，生死不知。我在这种内外交迫下，天天晚上失眠。偶尔睡上一点儿，也是噩梦迷离。有时候梦到在祖国吃花生米，可见我当时对吃的要求已经低到什么程度。几粒花生米，连龙肝凤髓也无法比得上了。

我的论文就是在这种情况下慢慢地写下去的。我想，应当在分析限定动词变化之前写上一篇有分量的长的绪论，说明混合梵语的来龙去脉以及《大事》的一些情况。我觉得，只有这样，论文才显得有气派。我翻看了大量用各种语言写成的论文，做笔记，写提纲。这个工作同做卡片同时并举，经过了一年多的时间，终于写成了一篇绪论，相当长。自己确实是费了一番心血的。文章是自己的好，我自我感觉良好，觉得文章分析源流，标列条目，洋洋洒洒，颇有神来之笔，值得满意的。我相信，这一举一定会给教授留下深刻印象，说不定还要把自己夸上一番。当时欧战方殷，教授从军回来短期休假。我就怀着这样的美梦，把绪论送给了他。美梦照旧做了下去。隔了大约一个星期，教授在研究所内把文章退还给我，脸上含有笑意，最初并没有说话。我心里咯噔一下，直觉感到情势有点儿不妙了。我打开稿子一看，没有任何改动，只是在第一行第一个字前面画上了一个前括号，在最后一行最后一个字后面画上了一个后括号。整篇文章就让一个括号括了起来，意思就是说，全不存在了。这真是坚决、彻底、干净、全部消灭掉了。我仿佛当头挨了一棒，茫然、懵然，不知所措。这时候教授才慢慢地开了口："你的文章费劲很大，引书不少。但是都是别人的意见，根本没有你自己的创见。看上去面面俱到，实际上毫无价值。你重复别人的话，又不完整准确。如果有人对你的文章进行挑剔，从任何地方都能对你加以抨击，而且我相信你根本无力还手。因此，我建议，把绪论统统删掉。在对限定动词进行分析以前，只写上几句说明就行了。"一席话说得我哑口无言，我无法反驳。这引起了我激烈的思想斗争，心潮滚滚，冲得我头晕眼花。过了好一阵子，我的脑筋才清醒过来，仿佛做了黄粱一梦。我由衷地承认，教授的话是完全合情合理的。我由此体会到：写论文就应该是这个样子。

这是我一生第一次写规模比较大的学术论文，也是我第一次受到剧烈的打击。然而我感激这一次打击，它使我终生头脑能够比较清醒。没有创见，不要写文章，否则就是浪费纸张。有了创见写论文，也不要下笔千言，离题万里。空洞的废话少说不说为宜。我现在也早就有了学生了。我也把我从瓦尔德施米特教授那里接来的衣钵传给了他们。

我的回忆就写到这里为止。这样一个好题目，我本来希望能写出一篇像样的东西。但是却是事与愿违，文章不怎么样。差幸我没有虚构，全是大实话，这对青年们也许还不无意义吧。

# 回家

从医院里捡回来了一条命，终于带着它回家来了。

由于自己的幼稚、固执、迷信“癣癖之疾”的说法，竟走到了向阎王爷那里去报到的地步。也许是因为文件盖的图章不够数，被拒收，又溜达回来，住进了301医院。这一所医德、医术、医风三高的医院，把性命奇迹般地还给了我，给了我一次名副其实的新生。

现在我回家来了。

什么叫家？以前没有研究过。现在忽然间提了出来，仍然是回答不上来。要说家是比较长期居住的地方，那么，在欧洲游荡了几百年的吉卜赛人住在流动不居的大车上，这算不算家呢？

我现在不想仔细研究这种介乎形而上学和形而下学之间的学问，还是让我从医院说起吧。

这一所医院是全国著名的，称之为超一流，是完全名副其实的。我相信，即使是最爱挑剔的人也绝不会挑出什么毛病来。从医疗设备到医生水平，到病房的布置，到服务态度，到工作效率，等等，无不尽如人意。就是这样一个地方，我初搬入的时候，心情还浮躁过一阵，我想到我那在燕园垂杨深处的家，还有我那盈塘季荷和小波斯猫。但是住过一阵之后，我的心情平静了，我觉得住在这里就像是住在天堂乐园里一般。一个个穿白大褂的护士小姐都像是天使，幸福就在这白色光芒里闪烁。我过了一段十分愉快的生活。约莫一个月以后，病情已经快达到了痊愈的程度。虽然我的生活仍然十分甜美，手脚上长出来的丑类已经完全消灭。笔墨照舞照弄不误。我的心情却无端又浮躁起来。我想到，此地"信美非吾土"。我又想到了我那盈塘的季荷和小波斯猫。我要回家了。

回到朗润园的时候，已是黄昏时分。韩愈诗："黄昏到寺蝙蝠飞。"我现在是："黄昏到园蝙蝠飞。"空中确有蝙蝠飞着。全园还没有到灯火辉煌的程度。在薄暗中，盈塘荷花的绿叶显不出绿色，只是灰蒙蒙的一片。独有我那小波斯猫，不知是从什么地方蹿了出来，坐下惊愕了一阵，认出了是我，立即跳了上来，在我的两腿间蹭来蹭去，没完没了。它好像是要说："老伙计呀！你可是到哪里去了？叫我好想呀！"我一进屋，它立即跳到我的怀里，无论如何，也不离开。

第二天早晨，我照例四点多起床。最初，外面还是一片黝黑，什么东西也看不清。不久，东方渐渐白了起来，天蒙蒙亮了。早晨锻炼的人开始出来了。一个穿红衣服的小伙子跑步向西边去了。接着就从西面走来了那一位挺着大肚子的中年妇女，跟在后面距离不太远的是那一位寡居的教授夫人。这些人都是我天天早上必先见到的人物，今天也不例外。一恍神，我好像根本没有离开过这里。在医院里的四十六天，好像是在宇宙间根本没有存在过，在时间上等于一个零。

等到天光大亮的时候，我仔细观察我的季荷。此时，绿盖满塘，浓碧盈空，看了令人精神为之一振。“心有灵犀一点通”，中国人是相信人心是能相通的。我现在却相信，荷花也是有灵魂的，它与人心也能相通的。我的荷花掐指一算，我今年当有新生之喜，于是憋足了劲要大开一番，以示庆祝。第一朵花正开在我的窗前，是想给我一个信号。孤零零的一大朵红花，朝开夜合，确实带给了我极大的欢悦。可是荷花万没有想到，连我自己都没有想到嘛，我突然住进了医院。听北大到医院来看我的人说，荷花先是一朵，后是几朵，再后是十几朵，几十朵，上百朵，超过一百朵，开得盈塘盈池，红光照亮了朗润园。成了燕园中一道亮丽的风景线。可惜我在医院里不能亲自欣赏，只有躺在那里玄想了。

我把眼再略微抬高了一点，看到荷塘对岸的万众楼，依然雕梁画栋，金碧辉煌。楼名是我题写的。因为楼是西向的，我记得过去只有在夕阳返照中才能看清楚那三个金光闪闪的大字。今天，朝阳从楼后升起，楼前当然是黑的，但不知什么东西把阳光反射了回去，那三个大字正处在光环中，依然金光闪闪。这是极细微的小事，但是，我坐在这里却感到有无穷的逸趣。

与万众楼隔塘对峙的是一座小山，出我的楼门，左拐走十余步就能走到。记得若干年前，一到深秋，山上的树丛叶子颜色一变，地上的草一露枯黄相，就给人以萧瑟凄清的感觉，这正是悲秋的最佳时刻。后来栽上了丰花月季，据说一年能开花十个月。前几年，一个初冬，忽然下起了一场大雪。小山上的树枝都变成了赤条条毫无牵挂。长在地上的东西都被覆盖在一片茫茫的白色之下。令我吃惊的是，我瞥见一枝月季，从雪中挺出，顶端开着一朵小花，鲜红浓艳，傲雪独立。它仿佛带给我了灵感，带给我了活力，带给我了无穷无尽的希望。我一时狂欢不能自禁。

小山上，树木丛杂，野草遍地，是鸟类的天堂。当前全世界人口爆炸，人与鸟兽争夺生存空间。燕园这一大片地带，如果从空中下看的话，一定是一片浓绿，正是鸟类所垂青的地方。因此，这里的鸟类相对来说是比较多的。每天早晨，最先出现的往往是几只喜鹊，在山上塘边树枝间跳来跳去，兴高采烈。接着出场的是成群的灰喜鹊，也是在树枝间蹦蹦跳跳，兴高采烈。到了春天，当然会有成群的燕子飞来助兴。此时，啄木鸟也必然飞来凑趣，把古树敲得砰砰作响，好像要给这一场万籁齐鸣的音乐会敲起鼓点儿。空中又响起了布谷鸟清脆的鸣声，由远到近，又由近到远，终于消逝在太空中。我感到遗憾的是，以前每天都看到乌鸦从城里飞向远郊，成百，上千，黑压压一片。今天则片影无存了。我又遗憾见不到多少麻雀。20世纪50年代被某一个人无端定为四害之一的麻雀，曾被全国人民群起而攻之，酿成了举世闻名的闹剧。现在则濒于灭绝。在小山上偶尔见到几只，灰头土脑，然而却惊为奇宝了。

幼时读唐诗，读了“西塞山前白鹭飞”“两个黄鹂鸣翠柳，一行白鹭上青天”，曾向往白鹭青天的境界，只是没有亲眼看见过。一直到1951年访问印度，曾在从加尔各答乘车到国际大学的路上，在一片浓绿的树木和荷塘上面的天空里，才第一次看到白鹭上青天的情景，顾而乐之。第二次见到白鹭是在前几年游广东佛山的时候。在一片大湖的颇为遥远的对岸上绿树成林，树上都开着白色的大花朵。最初我真以为是花。然而不久却发现，有的花朵竟然飞动起来，才知道不是花朵而是白鸟。我又顾而乐之。其实就在我入医院前不久，我曾瞥见一只白鸟从远处飞来，一头扎进荷叶丛中，不知道在里面鼓捣了些什么，过了许久，又从另一个地方飞出荷叶丛，直上青天，转瞬就消逝得无影无踪了。我难道能不顾而乐之吗？

现在我仍然枯坐在临窗的书桌旁边，时间是回家的第二天早上。我的身子确实没有挪窝儿，但是思想却是活跃异常。我想到过去，想到眼前，又想到未来，甚至神驰万里想到了印度。时序虽已是深秋，但是我的心中却仍是春意盎然。我眼前所看到的，脑海里所想到的东西，无一不笼罩上一团玫瑰般的嫣红，无一不闪出耀眼的光芒。记得小时候常见到贴在大门上的一副对联："万物静观皆自得，四时佳兴与人同。"现在朗润园中的万物，鸟兽虫鱼，花草树木，无不自得其乐。连这里的天都似乎特别蓝，水都似乎特别清。眼睛所到之处，无不令我心旷神怡。思想所到之处，无不令我逸兴遄飞。我真觉得，大自然特别可爱，生命特别可爱，人类特别可爱，一切有生无生之物特别可爱，祖国特别可爱，宇宙万物无有不可爱者。欢喜充满了三千大千世界。

现在我十分清醒地意识到，我是带着捡回来的新生回家来了。

我的家是一个温馨的家。

# 我记忆中的老舍先生

老舍先生含冤逝世已经二十多年了。在这一段相当长的时间内，我经常想到他，想到的次数远远超过我认识他以后直至他逝世的三十多年。每次想到他，我都悲从中来。我悲的是中国失去一个热爱祖国、热爱人民的正直的大作家，我自己失去一位从年龄上来看算是师辈的和蔼可亲的老友。目前，我自己已经到了晚年，我的内心再也承受不住这一份悲痛，我也不愿意把它带着离开人间。我知道，原始人是颇为相信文字的神秘力量的，我从来没有这样相信过。但是，我现在宁愿做一个原始人，把我的悲痛和怀念转变成文字，也许这悲痛就能突然消逝掉，还我心灵的宁静，岂不是天大的好事吗？

我从高中时代起，就读老舍先生的著作，什么《老张的哲学》《赵子曰》《二马》，我都读过。到了大学以后，以及离开大学以后，只要他有新作出版，我一定先睹为快，什么《离婚》《骆驼祥子》，等等，我都认真读过。最初，由于水平的限制，他的著作我不敢说全都理解。可是我总觉得，他同别的作家不一样。他的语言生动幽默，是地道的北京话，间或也夹上一点儿山东俗语。他没有许多作家那种忸怩作态让人读了感到浑身难受的非常别扭的文体，一种新鲜活泼的力量跳动在字里行间。他的幽默也同林语堂之流的那种着意为之的幽默不同。总之，老舍先生成了我毕生最喜爱的作家之一，我对他怀有崇高的敬意。

但是，我认识老舍先生却完全出于一个偶然的机会。20世纪30年代初，我离开了高中，到清华大学来念书。当时老舍先生正在济南齐鲁大学教书。济南是我的老家，每年暑假我都回去。李长之是济南人，他是我的唯一的一个小学、中学、大学三连贯的同学。有一年暑假，他告诉我，他要在家里请老舍先生吃饭，要我作陪。在旧社会，大学教授架子一般都非常大，他们与大学生之间宛然是两个阶级。要我陪大学教授吃饭，我真有点儿受宠若惊。及至见到老舍先生，他却全然不是我心目中的那种大学教授。他谈吐自然，蔼然可亲，一点儿架子也没有，特别是他那一口地道的京腔，铿锵有致，听他说话，简直就像是听音乐，是一种享受。从那以后，我们就算是认识了。

以后是激烈动荡的几十年。我在大学毕业以后，在济南高中教了一年国文，就到欧洲去了，一住就是十一年。中国胜利了，我才回来，在南京住了一个暑假。夜里睡在国立编译馆长之的办公桌上。白天没有地方待，就到处云游，什么台城、玄武湖、莫愁湖，等等，我游了一个遍。老舍先生好像同国立编译馆有什么联系。我常从长之口中听到他的名字，但是没有见过面。到了秋天，我也就离开了南京，乘海船绕道秦皇岛，来到北平。

以后又是更为激烈震荡的三年。用美式装备武装到牙齿的国民党反动军队，被彻底消灭。蒋介石一小撮逃到台湾省去了。中国人民苦斗了一百多年，终于迎来了中华人民共和国成立的春天。我们这一群知识分子都亲身感受到，我们确实已经站起来了。就在这样的情况下，我在当时所谓故都又会见了老舍先生，上距第一次见面已经有二十多年了。

我现在已经记不清楚我们重逢时的情景。但是我却清晰地记得起20世纪50年代初期召开的一次汉语规范化会议时的情景。当时语言学界的知名人士，以及曲艺界的名人，都被邀请参加，其中有侯宝林、马增芬姊妹等。老舍先生、叶圣陶先生、罗常培先生、吕叔湘先生、黎锦熙先生等都参加了。这是中华人民共和国成立后语言学界的第一次盛会。当时还没有达到会议成灾的程度，因此大家的兴致都很高，会上的气氛也十分亲切融洽。

有一天中午，老舍先生忽然建议，要请大家吃一顿地道的北京饭。大家都知道，老舍先生是地道的北京人，他讲的地道的北京饭一定会是非常地道的，都欣然答应。老舍先生对北京人民生活之熟悉，是众所周知的。有人戏称他为北京土地爷。

他结交的朋友，三教九流都有。他能一个人坐在大酒缸旁，同洋车夫、旧警察等旧社会的下等人，开怀畅饮，亲密无间，宛如亲朋旧友，谁也感觉不到他是大作家、名教授、留洋的学士。能做到这一步的，并世作家中没有第二人。这样一位老北京想请大家吃北京饭，大家的兴致哪能不高涨起来呢？商议的结果是到西四砂锅居去吃白煮肉，当然是老舍先生做东。他同饭馆的经理一直到小伙计都是好朋友，因此饭菜极佳，服务周到。大家尽兴地饱餐了一顿。虽然是一顿简单的饭，然而却令人毕生难忘。当时参加宴会今天还健在的叶老、吕先生大概还都记得这一顿饭吧。

还有一件小事，也必须在这里提一提。忘记了是哪一年了，反正我还住在城里翠花胡同没有搬出城外。有一天，我到东安市场北门对门的一家著名的理发馆里去理发，猛然瞥见老舍先生也在那里，正躺在椅子上，下巴上白糊糊的一团肥皂泡沫，正让理发师刮脸。这不是谈话的好时机，只寒暄了几句，就什么也不说了。等我坐在椅子上时，从镜子里看到他跟我打招呼，告别，看到他的身影走出门去。我理完发要付钱时，理发师说，老舍先生已经替我付过了。这样芝麻绿豆的小事殊不足以见老舍先生的精神。但是，难道也不足以见他这种细心体贴人的心情吗？

老舍先生的道德文章，光如日月，巍如山斗，用不着我来细加评论，我也没有那个能力。我现在写的都是一些小事。然而小中见大，于琐细中见精神，于平凡中见伟大，豹窥一斑，尝鼎一脔，不也能反映出老舍先生整个人格的一个缩影吗？

中国有一句俗话：好死不如赖活着。这一句话道出了一个真理。一个人除非万不得已绝不会自己抛掉自己的生命。印度梵文中死这个动词，变化形式同被动态一样。我一直觉得非常有趣，非常有意思。印度古代语法学家深通人情，才创造出这样一个形式。死几乎都是被动的。有几个人主动地去死呢？老舍先生走上自沉这一条道路，必有其不得已之处。有人说，人在临死前总会想到许多许多东西的，他会想到自己的一生的。可惜我还没有这个经验，只能在这里胡思乱想。当老舍先生徘徊在湖水岸边决心自沉时，眼望湖水茫茫，心里悲愤填膺，唤天天不应，唤地地不答，悠悠天地，仿佛只剩下自己孤身一人，他会想到自己的一生吧！这一生是忠诚于祖国、忠诚于人民的一生，然而到头来却落到这等地步。为什么呢？究竟是为什么呢？如果自己留在美国不回来，著书立说，悠游自在，洋房、汽车、声名禄利，无一缺少，舒舒服服地过一辈子，说不定能寿登耄耋，富埒王侯。他不是为了热爱自己的祖国母亲，才毅然历尽艰辛回来的吗？是今天祖国母亲无法庇护自己那远方归来的游子了呢？还是不愿意庇护了呢？我猜想，老舍先生绝不会埋怨自己的祖国母亲，祖国母亲永远是可爱的，在任何情况下都是可爱的。他也绝不会后悔回来的。但是，他确实有一些问题难以理解，他只有横下一条心，一死了之。这样的问题，我们今天又有谁能够理解呢？我想，老舍先生还会想到自己院子里种的柿子树和菊花。他当然也会想到自己的亲人，想到自己的朋友。所有这一些都是十分美好可爱的。对于这一些难道他就一点儿也不留恋吗？绝不会的，绝不会的。但是，有一种东西哽在他的心中，像大毒蛇缠住了他，他只能纵身一跳，投入波心，让弥漫的湖水给自己带来解脱了。

两千多年以前，屈原自沉于汨罗江。他行吟泽畔，心里想的恐怕同老舍先生有类似之处吧，他想到：蝉翼为重，千钧为轻；黄钟毁弃，瓦釜雷鸣。他又想到：世人皆浊我独清，众人皆醉我独醒。难道老舍先生也这样想过吗？这样的问题，有谁能够答复我呢？恐怕到了地球末日也没有人能答复了。我在泪眼模糊中，看到老舍先生戴着眼镜，在和蔼地对我笑着。我耳朵里仿佛听到了他那铿锵有节奏的北京话。我浑身颤抖，连灵魂也在剧烈地震动。

呜呼！我欲无言。

**图书在版编目（CIP）数据**

人生好自在 / 季羡林著. — 哈尔滨：哈尔滨出版社, 2023.4

ISBN 978-7-5484-6928-5

Ⅰ. ①人… Ⅱ. ①季… Ⅲ. ①散文集—中国—当代 Ⅳ. ①I267

中国版本图书馆CIP数据核字（2022）第229937号

**书　　名：人 生 好 自 在**
RENSHENG HAO ZIZAI

---

**作　　者：** 季羡林　著
**责任编辑：** 尉晓敏　李维娜
**封面设计：** 今亮後聲 HOPESOUND 2580590616@qq.com · 赵晓冉

---

**出版发行：** 哈尔滨出版社（Harbin Publishing House）
**社　　址：** 哈尔滨市香坊区泰山路82-9号　　**邮编：** 150090
**经　　销：** 全国新华书店
**印　　刷：** 唐山才智印刷有限公司
**网　　址：** www.hrbcbs.com
**E-mail：** hrbcbs@yeah.net
**编辑版权热线：**（0451）87900271　87900272
**销售热线：**（0451）87900202　87900203

---

**开　　本：** 880mm × 1230mm　1/32　**印张：** 10.5　**字数：** 200千字
**版　　次：** 2023年4月第1版
**印　　次：** 2023年4月第1次印刷
**书　　号：** ISBN 978-7-5484-6928-5
**定　　价：** 48.00元

---

凡购本社图书发现印装错误，请与本社印制部联系调换。
**服务热线：**（0451）87900279